Série

AS AVENTURAS DO CAÇA-FEITIÇO

O Aprendiz 🦇 Livro 1

A Maldição 🦇 Livro 2

O Segredo 🦇 Livro 3

A Batalha 🦇 Livro 4

O Erro 🦇 Livro 5

E VEM MAIS AVENTURA
POR AÍ... AGUARDE!

AS AVENTURAS DO CAÇA-FEITIÇO
A BATALHA

JOSEPH DELANEY

2ª edição

Tradução
Lia Wyler

BERTRAND BRASIL

Copyright © 2007, Joseph Delaney
Publicado originalmente pela Random House Children's Books

Título original: *The Spook's Battle*

Capa e ilustrações: David Wyatt

Editoração: DFL

Texto revisado segundo o novo
Acordo Ortográfico da Língua Portuguesa

2012
Impresso no Brasil
Printed in Brazil

CIP-Brasil. Catalogação na fonte
Sindicato Nacional dos Editores de Livros, RJ

D378b 2ª ed.	Delaney, Joseph, 1945- A batalha/Joseph Delaney; tradução Lia Wyler; [capa e ilustrações David Wyatt]. – 2ª ed. – Rio de Janeiro: Bertrand Brasil, 2012. 352p. : il.; – (As aventuras do caça-feitiço; v. 4) Tradução de: The spook's battle Sequência de: O segredo Continua com: O erro ISBN 978-85-286-1458-9 1. Literatura juvenil inglesa. I. Wyler, Lia, 1934-. II. Wyatt, David. III. Título. IV. Série.
10-4744	CDD – 028.5 CDU – 087.5

Todos os direitos reservados pela:
EDITORA BERTRAND BRASIL LTDA.
Rua Argentina, 171 – 2º andar – São Cristóvão
20921-380 – Rio de Janeiro – RJ
Tel.: (0xx21) 2585-2070 – Fax: (0xx21) 2585-2087

Não é permitida a reprodução total ou parcial desta obra, por quaisquer meios, sem a prévia autorização por escrito da Editora.

Atendimento e venda direta ao leitor:
mdireto@record.com.br ou (21) 2585-2002

Para Marie

O PONTO MAIS ALTO DO CONDADO
É MARCADO POR UM MISTÉRIO.
CONTAM QUE ALI MORREU UM HOMEM
DURANTE UMA GRANDE TEMPESTADE, QUANDO
DOMINAVA UM MAL QUE AMEAÇAVA O MUNDO.
DEPOIS, O GELO COBRIU A TERRA E, QUANDO
RECUOU, ATÉ AS FORMAS DOS MORROS E OS
NOMES DAS CIDADES NOS VALES TINHAM
MUDADO. AGORA, NO PONTO MAIS ALTO DAS
SERRAS, NÃO RESTA VESTÍGIO DO QUE OCORREU
NO PASSADO, MAS O NOME SOBREVIVEU.
CONTINUAM A CHAMÁ-LO DE

WARDSTONE,
A PEDRA DO GUARDIÃO.

CAPÍTULO 1
O VISITANTE DE PENDLE

A feiticeira me perseguia pela mata escura, chegando cada vez mais perto.

Eu corria rápido, louco para fugir, e acelerava em ziguezague, desesperado. Os galhos chicoteavam meu rosto e moitas de espinhos agarravam minhas pernas cansadas. A respiração arranhava minha garganta à medida que eu me esforçava cada vez mais para chegar na entrada da mata. Adiante ficava a subida que levava ao jardim oeste da casa do Caça-feitiço. Se ao menos eu conseguisse alcançar aquele refúgio, estaria salvo.

Eu não estava indefeso. Na mão direita segurava o meu bastão de sorveira-brava, que era particularmente eficaz contra feiticeiras; na esquerda levava a minha corrente de prata enrolada no pulso, pronta para o arremesso. Mas será que eu teria alguma chance de usar qualquer um dos dois? Para a corrente eu precisava de um espaço entre nós, mas a feiticeira já vinha nos meus calcanhares.

De repente, cessaram os passos atrás de mim. Teria ela desistido? Continuei a correr. A lua minguante, agora visível através da abóbada de folhas no alto, salpicava de prata o solo a meus pés. As árvores tornavam-se cada vez mais ralas, e eu estava quase alcançando a mata.

Então, ao ultrapassar a última árvore, ela surgiu do nada e avançou da esquerda para mim, seus dentes refulgindo ao luar, os braços esticados como se estivesse pronta a arrancar meus olhos. Ainda correndo e me desviando, girei o pulso esquerdo e estalei a corrente para arremessá-la em sua direção. Por um momento, pensei que a pegara, mas ela girou de repente e a corrente caiu inofensiva na relva. No momento seguinte, ela colidiu comigo, produzindo um ruído surdo e derrubando o bastão da minha mão.

Bati no chão com tanta força que todo o ar foi expelido do meu corpo, e em um instante ela caiu sobre mim, seu peso me impedindo de levantar. Lutei por um momento, mas estava sem fôlego e exausto, e ela era muito forte. Sentando-se no meu peito, ela prendeu meus braços sobre a minha cabeça. Então se inclinou para a frente, fazendo os nossos rostos quase se tocarem. Seus cabelos lembravam uma mortalha negra pousando em minhas faces e apagando as estrelas. Senti seu hálito no meu rosto, mas ele não era malcheiroso como o de uma feiticeira que se alimenta de sangue ou de ossos. Era fresco como as flores na primavera.

— Peguei você agora, Tom, peguei! — exclamou Alice triunfante. — Você ainda não está bom. Terá que fazer melhor em Pendle!

Assim dizendo, ela soltou uma gargalhada e saiu de cima do meu corpo. Sentei-me ainda lutando para respirar. Passados alguns momentos, encontrei forças para andar até o outro lado do caminho e recolher o meu bastão e a corrente de prata. Embora fosse sobrinha de uma feiticeira, Alice era minha amiga e me salvara mais de uma vez no ano anterior. Naquele dia, à noite, eu estivera praticando minhas habilidades para sobreviver. Alice fazia o papel de uma feiticeira querendo tirar a minha vida. Eu devia me sentir grato, mas estava aborrecido. Era a terceira noite seguida que ela levava a melhor.

Quando comecei a subir o morro em direção ao jardim oeste da casa do Caça-feitiço, Alice correu para o meu lado, igualando seus passos nos meus.

— Não precisa ficar emburrado, Tom! — disse ela meigamente. — Está uma agradável noite de verão. Vamos aproveitá-la o melhor possível enquanto podemos. Logo nós dois estaremos viajando e desejando estar aqui.

Alice estava certa. Eu completaria catorze anos no início de agosto e me tornara aprendiz do Caça-feitiço há mais de um ano. Apesar de termos enfrentado sérios perigos juntos, algo pior tomava vulto no horizonte. Há algum tempo, o Caça-feitiço tinha recebido notícias de que a ameaça representada pelas feiticeiras de Pendle vinha aumentando; ele me dissera que, em breve, estaríamos viajando para tentar resolver o problema naquela cidade. Mas havia dúzias de feiticeiras e talvez centenas de seguidores, e eu não via como poderíamos vencer com tal desvantagem. Afinal, éramos apenas três: o Caça-feitiço, Alice e eu.

— Não estou emburrado.

— Está sim. A sua tromba está quase batendo na relva.

Continuamos a andar em silêncio até entrarmos no jardim e avistarmos a casa do Caça-feitiço através das árvores.

— Ele ainda não disse quando vamos a Pendle, não é? — perguntou Alice.

— Nem uma palavra.

— Você não perguntou? Não se descobre nada sem perguntar!

— Claro que perguntei. Ele dá uma pancadinha no nariz e me diz que saberei quando chegar a hora. O meu palpite é que ele está esperando alguma coisa, mas não sei o quê.

— Eu só queria que ele resolvesse logo. A espera está me deixando nervosa.

— Sério? Eu não tenho pressa de viajar e achei que você não iria querer voltar lá.

— Não quero. Pendle é um lugar ruim e bem grande, um distrito inteiro com aldeias e povoações, e com a grande e feia serra de Pendle bem no centro. Tenho muitos parentes malignos lá que eu preferia esquecer. Mas, se precisamos ir, eu gostaria de encerrar o assunto sem demora. Nem durmo direito à noite me preocupando com isso.

Quando entramos na cozinha, o Caça-feitiço estava sentado à mesa escrevendo em seu caderno, e uma vela piscava ao lado. Ele ergueu os olhos, mas permaneceu calado porque estava ocupado demais. Sentamos, então, nos dois banquinhos que puxamos para perto da lareira. Como era verão, as chamas estavam baixas, mas ainda assim produziam uma confortável claridade em nossos rostos.

Por fim, meu mestre fechou o caderno e ergueu a cabeça.

— Quem venceu esta noite?

— Alice — respondi, baixando a cabeça.

— Com isso são três noites seguidas que a garota leva a melhor, rapaz. Você vai ter que se esforçar mais. Muito mais.

Logo pela manhã, assim que levantar, antes do café, encontrarei você no jardim oeste. Treino extra.

Gemi por dentro. No jardim havia um poste de madeira que se usava como alvo. Se o treino não fosse bom, meu mestre me faria repeti-lo por muito tempo, e o café da manhã sairia atrasado.

Fui para o jardim logo depois de clarear, mas o Caça-feitiço já estava lá à minha espera.

— Então, rapaz, o que o deteve? — ralhou. — Não precisa de tanto tempo assim para tirar o sono de seus olhos!

Ainda me sentia cansado, mas me esforcei para sorrir e parecer inteligente e alerta. Então, com a corrente de prata enrolada na mão esquerda, mirei com atenção o poste.

Não tardei a me sentir muito melhor. Tentando pela centésima vez desde o começo, girei o pulso e a corrente deu um forte estalo ao se desenrolar, voando pelos ares e brilhando vivamente ao sol da manhã, para enfim cair em uma perfeita espiral anti-horária no poste de treinamento.

Até uma semana antes, a melhor marca que eu conseguira atingir a dois metros e quarenta de distância fora uma média de nove lançamentos em dez tentativas.

Mas agora, inesperadamente, os longos meses de treino tinham finalmente produzido resultado. Quando a corrente estava enrolada no poste pela centésima vez aquela manhã, eu não falhara em nenhuma delas.

Tentei não sorrir, mas os cantos de minha boca começaram a tremer para cima, e em segundos um largo sorriso cortou meu rosto. Vi o Caça-feitiço balançar a cabeça, mas, por mais que tentasse, não consegui controlar o sorriso.

— Não se julgue melhor do que é, rapaz! — avisou ele, atravessando em grandes passos a relva em minha direção. — Espero que você não esteja se tornando condescendente. O orgulho vem antes da queda, como muitos já descobriram às próprias custas. E como já lhe disse antes muitas vezes, uma feiticeira não ficará parada à espera do seu lançamento. Pelo que a garota me disse sobre a noite passada, você ainda precisa progredir muito. Muito bem, vamos tentar alguns lançamentos correndo!

Na hora seguinte, tive de lançar a corrente no poste, movimentando-me. Às vezes correndo em velocidade, outras vezes mais lento, em direção ao poste, outras ainda me afastando dele, lançando para a frente, obliquamente ou sobre o ombro. Fiz tudo isso, suando e sentindo a fome crescer a cada minuto. Errei o poste muitas vezes, mas também tive alguns sucessos espetaculares. O Caça-feitiço finalmente se deu por satisfeito e passamos a outro exercício.

Ele me entregou seu bastão e me levou até a árvore morta que usamos como alvo em nosso treino. Comprimi a alavanca para soltar a faca oculta no bastão e então passamos aproximadamente os quinze minutos seguintes tratando o tronco em decomposição como se fosse um inimigo que estivesse ameaçando a minha vida. Repetidamente enfiei nele a lâmina até meus braços se tornarem pesados e cansados. O truque mais novo que meu mestre me ensinara fora segurar o bastão com displicência na mão direita antes de transferi-lo rapidamente para a esquerda e enterrar com força a lâmina na árvore. Tinha um jeito correto de fazer isso. Era preciso jogar o bastão de uma mão para a outra.

Quando manifestei sinais de cansaço, o Caça-feitiço estalou a língua.

— Vamos, rapaz, vamos ver você repetir isso. Um dia talvez lhe salve a vida!

Desta vez executei o gesto quase perfeitamente: o Caça-feitiço aprovou com a cabeça e nos levou de volta entre as árvores para um merecido café da manhã.

Dez minutos mais tarde, Alice se reunira a nós e sentamo-nos à grande mesa de carvalho da cozinha para tomar um bom café da manhã com presunto e ovos, preparado pelo ogro de estimação do Caça-feitiço. O ogro desempenhava várias tarefas na casa de Chipenden: cozinhar, acender as lareiras e lavar as panelas, bem como proteger a casa e os jardins. Não era mau cozinheiro, mas às vezes reagia ao que estava ocorrendo na casa, ou quando se zangava ou estava deprimido, e então podia-se esperar uma refeição bem pouco apetitosa. Bem, o ogro certamente estava de bom humor aquela manhã, porque achei que foi um dos melhores cafés da manhã que ele já preparara na vida.

Comemos em silêncio, mas quando eu estava limpando o último pedacinho de gema com um bom pedaço de pão com manteiga, o Caça-feitiço afastou a cadeira da mesa e se pôs de pé. Andou para a frente e para trás no lajeado diante da lareira, então parou defronte à mesa e me encarou.

— Estou esperando uma visita hoje, rapaz — disse ele. — Vamos ter muito que discutir; por isso, quando ela chegar e vocês forem apresentados, eu gostaria de ter tempo para conversar com ela a sós. Acho que já está na hora de você ir à sua casa, voltar ao sítio do seu irmão, apanhar os malões e baús que sua mãe lhe deixou. Acho que será melhor trazê-los para Chipenden, onde poderá examiná-los minuciosamente. Quem sabe encontraremos neles coisas que serão muito úteis em nossa viagem a Pendle. Vamos precisar de toda ajuda que pudermos obter.

Meu pai morrera no inverno anterior e deixara a propriedade para Jack, meu irmão mais velho. Mas, depois que papai morrera, descobrimos uma coisa muito estranha em seu testamento.

Minha mãe tinha um quarto especial na casa do sítio. Ficava sob o sótão, e ela sempre o mantinha trancado. Este quarto foi deixado para mim, juntamente com os baús e as caixas que guardava, e o testamento rezava que eu pudesse visitá-lo sempre que desejasse. Isso aborrecera meu irmão Jack e sua esposa Ellie. O meu trabalho como aprendiz do Caça-feitiço os preocupava. Temiam que eu pudesse levar em minhas idas à casa alguma coisa das trevas. Não que eu os culpasse; fora exatamente isso que acontecera na primavera anterior, e a vida de todos correra perigo.

Mas era desejo de mamãe que eu herdasse o quarto e o seu conteúdo, e antes de partir ela se certificou que tanto Ellie quanto Jack aceitassem a situação. Depois regressou à sua terra natal, a Grécia, para combater lá a ascensão do mal. Fiquei triste ao pensar que talvez nunca mais a visse, e suponho que essa fosse a razão pela qual adiara a ida para examinar os baús. Embora sentisse curiosidade em descobrir o que continham, não conseguia enfrentar a ideia de rever o sítio onde não mais moravam papai e mamãe.

— Farei o que manda — respondi a meu mestre —, mas quem é o seu visitante?

— Um amigo. Mora em Pendle há anos e sua ajuda será valiosa para o que precisamos fazer lá.

Fiquei atônito. Meu mestre se mantinha afastado das pessoas, e porque ele lidava com fantasmas, sombras, ogros e feiticeiras, elas certamente se mantinham afastadas dele! Nunca imaginei que ele conhecesse alguém que considerasse "amigo"!

— Feche a sua boca, rapaz, ou vai começar a comer moscas! Ah, e leve a jovem Alice com você. Tenho muito que discutir e gostaria que ambos estivessem fora do meu caminho.

— Mas Jack não vai querer uma visita de Alice — protestei.

Não é que eu não desejasse a companhia de Alice. Ficaria feliz de estar com ela durante a viagem. Era apenas que Jack e Alice não se davam muito bem. Ele sabia que ela era sobrinha de uma feiticeira e por isso não a queria perto de sua família.

— Use a sua iniciativa, rapaz. Uma vez que tenha alugado uma carroça com cavalo, ela poderá esperar fora da divisa do sítio enquanto você transporta os baús. E espero que volte para cá o mais breve possível. Agora, o tempo é curto: não vou poder gastar mais de meia hora com as suas aulas hoje, então vamos começar logo.

Acompanhei o Caça-feitiço ao jardim e não demorei a me ver sentado no banco que havia lá, o caderno aberto e a caneta a postos. Era uma manhã bonita e morna. As ovelhas baliam ao longe e as serras defronte estavam banhadas de um sol claro, malhadas pelas pequenas sombras das nuvens que perseguiam umas às outras em direção ao leste.

O primeiro ano do meu aprendizado fora, em sua maior parte, devotado ao estudo dos ogros; o tópico deste ano eram as feiticeiras.

— Muito bem, rapaz — disse o Caça-feitiço, começando a andar para lá e para cá enquanto falava. — Como você sabe, uma feiticeira não pode pressentir a nossa aproximação porque ambos somos sétimos filhos de sétimos filhos. Mas isso só se aplica ao que chamamos de cheiro a distância. Portanto, anote. É a sua primeira lição. Cheiro a distância significa pressentir antecipadamente a aproximação do perigo, como Lizzie Ossuda percebeu o da multidão de Chipenden que ateou fogo e destruiu sua casa. Uma feiticeira não pode sentir o nosso cheiro assim; portanto, isso nos dá o elemento surpresa.

"Mas é do farejar de perto que precisamos nos resguardar; portanto, anote isso também e sublinhe para enfatizar. De relativamente perto, uma feiticeira pode descobrir muito a nosso respeito e saber instantaneamente quais são os nossos pontos fracos e fortes. E quanto mais perto se está de uma feiticeira, mais ela descobre. Portanto, guarde sempre distância, rapaz. Nunca deixe uma feiticeira chegar mais perto do que o comprimento do seu bastão de sorveira-brava. Permitir que ela se aproxime também oferece outros perigos: tenha especial cuidado para não deixar uma feiticeira soprar no seu rosto. Seu sopro poderá minar tanto a sua vontade quanto a sua força. Sabe-se de homens adultos que desmaiaram na hora!"

— Lembro-me do hálito malcheiroso de Lizzie Ossuda. Parecia mais o de um gato ou de um cachorro!

— Isso, rapaz. Porque, como sabemos, Lizzie usava a magia dos ossos e por vezes se alimentava de carne humana ou bebia sangue humano.

Lizzie Ossuda, tia de Alice, não estava morta. Estava presa em uma cova no jardim leste do Caça-feitiço. Era cruel, mas precisava ser assim. O Caça-feitiço não concordava em queimar feiticeiras; portanto, mantinha o Condado seguro encerrando-as em covas.

— Mas nem todas as feiticeiras têm o hálito malcheiroso dessas que trabalham com magia dos ossos e do sangue — continuou o meu mestre. — Uma feiticeira que faça magia familiar pode ter o hálito perfumado como as flores da primavera. Portanto, cuide-se, porque nesse cheiro reside um grande perigo. Essa feiticeira tem o poder da "fascinação": anote também essa palavra, rapaz. Do mesmo modo que um arminho pode paralisar uma lebre quando se aproxima, as feiticeiras podem enganar um homem. Podem torná-lo despreocupado e feliz, totalmente inconsciente do perigo até ser tarde demais.

"E isso está intimamente ligado a outro poder de algumas feiticeiras. Damos a ele o nome de 'encantamento'; escreva também essa palavra. Uma feiticeira pode se fazer passar pelo que não é. Pode parecer mais jovem e mais bela do que realmente é. Usando esse poder de iludir, ela pode criar uma aura, projetar uma falsa imagem, e precisamos estar sempre prevenidos. Uma vez que o encantamento atraiu um homem, inicia-se a fascinação e a erosão gradual do seu livre-arbítrio. Usando esses recursos, uma feiticeira pode amarrá-lo à sua vontade, fazendo com que ele acredite em toda mentira que ela contar e só veja o que ela quiser.

"E o encantamento e a fascinação são sérias ameaças para nós também. O fato de sermos sétimos filhos de sétimos filhos não ajuda nem um pouco. Portanto, cuidado! Suponho que ainda ache que fui duro com Alice. Mas foi pensando em nosso bem, rapaz. Sempre receei que um dia ela pudesse usar esses poderes para controlar você..."

— Não — interrompi. — Isso não é justo. Gosto de Alice, não porque ela me enfeitiçou, mas porque ela se mostrou correta e uma boa amiga. Para nós dois! Antes de partir, mamãe me disse que tinha fé em Alice, e isso basta para mim.

O Caça-feitiço assentiu, e havia tristeza em sua expressão.

— Pode ser que sua mãe tenha razão. O tempo dirá, mas fique alerta, é só o que peço. Um homem forte também pode sucumbir às artimanhas de uma garota bonita com sapatos de bico fino. Sei isso porque passei por essa experiência. E agora escreva o que acabei de dizer sobre feiticeiras.

O Caça-feitiço se sentou no banco e ficou em silêncio enquanto eu escrevia tudo no meu caderno. Quando terminei, tinha uma pergunta a fazer.

— Quando formos a Pendle, enfrentaremos algum perigo especial dos covens de bruxas? Alguma coisa de que ainda não ouvi falar até agora?

O Caça-feitiço se levantou e começou a andar novamente de um lado para o outro, imerso em reflexões.

— O distrito de Pendle está infestado de feiticeiras. Talvez haja coisas que eu próprio nunca enfrentei. Teremos que ser flexíveis e estar dispostos a aprender. Mas acho que o maior perigo é o seu grande número. Muitas vezes as feiticeiras brigam e discutem, mas, quando concordam e se unem com um objetivo comum, sua força aumenta enormemente. Sim, precisamos estar alertas. Como vê, esse é o cerne da ameaça que enfrentamos: que os clãs de feiticeiras venham a se unir.

"E tem mais uma coisa para pôr no seu caderno: você precisa aprender a terminologia correta. Um coven é o termo que se usa quando treze feiticeiras se reúnem para somar suas forças em uma cerimônia que evoca os poderes das trevas. Mas a família ampliada de feiticeiras é comumente chamada de 'clã'. E um clã inclui os homens e as crianças, bem como os membros da família que não praticam diretamente magia negra."

O Caça-feitiço esperou pacientemente até eu terminar de escrever antes de prosseguir com a aula.

— Basicamente, como já lhe disse, existem três clãs principais em Pendle: os Malkin, os Deane e os Mouldheel, e o primeiro é disparado o pior. Todos discutem e brigam, mas os Malkin e os Deane se tornaram mais próximos com o passar do tempo. Casaram-se entre si: sua amiga Alice é o resultado de uma união dessas. A mãe era uma Malkin e o pai um Deane, mas a notícia boa é que nenhum dos dois praticava a feitiçaria. Por outro lado, os pais morreram cedo e, você sabe, ela foi entregue aos cuidados de Lizzie Ossuda. O treinamento que ela recebeu da tia é algo com que sempre terá de lutar para superar, e o perigo de levá-la de volta a Pendle é que ela possa reverter às suas origens e se reintegrar a um dos clãs.

Mais uma vez eu ia protestar, mas meu mestre me impediu com um gesto.

— Vamos desejar que isso não aconteça — continuou ele —, pois se ela *não* se inclinar para o mal, seu conhecimento do local será muito importante: ela se tornará uma ajuda inestimável para o nosso trabalho.

"Agora, quanto ao terceiro clã, o Mouldheel, seus componentes são muito mais misteriosos. Além de usarem as magias de sangue e de ossos, eles se orgulham de ser competentes no uso de espelhos. Já lhe disse antes, não acredito em profecias, mas dizem que os Mouldheel usam espelhos, principalmente em cristalomancia."

— Cristalomancia? — perguntei. — Que é isso?

— Previsão do futuro, rapaz. Dizem que os espelhos revelam o que vai acontecer. Ora, a maioria dos Mouldheel tem se mantido a distância dos outros dois clãs, mas recentemente eu soube que alguém ou alguma coisa gostaria que eles pusessem de lado a antiga inimizade. E é isso que precisamos impedir. Porque, se os três clãs se unirem e, o mais importante, se reunirem três covens, então, quem sabe o mal que poderão desencadear sobre o condado? Talvez você se lembre de que já se uniram antes há muitos anos e me amaldiçoaram.

— Eu me lembro de que o senhor me contou. Mas pensei que não acreditasse em maldição de feiticeiras.

— Não, prefiro pensar que não passa de bobagem, mas ainda assim fiquei abalado. Por sorte, os covens se dissolveram logo depois, antes que pudessem infligir outros estragos ao Condado. Mas, desta vez, há algo mais sinistro no que está acontecendo em Pendle, e é isso que tenho de confirmar na minha visita. Precisamos nos preparar mental e fisicamente para o que poderá ser um embate terrível: daí a necessidade de chegar a Pendle antes que seja tarde demais.

"Bem, rapaz — concluiu o Caça-feitiço, protegendo os olhos e olhando para o sol —, a aula de hoje já se prolongou bastante; portanto, volte para casa. Passe o resto do dia estudando."

Passei o que restava da manhã, sozinho, na biblioteca do Caça-feitiço. Ele ainda não confiava plenamente em Alice e não lhe dava permissão para entrar na biblioteca a fim de evitar a possibilidade de ler o que não devia. Agora que havia três pessoas morando na casa, meu mestre finalmente abrira mais um dos quartos no térreo, atualmente usado como sala de estudos. Alice estava trabalhando lá, pagando sua hospedagem com a cópia de um dos livros do Caça-feitiço. Alguns eram raros e ele sempre receava que alguma coisa pudesse lhes acontecer; por isso, gostava de ter uma cópia por precaução.

Eu estudava covens — como um grupo de treze feiticeiras se reunia para praticar seus rituais. Estava lendo uma passagem que descrevia o que acontecia quando as feiticeiras realizavam festas especiais, a que chamavam de "sabás".

Alguns covens celebram sabás semanalmente; outros, a cada mês, ou no período da lua cheia ou da lua nova. Além disso, há quatro grandes sabás festejados quando o poder das trevas atinge o seu auge: Candlemas, Noite de Walpurgis, Lammas e Halloween. Nessas quatro festas das trevas, os covens podem se juntar para sua celebração.

Eu já conhecia a Noite de Walpurgis. Era em 30 de abril, e, anos antes, três covens tinham se reunido em Pendle, naquele sabá, para amaldiçoar o Caça-feitiço. Estávamos agora na segunda semana de julho; perguntei-me quando seria o próximo grande sabá e comecei a procurar na página que estava tendo. Não fui muito longe porque, naquele momento, aconteceu alguma coisa que nunca tinha visto em todo o tempo que passara em Chipenden.

Toque! Toque! Toque! Toque!

Alguém estava batendo na porta dos fundos! Não pude acreditar. Ninguém vinha à casa. Os visitantes sempre iam até os vimeiros na encruzilhada e tocavam o sino. Entrar nos jardins era se arriscar a ser estraçalhado pelo ogro que protegia a casa e o seu perímetro. Quem havia batido? Seria o "amigo" que o Caça-feitiço estava esperando? Se fosse, como conseguira chegar ileso à porta dos fundos?

CAPÍTULO 2
ROUBO E SEQUESTRO

Curioso, repus meu livro em seu lugar na prateleira e desci. O Caça-feitiço já estava introduzindo alguém na cozinha. Quando o vi, meu queixo caiu de surpresa. Era um homem corpulento, de ombros largos e, no mínimo, cinco a oito centímetros mais alto do que o Caça-feitiço. Tinha uma fisionomia simpática e honesta, e aparentava ter uns trinta e tantos anos; entretanto, o surpreendente nele é que estava usando uma batina.

Era padre!

— Este é o meu aprendiz, Tom Ward — disse o Caça-feitiço com um sorriso.

— Muito prazer em conhecê-lo, Tom — disse o padre, estendendo a mão. — Sou o padre Stocks. Minha paróquia é a Downham, que fica ao norte da serra de Pendle.

— Prazer em conhecê-lo também — disse eu, apertando sua mão.

— John me contou tudo a seu respeito em suas cartas — disse o padre Stocks. — Parece que você teve um começo muito promissor...

Naquele momento, Alice entrou na cozinha. Ela olhou o nosso visitante de alto a baixo com surpresa no olhar quando viu que era padre. Por sua vez, o padre Stocks baixou os olhos para os sapatos de bico fino, e suas sobrancelhas arquearam ligeiramente.

— E esta é a jovem Alice — apresentou-a o Caça-feitiço. — Alice, diga olá ao padre Stocks.

Alice assentiu e deu um sorrisinho.

— Ouvi falar muito de você também, Alice. Acredito que tem família em Pendle...

— Laços consanguíneos apenas — respondeu ela com a testa fortemente enrugada. — Minha mãe era uma Malkin e meu pai um Deane. Não sou responsável pelo lugar onde nasci. Nenhum de nós escolheu os parentes que tem.

— É verdade — disse o padre com voz bondosa. — Estou certo de que o mundo seria um lugar diferente se pudéssemos escolher. Mas o que conta mesmo é o nosso modo de viver a vida.

Não se disse muito mais depois disso. O padre estava cansado da viagem, e ficou evidente que o Caça-feitiço queria que nos puséssemos a caminho do sítio de Jack; assim, fizemos os nossos preparativos para partir. Não me preocupei com a minha mala, só peguei o meu bastão e um pedaço de queijo para comermos na viagem.

O Caça-feitiço nos levou até a porta.

— Isto é o que precisará para alugar a carroça — disse, entregando-me uma pequena moeda de prata.

— Como foi que o padre Stocks conseguiu passar pelo ogro e atravessar o jardim são e salvo? — perguntei, enquanto guardava a moeda no bolso da minha calça.

O Caça-feitiço sorriu.

— Ele já atravessou o jardim muitas vezes antes, rapaz, e o ogro o conhece bem. O padre Stocks foi meu aprendiz no passado. E muito bem-sucedido, devo acrescentar, pois completou o seu aprendizado. Mais tarde, pensou melhor e concluiu que a Igreja era a sua verdadeira vocação. É útil conhecê-lo: tem dois ofícios nas pontas dos dedos: o de padre e o nosso. Acrescente a isso o seu conhecimento de Pendle; assim, não poderíamos contar com melhor aliado.

Quando partimos para o sítio do meu irmão Jack, o céu estava limpo e os passarinhos cantavam; era uma tarde de verão perfeita. Eu tinha Alice por companhia e ia para casa. E não somente isso: estava na expectativa de ver a pequena Mary, Jack e sua mulher Ellie, grávida de outro bebê. Mamãe vaticinara que seria o filho que Jack sempre quisera, alguém que herdaria o sítio depois de sua morte. Então, eu devia estar feliz. Mas à medida que nos aproximávamos do sítio, eu não conseguia me livrar de uma sensação de tristeza que, aos poucos, pairava sobre mim como uma nuvem negra.

Papai estava morto, e não haveria mamãe para me receber. O sítio jamais voltaria a passar a sensação de ser a minha verdadeira casa. Essa era a verdade nua e crua com que eu ainda não aprendera a conviver.

— Um centavo pelos seus pensamentos — disse Alice sorrindo.

Dei de ombros.

— Vamos, anime-se, Tom. Quantas vezes tenho de lhe dizer? Devemos aproveitar o máximo. Calculo que vamos para Pendle na próxima semana.

— Desculpe, Alice. Estou só pensando na mamãe e no papai. Parece que não consigo tirá-los do pensamento.

Alice chegou mais perto e me deu um carinhoso aperto na mão.

— Sei que é difícil, Tom. Mas tenho certeza de que, um dia, você verá sua mãe outra vez. Afinal, você não está ansioso para descobrir o que existe naqueles baús que ela lhe deixou?

— Estou curioso, sim, não vou negar...

— Veja um lugar simpático — disse Alice, apontando para a margem do caminho. — Estou me sentindo faminta. Vamos comer.

Sentamo-nos na margem relvada à sombra de um maciço carvalho e dividimos o queijo que trouxemos para a viagem. Ambos estávamos com fome; então, comemos tudo. Eu não estava em serviço de caça-feitiço; portanto, não havia necessidade de jejuar. Podíamos viver dos frutos da terra. Foi como se Alice tivesse lido meus pensamentos.

— Ao anoitecer vou caçar para nós umas lebres suculentas — prometeu-me com um sorriso.

— Isso seria legal. Sabe, Alice, você me contou muita coisa sobre feiticeiras em geral, mas falou muito pouco de Pendle e das feiticeiras que vivem lá. Por quê? Calculo que vou precisar saber o máximo possível se estamos seguindo para lá.

Alice enrugou a testa.

— Tenho muitas lembranças dolorosas daquele lugar. Não gosto de falar sobre a minha família. Não gosto muito de falar sobre Pendle... A ideia de voltar lá me apavora.

— É engraçado — disse eu —, mas o sr. Gregory também nunca falou muito sobre Pendle. Seria natural que estivéssemos discutindo e planejando como é o lugar e o que vamos fazer quando chegarmos lá.

— Ele sempre gosta de jogar com as cartas junto ao peito. Deve ter algum tipo de plano. Tenho certeza de que vai nos contar na hora certa.

— Imagine o Velho Gregory ter um amigo! — disse Alice, mudando de assunto. — E um amigo que também é padre!

— O que não consigo entender é por que alguém desiste de ser caça-feitiço para se tornar padre.

Alice achou graça.

— Não é mais estranho do que o Velho Gregory ser padre e ter largado a batina para se tornar caça-feitiço.

Ela tinha razão — o Caça-feitiço fora educado para ser padre —, e ri também. Mas a minha opinião não mudara. Até onde sabia, padres rezavam e ponto final. Não faziam nada diretamente para enfrentar as trevas. Faltavam-lhes os conhecimentos práticos do nosso ofício. A mim parecia que o padre Stocks dera um passo na direção errada.

Pouco antes de anoitecer, paramos outra vez e nos acomodamos em uma depressão entre dois morros, próximo à entrada de uma mata. O céu estava claro, com a lua minguante visível a sudeste. Ocupei-me da fogueira enquanto Alice saía para caçar lebres. Passada uma hora, ela já as cozinhava na fogueira, a gordura pingando e chiando nas chamas enquanto minha boca salivava.

Eu ainda estava curioso a respeito de Pendle e, apesar da relutância de Alice em falar de sua vida lá, resolvi tentar novamente.

— Vai, Alice. Sei que é doloroso para você falar, mas preciso saber mais sobre Pendle...

— Imagino que sim — disse Alice, fitando-me por cima das chamas da fogueira. — É melhor estar preparado para o pior. Não é um bom lugar para se viver. E todos estão apavorados. Qualquer aldeia que se visite, vê-se o pavor nos rostos dos habitantes. Não se pode culpá-los porque as feiticeiras sabem de tudo que acontece. Depois de anoitecer, a maioria das pessoas vira os espelhos da casa para a parede.

— Por quê? — perguntei.

— Para evitar serem espionadas. Ninguém confia em espelhos à noite. As feiticeiras, principalmente as Mouldheel, usam os espelhos para espionar as pessoas. Adoram usá-los para praticar cristalomancia e espionar. Em Pendle, nunca se sabe quem ou o quê, de repente, pode olhar você de um espelho. Lembra-se da velha Mãe Malkin? Isso deve lhe dar uma ideia do tipo de feiticeira que estaremos enfrentando...

O nome Malkin produziu um arrepio nos meus ossos. Mãe Malkin tinha sido a feiticeira mais maligna do condado um ano antes, e, com a ajuda de Alice, eu conseguira destruí-la. Mas não antes de ter ameaçado as vidas de Jack e sua família.

— Ainda que ela não conte mais, em Pendle tem sempre alguém pronto para tomar o lugar da feiticeira morta — disse Alice sombriamente. — E tem muitos Malkin capazes disso. Alguns deles moram na Torre Malkin, que não é lugar para se chegar perto quando escurece. As pessoas que desaparecem em Pendle: é lá que a maioria acaba. Há túneis, covas e masmorras sob a torre, cheios com os ossos daqueles que foram mortos.

— Por que não fazem alguma coisa? — perguntei. — E o Alto Magistrado em Caster? Não pode fazer nada?

— Despachou juízes e policiais a Pendle antes, é verdade. Muitas vezes. Não que tivesse adiantado muito. Na maioria das ocasiões, enforcaram as pessoas erradas. A velha Hannah Fairborne foi uma delas. Tinha quase oitenta anos quando a levaram acorrentada para Caster. Diziam que era feiticeira, mas não era verdade. Ainda assim ela merecia morrer porque envenenara três dos seus sobrinhos. Muita coisa desse tipo acontece em Pendle. Não é um bom lugar para se morar. E não é fácil separar o joio do trigo. É por isso que o Velho Gregory deixou a aldeia de lado durante tanto tempo.

Acenei com a cabeça, concordando.

— Sei mais do que a maioria como é viver lá — continuou Alice. — Tem havido muitas uniões entre os Malkin e os Deane, embora sejam rivais. A verdade é que os Malkin e os Deane odeiam os Mouldheel muito mais do que se odeiam. A vida em Pendle é complicada. Morei lá a maior parte da minha vida, mas ainda não os entendo.

— Você era feliz? — perguntei. — Quero dizer, antes de ser cuidada por Lizzie Ossuda...?

Alice ficou calada e evitou o meu olhar; percebi que não devia ter perguntado. Ela nunca falou muito sobre a vida com os pais ou com Lizzie depois que eles faleceram.

— Não me lembro muito da vida antes de Lizzie — disse por fim. — Lembro mais das brigas. Eu deitada no escuro, chorando, enquanto minha mãe e meu pai brigavam feito cão e gato. Mas, às vezes, eles conversavam e riam também; portanto, não era sempre ruim. Essa foi a grande diferença mais tarde. O silêncio. Lizzie não falava muito. Era mais provável me dar um murro na cabeça do que dizer uma palavra amável. Perdia-se em pensamentos. Mirava o fogo e murmurava seus feitiços. E se não estava fitando as chamas, estava fixando um espelho. Às vezes, eu vislumbrava coisas por cima do ombro dela. Coisas que não pertencem a esta terra. Me apavorava, estou falando sério. Eu preferia as brigas de mamãe e papai àquilo.

— Você morou na Torre Malkin?

Alice balançou a cabeça.

— Não. Somente o coven Malkin e alguns auxiliares escolhidos moram na torre propriamente dita. Mas, às vezes, eu ia lá com a minha mãe. Uma parte da torre é subterrânea, mas nunca fui lá embaixo. Todas vivem juntas em um grande aposento, e ouviam-se muitas discussões e gritos, e fumaça que fazia arder os olhos. Sendo um Deane, meu pai não visitava a torre. Ele nunca sairia de lá vivo. Morávamos em um chalé perto de Roughlee, a aldeia onde a maioria dos Deane vive. Os Mouldheel moram em Bareleigh, e o restante dos Malkin em Goldshaw Booth. A maioria não sai do seu território.

Depois de dizer isso, Alice se calou e não insisti mais. Percebia que guardava muitas lembranças dolorosas de Pendle — horrores indizíveis que eu só podia imaginar.

O vizinho mais próximo de Jack, o sr. Wilkinson, tinha um cavalo e uma carroça, e eu sabia que ficaria muito feliz em alugá-los. Sem dúvida, mandaria um dos filhos nos levar, para eu não precisar fazer a viagem de volta mais tarde. Decidi primeiro ir ao sítio do meu irmão para lhe informar o que pretendia fazer com os baús.

Fizemos o percurso em bom tempo e avistamos o sítio de Jack no fim da tarde do dia seguinte. Uma primeira olhada me disse que alguma coisa estava muito errada.

Tínhamos nos aproximado pelo noroeste, contornando o morro do Carrasco, e, quando iniciamos a descida, vi imediatamente que não havia animais nos campos. Então, ao bater os olhos na sede do sítio, a impressão foi pior. O celeiro era uma ruína enegrecida; fora totalmente queimado.

Nunca me passou pela cabeça pedir a Alice que aguardasse na divisa do sítio. Alguma coisa acontecera, e eu só conseguia pensar em verificar se Jack, Ellie e a filha Mary estavam bem. A essa altura, os cães do sítio já deviam estar latindo, mas tudo permanecia silencioso.

Quando nos apressamos a cruzar o portão, vi que a porta dos fundos da casa havia sido violentamente despedaçada e pendia de uma dobradiça. Atravessei o terreiro correndo com Alice nos meus calcanhares, um nó na garganta, com medo de que algo terrível tivesse acontecido.

Uma vez dentro de casa, gritei os nomes de Jack e Ellie várias vezes, mas não recebi resposta. A casa estava irreconhecível como o lar onde eu fora criado. Todas as gavetas da cozinha tinham sido puxadas, e havia talheres e louça quebrada nas lajotas. Os vasos de ervas tinham sido removidos do parapeito da janela e atirados contra as paredes; havia sujeira na pia. O castiçal de latão desaparecera de cima da mesa e, em seu lugar, havia cinco garrafas vazias de vinho de sabugueiro do estoque de mamãe na adega. Contudo, para mim, o pior de tudo era a cadeira de balanço de mamãe, que estava partida em grandes pedaços pontiagudos, como se alguém tivesse usado nela um machado. Doía-me ver aquilo. Era quase como se tivessem agredido minha mãe.

No andar de cima, os quartos tinham sido saqueados — roupas espalhadas pelas camas, e os assoalhos e todos os espelhos, partidos. O momento mais apavorante, entretanto, sobreveio quando chegamos ao quarto especial de mamãe. A porta estava fechada, mas havia sangue respingado na parede ao lado e manchas de sangue no assoalho também. Jack e sua família estavam ali quando tudo acontecera?

Senti-me invadir por um medo terrível de que alguém tivesse morrido ali.

— Não pense o pior, Tom! — disse Alice, apertando meu braço. — Pode não ser tão ruim quanto parece...

Não respondi; continuei a olhar fixamente os salpicos de sangue nas paredes.

— Vamos olhar o quarto de sua mãe — sugeriu Alice.

Por um momento, olhei para ela horrorizado. Não podia acreditar que fosse o seu único pensamento agora.

— Acho que devíamos olhar aí dentro — insistiu ela.

Enfurecido, forcei a porta que não cedeu.

— Continua fechada, Alice. Tenho a única chave. Então, ninguém entrou.

— Acredite em mim, Tom. Por favor...

Por medida de segurança, guardava as chaves em um pedaço de barbante pendurado ao pescoço. Havia uma chave grande para a porta e três menores para os três baús maiores no quarto. Em um instante, abri a porta e entrei. Eu também tinha uma chave feita pelo irmão do Caça-feitiço, Andrew, que é serralheiro, que abre a maioria das fechaduras.

Estava enganado. Alguém *entrara* no quarto. Estava inteiramente vazio. Os três baús e as arcas menores haviam desaparecido.

— Como podem ter entrado no quarto? — perguntei, minha voz produzindo um leve eco. — Tenho a única chave...

Alice balançou a cabeça.

— Lembre-se da outra coisa que sua mãe disse: que nada maligno poderia entrar aqui. Bem, algo maligno esteve aqui, sem a menor dúvida!

Claro que eu me lembrava das palavras de mamãe: tinha sido na minha visita final ao sítio, quando a vira pela última vez. Estivera naquele mesmo quarto falando com nós dois e eu me lembrava de suas palavras exatas:

Uma vez trancado, nenhum mal jamais poderá entrar aqui. Se você for corajoso e sua alma pura e boa, este quarto será um baluarte, uma fortaleza contra as trevas... Só o use quando alguma coisa muito terrível estiver perseguindo-o, e a sua própria vida e alma estiverem em perigo.

Então, o que acontecera? Como alguém penetrara ali e roubara os baús que mamãe deixara para mim? Para que haviam sido levados? Que utilidade teriam para mais alguém?

Depois de examinar o sótão, tranquei novamente a porta do quarto de mamãe e descemos a caminho do terreiro. Confuso, atravessei o que sobrara do celeiro — uns poucos pilares queimados e pedaços de madeira em um monte de cinzas.

— Ainda sinto cheiro de fumaça — afirmei. — Isto aconteceu recentemente.

Alice concordou.

— Aconteceu pouco antes de escurecer, anteontem — disse ela, cheirando audivelmente o ar contaminado.

Alice era capaz de sentir o cheiro das coisas. Em geral, acertava, mas agora, olhando para seu rosto, não gostei nada da expressão que vi nele. Ela descobrira alguma coisa a mais. Algo muito ruim. Talvez pior do que tudo que já havíamos descoberto.

— Que foi, Alice? — eu quis saber.

— Tem alguma coisa aqui além da fumaça. Uma feiticeira esteve aqui. Talvez mais de uma...

— Uma feiticeira? Por que uma feiticeira viria aqui? — perguntei, minha cabeça rodando com o que já vira.

— Para buscar os baús; para que mais seria? Deve haver alguma coisa dentro deles que elas querem muito.

— Mas como descobriram a existência dos baús?

— Espelhos, talvez? Quem sabe podem usar seus poderes fora de Pendle?

— E Jack e Ellie? E a criança? Onde estão agora?

— Meu palpite é que Jack tentou impedi-las. Jack é grande e forte. Não teria desistido sem luta. Quer saber o que penso? — perguntou Alice, de olhos arregalados.

Assenti, mas receoso do que ia ouvir.

— Elas não podiam entrar naquele quarto porque sua mãe protegeu-o, de algum modo, contra o mal. Então, obrigaram Jack a entrar e buscar os baús para elas. A princípio, ele resistiu, mas quando ameaçaram Ellie ou a pequena Mary, ele teve que obedecer.

— Mas como Jack conseguiu entrar? — perguntei. — Não há sinal de que a porta tenha sido forçada, mas eu tenho a única chave. E onde estão eles? Onde estão agora?

— Devem ter levado sua família com elas. É o que parece.

— Para onde, Alice? Em que direção foram?

— Precisaram de um cavalo e uma carroça para transportar os baús. Os três baús pareciam pesados. Portanto, eles devem ter se mantido nas estradas. Podíamos seguir e ver...

Corremos até o fim da estradinha e seguimos pela estrada para o sul, caminhando depressa. Depois de uns cinco quilômetros, chegamos à encruzilhada. Alice apontou.

— Eles foram para nordeste, Tom. Foi exatamente como pensei. Foram para Pendle.

— Então, vamos segui-los — falei e saí correndo. Dera menos de dez passos, quando Alice me alcançou, segurando meu braço e me virando.

— Não, Tom, não é assim que se faz. Eles já estão adiantados. Na altura em que chegarmos lá, estarão escondidos, e há muitos lugares em Pendle para se esconder. Que esperança teríamos? Não, devemos voltar e contar ao Velho Gregory o que aconteceu. Ele saberá o que fazer. E aquele padre Stocks também ajudará.

Balancei a cabeça. Não estava convencido.

— Tom, *pense!* — sibilou Alice, apertando meu braço até doer.

— Primeiro, devemos voltar e falar com os vizinhos de Jack. Talvez eles saibam de alguma coisa E os seus outros irmãos? Você não devia mandar avisar o que aconteceu? Com certeza, eles vão querer ajudar. Então, devíamos correr a Chipenden e contar ao Velho Gregory o que aconteceu.

— Não, Alice. Mesmo se formos muito rápidos, levará mais de um dia para regressar a Chipenden. E meio dia ou mais até Pendle. A essa altura, tudo pode ter acontecido ao Jack e à família dele. Chegaríamos tarde demais para socorrê-los.

— Tem outro jeito, mas você talvez não goste — disse Alice, soltando o meu braço e baixando os olhos para o chão.

— Como assim? — perguntei. Eu estava impaciente. O tempo se esgotava para Jack e sua família.

— Você poderia retornar a Chipenden e eu prosseguir sozinha... para Pendle.

— Não, Alice! Eu não poderia deixar você ir sozinha. É perigoso demais.

— É mais perigoso se estivermos juntos. Se nos apanharem juntos, ambos vamos sofrer. Imagine o que fariam a um aprendiz de caça-feitiço! Um sétimo filho de um sétimo filho. Brigariam pelos seus ossos, com certeza. Nada mais certo do que isso! Mas, se eu for apanhada sozinha, eu diria apenas que estava retornando para a minha Pendle natal, não é? Que eu queria voltar a viver com a minha família. E eu teria uma oportunidade melhor de descobrir quem fez isso e onde estão prendendo Jack e Ellie.

Meu estômago revirava de tanta ansiedade, mas gradualmente as palavras de Alice começaram a penetrar minha compreensão. Afinal, ela realmente conhecia o lugar e seria capaz de viajar pelo distrito de Pendle sem despertar muitos comentários.

— Ainda assim é perigoso, Alice. E achei que você tinha medo de retornar.

— Estou fazendo isso por você, Tom. E sua família. Eles não merecem o que aconteceu. Vou a Pendle. E não se fala mais nisso. — Alice se adiantou e pegou a minha mão esquerda.

— Vejo você em Pendle, Tom — disse meigamente. — Chegue lá assim que puder...

— Chegarei — tranquilizei-a. — Assim que você descobrir alguma coisa, vá à igreja do padre Stocks em Downham. Estarei lá à sua espera.

Dito isso, Alice assentiu, virou-se e saiu pela estrada para noroeste. Observei-a por alguns momentos, mas ela não olhou para os lados. Dei as costas e corri de volta em direção ao sítio de Jack.

CAPÍTULO 3
PRIORIDADES

Passei no sítio de Wilkinson, que fazia divisa a oeste com o de Jack. Papai sempre preferira criar uma variedade de animais, mas os nossos vizinhos optaram por reses, uns cinco anos antes. A primeira coisa que notei foi um campo cheio de carneiros. A não ser que eu estivesse muito enganado, eles pertenciam a Jack.

Encontrei o sr. Wilkinson consertando uma cerca. Tinha a testa enfaixada.

— Que bom ver você, Tom! — disse ele, pondo-se de pé com um salto e correndo ao meu encontro. — Lamento muito o que aconteceu. Eu teria mandado informar, se pudesse. Eu sabia que você estava trabalhando em algum lugar ao norte, mas não tinha o endereço. Despachei uma carta para o seu irmão James ontem. Pedi a ele para vir imediatamente.

James era o meu segundo irmão mais velho e trabalhava como ferreiro em Ormskirk, a sudoeste do Condado, local quase todo cercado por terreno turfoso e alagadiço. Mesmo que ele recebesse a carta amanhã, gastaria um dia ou mais para chegar aqui.

— O senhor viu o que aconteceu? — perguntei.

O sr. Wilkinson confirmou.

— Sim, e recebi isso pelo meu esforço — disse ele, apontando para a cabeça enfaixada. — Aconteceu pouco depois do anoitecer. Vi o incêndio e vim ajudar. A princípio, fiquei aliviado que apenas o celeiro estivesse em chamas, e não a casa. Mas, quando cheguei mais perto, fiquei desconfiado porque havia muita gente andando pelo sítio. Como sou o vizinho mais próximo, fiquei mais do que intrigado que tivessem chegado antes de mim. E logo percebi que não estavam fazendo tentativa alguma para salvar o celeiro; estavam retirando coisas da casa e carregando-as em uma carroça. O único aviso que recebi ao ir ao encontro deles foi o som de botas correndo em meu encalço pelas minhas costas. Antes que pudesse me virar, recebi uma forte pancada na cabeça e apaguei como uma lâmpada. Quando voltei a mim, eles tinham ido embora. Espiei dentro da casa, mas não vi sinal de Jack ou de sua família. Desculpe não ter podido fazer mais, Tom.

— Obrigado por vir ao sítio e tentar ajudar, sr. Wilkinson — disse. — Lamento realmente que o senhor tenha se machucado. Mas viu o rosto de algum deles? O senhor os reconheceria se os visse?

Ele balançou a cabeça.

— Não consegui ver nenhum deles bastante perto, mas havia uma mulher nas proximidades, sentava-se empertigada em um cavalo negro. E era um exemplar raro de animal, um puro-sangue como os que o pessoal monta durante o grande mercado de primavera na aldeia de Topley. Era uma mulher requintada, graúda mas muito benfeita de corpo, com uma basta cabeleira negra. Não corria pelo terreiro como os demais. Eu ainda estava a alguma distância, mas a ouvi falar em voz alta o que me pareceram instruções. Havia autoridade em sua voz, não resta dúvida.

"Depois da pancada na cabeça, não prestei para mais nada. Na manhã seguinte, eu ainda estava me sentindo doente, mas mandei o meu rapaz mais velho a Topley reportar o que havia acontecido a Ben Hindle, chefe de polícia local. Ele trouxe um grupo de aldeões com ele no dia seguinte. Seguiram o rasto para nordeste por umas duas horas e depararam com uma carroça abandonada com uma das rodas quebradas. Tinham levado cães e seguiram a pista por terra firme até vê-la terminar inesperadamente. Ben disse que nunca vira nada parecido. Era como se tivessem sumido no ar. Então, não havia o que fazer, exceto cancelar a perseguição e regressar. De todo modo, Tom, por que não volta a minha casa e come alguma coisa? Você é mais do que bem-vindo para ficar conosco por alguns dias até o seu irmão James chegar."

Balancei a cabeça.

— Obrigado, sr. Wilkinson, mas é melhor eu voltar a Chipenden o mais rápido que puder e contar ao meu mestre o que aconteceu. Ele saberá o que fazer.

— Não seria melhor você esperar pelo James?

Por um momento, hesitei, em dúvida quanto ao recado a deixar para James. Uma parte de mim não queria induzi-lo a correr riscos contando-lhe que estávamos rumando para Pendle. Ao mesmo tempo, ele iria querer ajudar a socorrer Jack e a família. E estávamos em pesada minoria. Precisaríamos de toda ajuda que pudéssemos obter.

— Desculpe, sr. Wilkinson, mas acho que é melhor viajar imediatamente. Quando James chegar, o senhor poderia dizer a ele que prossegui viagem para Pendle com o meu mestre? Tenho muita certeza de que os responsáveis por isso vieram de lá. Diga a James para ir diretamente à igreja de Downham, no distrito de Pendle. Fica ao norte da serra. O padre lá se chama Stocks. Ele saberá onde nos encontrar.

— Farei isso, Tom. Minha esperança é que encontre Jack e a família sãos e salvos. Nesse meio-tempo, cuidarei do sítio: a criação e os cães dele estão bem seguros comigo. Diga-lhe quando o vir.

Agradeci ao sr. Wilkinson e viajei de volta a Chipenden. Estava preocupado com Jack, Ellie e a filha deles. Alice também. Seus argumentos tinham parecido fazer sentido. Ela me convencera de que o melhor seria continuar viagem sozinha. Mas ela estava apavorada e eu suspeitava disso, apesar do que dizia, pois estaria correndo sério perigo.

Cheguei a Chipenden tarde na manhã seguinte, tendo passado parte da noite em um velho curral. Sem cerimônia, despejei um relato cru do que acontecera, pedindo ao Caça-feitiço para viajar imediatamente a Pendle — poderíamos conversar na estrada, falei, porque cada segundo que demorássemos aumentava o perigo para a minha família. Mas ele não quis me atender e indicou com um gesto uma cadeira à mesa da cozinha.

— Sente-se, rapaz — disse-me. — Mais pressa, menos rapidez! De qualquer jeito, a viagem nos tomará a maior parte da tarde e a noite também, e não seria sensato entrar em Pendle durante as horas de escuridão.

— Que importa? — protestei. — Ficaremos lá algum tempo, não é? Afinal, vamos passar muitas noites lá!

— É, é bem verdade, mas as divisas de Pendle são perigosas por serem vigiadas e guardadas por aqueles que fogem da luz do sol. Não há esperança de penetrar um lugar desses sem ser visto, mas pelo menos durante as horas do dia chegaremos ainda com vida no corpo.

— Padre Stocks poderia nos ajudar a entrar — disse eu, olhando ao redor à procura dele. — Conhece Pendle bem. Deve saber um modo de chegarmos a Downham em segurança hoje à noite.

— Creio que sim, mas ele partiu pouco antes de você chegar. Estivemos repassando todo o problema e ele me forneceu as peças finais do quebra-cabeça para eu poder saber como lidar com as feiticeiras. E ele tem um bom número de paroquianos em Downham e não tem coragem de abandoná-los por muito tempo. Agora, rapaz, comece pelo começo e me conte tudo outra vez. Não omita nenhum detalhe. No fim, isso se provará melhor do que sair às pressas pela estrada sem nem a metade de um plano entre nós!

Fiz como me mandou, dizendo a mim mesmo, como sempre, que provavelmente o Caça-feitiço tinha razão e aquela era a melhor maneira de ajudar Jack. Porém, ao terminar o meu relato, as lágrimas vieram aos meus olhos, ao pensar no que havia acontecido. O Caça-feitiço olhou bem para mim por uns dois segundos e então se levantou. Começou a andar para a frente e para trás no piso lajeado em frente à lareira da cozinha.

— Sinto muito por você, rapaz. Deve ser duro. Seu pai morto, sua mãe se foi, e agora isso. Sei que é difícil, mas você vai ter que controlar suas emoções. Precisamos pensar claramente agora, de cabeça fria. Essa é a melhor maneira de ajudar sua família. A primeira coisa que preciso perguntar é o que sabe sobre aqueles baús e malões no quarto de sua mãe. Tem alguma coisa que você não me disse? Tem alguma ideia do que possam conter?

— Minha mãe costumava guardar a corrente de prata que me deu dentro do malão mais próximo da janela — lembrei a ele —, mas não faço ideia do que mais havia dentro. O que mamãe me disse foi muito misterioso. Disse que eu descobriria as respostas para muita coisa que poderia estar me intrigando. Que o seu passado e o seu futuro estavam dentro dos baús, e que eu descobriria coisas sobre ela que jamais contara ao meu pai.

— Então, você não faz a menor ideia? Tem certeza?

Pensei bem por alguns momentos.

— Talvez haja dinheiro em um dos malões.

— Dinheiro? Quanto dinheiro?

— Não sei. Mamãe gastou algum dinheiro pessoal na compra do sítio, mas, para começar, não sei quanto havia. Porém, deve ter sobrado alguma coisa. Lembra, no início do inverno, quando fui em casa receber os dez guinéus que meu pai devia ao senhor pelo meu aprendizado? Pois bem, mamãe subiu e os apanhou no tal quarto.

O Caça-feitiço assentiu.

— Então, poderiam muito bem ter ido buscar o dinheiro. Mas, se a garota tiver razão e as feiticeiras estiverem envolvidas, não posso evitar pensar que deve ter havido mais alguma coisa. E como foi que souberam que os baús estavam lá?

— Alice acha que podem ter andado espionando através de espelhos.

— Acha, é? O padre Stocks mencionou espelhos, mas não vejo como poderiam ter visto os malões e baús em um quarto trancado. Não faz sentido. Tem alguma coisa mais sinistra por trás disso.

— Como o quê?

— Ainda não sei, rapaz. Mas, uma vez que você tem a única chave, como foi que entraram no quarto sem arrombar a porta? Você diz que sua mãe protegeu o quarto de modo a impedir a entrada do mal?

— É, mas Alice acha que eles obrigaram Jack a entrar porque não podiam entrar pessoalmente. Havia sangue na parede e no chão. Devem ter machucado Jack, e o fizeram entrar e apanhar os malões; porém, como a porta foi aberta ainda é mistério para mim. Minha mãe disse que o quarto era um refúgio...

Senti-me sufocar de emoção, e o Caça-feitiço se aproximou e me deu palmadinhas no ombro para me consolar. Então, esperou em silêncio até eu recuperar o controle da voz.

— Vamos, rapaz, continue.

— Ela disse que, uma vez trancado, eu poderia entrar e estaria a salvo de qualquer mal que houvesse no exterior. Que era até mais bem protegido do que a casa. Mas eu só devia usá-lo quando fosse perseguido por alguma coisa tão terrível que a minha vida e a minha alma corressem risco. Ela disse que havia um preço a pagar por usá-lo. Que eu era jovem e que não seria afetado, mas que o *senhor* não poderia usá-lo. E, que se algum dia se tornasse necessário usá-lo, eu deveria lhe dizer isso...

O Caça-feitiço assentiu pensativamente e coçou a barba.

— Bem, rapaz, a coisa fica mais e mais misteriosa. Percebo algo profundo aí. Algo com que nunca deparei. O que enfrentamos é ainda mais difícil, agora que há vítimas inocentes envolvidas, mas não temos escolha senão prosseguir. Vamos partir para Pendle em uma hora: acharemos algum lugar para dormir pelo caminho e chegaremos depois do amanhecer, quando será mais seguro. Farei o que puder para ajudar sua família, mas tenho que lhe dizer o seguinte: há mais em jogo aqui do que apenas as vidas deles. Como você sabe, resolvi tentar enfrentar as feiticeiras de Pendle de uma vez por todas. E não foi sem tempo: o padre Stocks me trouxe notícias muito ruins. Parece que os boatos são verdadeiros: os Malkin e os Deane fizeram uma trégua e agora estão tomando medidas para fazer com que os Mouldheel se unam a eles. Então, é tão grave quanto receei. Sabe o que sempre acontece no dia 1º de agosto, a menos de duas semanas de hoje?

Balancei a cabeça. O meu aniversário era no terceiro dia daquele mês. Essa era a única data de agosto que tinha algum significado para mim.

— Bem, rapaz, já é tempo de saber. É uma das festas dos Velhos Deuses. Chamam-na de "Lammas" e é quando os covens de feiticeiras se reúnem para cultuar e invocar poderes das trevas.

— É um dos quatro sabás principais no calendário das feiticeiras, não é? Li a respeito, mas não sabia todas as datas.

— Então, agora sabe a data do Lammas. E, pelo que o padre Stocks me disse, parece que as feiticeiras de Pendle estão se preparando para tentar alguma coisa especialmente tenebrosa e arriscada nessa data. E o grande perigo é que os Mouldheel decidam aderir e os três covens se unam, o que aumentará muito os seus poderes. Deve ser alguma coisa importante para reuni-los desse modo. O padre Stocks nunca soube de tantos ataques a cemitérios: uma boa quantidade de ossos foi roubada. As más notícias sobre seu irmão e a família complicam as coisas, mas deixam bem claro quais são as prioridades.

"Precisamos chegar a Pendle e nos encontrar com o padre Stocks em Downham. Precisamos impedir que os Mouldheel integrem a aliança profana e precisamos descobrir quem foi sequestrado. Se a jovem Alice puder nos ajudar nisso, tudo bem. De outro modo, teremos que sair à caça sozinhos."

Nossas malas estavam arrumadas; bastava sair pela porta de entrada e trancá-la ao passar. Finalmente, viajaríamos para Pendle, e já não era sem tempo. Mas agora, para meu desânimo, o Caça-feitiço se sentara em um banquinho ao lado da mesa da cozinha. Ele tirou a pedra de amolar da mochila e ergueu o bastão. Ouviu-se um clique quando a faca retrátil saltou para fora, seguida de um som de atrito quando ele começou a afiar seu gume.

Ele olhou para mim e suspirou. Tinha lido a impaciência e ansiedade no meu rosto.

— Olhe, rapaz, sei que está aflito para pôr o pé na estrada, e com razão. Mas temos que fazer as coisas direito e estar preparados para qualquer eventualidade. Tenho um mau pressentimento sobre essa viagem. Portanto, se em algum momento eu mandar você correr para se salvar e usar aquele quarto especial de sua mãe, você fará isso?

— Quê? E largar o senhor para trás?

— Sim, é exatamente isso que quero dizer. Alguém tem que continuar o nosso ofício. Nunca fui de elogiar muito os meus aprendizes. Elogios podem lhes fazer mal. Podem subir à cabeça e dar uma sensação exagerada de importância, fazendo-os descansar sobre os louros conquistados. Mas direi o seguinte: sem dúvida, você cumpriu o que sua mãe prometeu no passado — é o melhor aprendiz que tive até hoje. Não posso viver eternamente; então, deverá ser o meu *último* aprendiz, aquele que prepararei para levar avante o meu trabalho no Condado. Se eu lhe der a ordem, abandone Pendle imediatamente, sem perguntas nem olhares para trás, e se refugie naquele quarto. Entendeu?

Assenti.

— E se isso for necessário, você me obedecerá?

— Sim, obedecerei.

Por fim, o Caça-feitiço se satisfez e ouvi um novo estalo quando a lâmina se recolheu no bastão. Carregando as nossas mochilas e o meu próprio bastão, segui o Caça-feitiço para o lado de fora e esperei até ele fechar a porta depois que passamos. Ainda parou um instante, ergueu os olhos para a casa, então se virou e sorriu para mim tristemente.

— Muito bem, rapaz, vamos meter o pé na estrada! Já nos atrasamos o suficiente!

CAPÍTULO 4
PENDLE A LESTE

Saindo de Chipenden, viajamos para leste, seguindo pelo lado direito das serras de Bowland antes de fazer a curva para atravessar as margens agradáveis e arborizadas do rio Ribble. Eu não o teria reconhecido como o mesmo largo rio de maré que cortava Priestown, mas, uma vez que o cruzamos, comecei a me sentir cada vez mais inquieto.

— Muito, bem, lá está ela — disse o Caça-feitiço, fazendo uma parada a alguma distância do curso de água que se estendia em nosso caminho. Apontava na direção da serra de Pendle, cujo tamanho aumentava à medida que avançávamos. — Não é uma vista bonita, é?

Tive de concordar. Embora sua forma lembrasse a de Long Ridge, um platô local para além do vale ao sul de Chipenden, este era maior e mais assustador. Acima pairava um ameaçador bloco de densas nuvens negras.

— Há quem ache que parece uma baleia encalhada — disse o Caça-feitiço. — Bom, nunca tendo visto uma baleia, não posso julgar. Outros dizem que parece um barco virado.

Dá para visualizar isso, mas a comparação não lhe faz justiça. Que acha, rapaz?

Estudei o cenário cuidadosamente. A claridade estava começando a desaparecer, mas a serra em si parecia irradiar escuridão. Tinha uma presença taciturna.

— Eu poderia dizer que parece quase estar viva — expliquei, escolhendo com cuidado as minhas palavras. — É como se estivesse guardando uma coisa malevolente e lançando um feitiço sobre tudo ao redor.

— Eu não poderia ter definido melhor, rapaz — disse o Caça-feitiço, apoiando-se no bastão e parecendo muito pensativo. — Mas uma coisa é certa: há uma legião de feiticeiras malevolentes vivendo ao pé da serra. Vamos deixar de conversa, pois escurecerá em meia hora e seria sensato ficarmos deste lado do rio até amanhecer. É melhor nos apressarmos para entrar em Pendle.

Assim fizemos e nos acomodamos sob a proteção de uma cerca. Metade da largura de um campo nos separava do rio, mas, ao adormecer, eu o ouvia murmurar suavemente ao longe.

Ao alvorecer, levantamos e, sem uma lasca de queijo para nos sustentar em pé, atravessamos o rio e prosseguimos rapidamente para Downham, um leve chuvisco batendo em nossos rostos. Estávamos rumando para o norte, mantendo a serra de Pendle à nossa direita, mas logo a perdemos de vista, pois nos embrenhamos por uma densa mata de plátanos e freixos.

— Temos algo a registrar — disse o Caça-feitiço, fazendo-me andar na direção de um grande carvalho. — Que acha que isso é?

Havia uma estranha inscrição no tronco da árvore. Examinei-a de perto:

— Quiseram desenhar uma tesoura?

— Isso — disse o Caça-feitiço, sombrio. — Mas ela não se destina a cortar tecidos. É uma marca feita por Grimalkin, a feiticeira assassina. Seu ofício é matar e torturar, e os Malkin a enviam contra os seus inimigos. Ela fez a inscrição como um aviso. *Pendle é meu território*, quis dizer. *Se me aborrecerem, retalharei a sua carne e os seus ossos!*

Estremeci e me afastei da árvore.

— Talvez eu cruze facas com ela um dia — disse o Caça-feitiço. — O mundo, certamente, seria um lugar melhor se ela estivesse morta. E embora seja uma assassina impiedosa, ela vive segundo um código de honra: nunca usa de malícia. Gosta mais quando está em desvantagem, porém, uma vez que conquiste a superioridade, cuidado com a sua tesoura!

Balançando a cabeça, o Caça-feitiço mostrou o caminho para Downham. Eu tinha aprendido muito sobre Pendle nos últimos dois dias e sabia que era um lugar perigoso. Sem dúvida, o pior estava por vir.

A rua principal da aldeia serpeava pela encosta de uma serra íngreme. Por motivos pessoais, o Caça-feitiço deu uma volta para entrar em Downham pelo norte. A serra de Pendle estava direto à nossa frente, dominando completamente a aldeia e ocupando metade do céu com sua presença taciturna. Embora a manhã já fosse adiantada e o chuvisco tivesse dado uma trégua, não havia vivalma na rua.

— Onde estão todos? — perguntei ao Caça-feitiço.

— Escondidos atrás de suas cortinas. Onde mais poderiam estar, rapaz? — respondeu ele com um sorriso sombrio. — Sem dúvida, cuidando da vida de todo o mundo, menos da própria!

— Dirão às feiticeiras que estamos aqui? — perguntei, observando uma cortina de renda mexer à minha esquerda.

— Chegamos até aqui por um caminho cheio de voltas para evitar certos lugares onde a nossa chegada não passaria sem comentários. De todo modo, certamente haverá alguns espiões aqui, mas Downham ainda é o lugar mais seguro do distrito inteiro. É por isso que vamos usá-lo como nossa base. Devemos agradecer ao padre Stocks. Ele é o padre desta paróquia há mais de dez anos e tem feito tudo que pode para combater as trevas e mantê-las longe. Porém, como me disse, até esta aldeia agora está ameaçada. As pessoas estão indo embora. Estão saindo mesmo de Pendle: algumas são boas famílias que fizeram daqui seu lar há muitas gerações.

A pequena igreja paroquial ficava ao sul da aldeia, atravessando um riacho. Fora erguida em meio a um enorme cemitério com fileiras e mais fileiras de lápides de todas as formas e tamanhos concebíveis. Muitas eram horizontais, quase ocultas pela relva alta e pelo mato; outras se projetavam do chão em todos os ângulos, exceto o vertical, lembrando dentes podres. No todo, o cemitério revelava abandono, as lápides gastas pelo tempo, suas inscrições desbotadas ou cobertas de liquens e musgos.

— As sepulturas bem precisavam de uma limpeza — observou o Caça-feitiço. — Fico surpreso que o padre Stocks tenha permitido que sofressem tanto descaso...

A casa paroquial era um chalé de bom tamanho, tendo como pano de fundo uma dúzia ou mais freixos a uns novecentos metros além da igreja. Chegávamos a ele caminhando em fila indiana por um caminho estreito e coberto de mato que serpeava entre as lápides. Quando chegamos à porta da frente, o Caça-feitiço bateu com força três vezes. Decorridos alguns momentos, ouvimos o som de botas pesadas nas lajotas; então, o ferrolho foi puxado, e a porta, aberta. O padre Stocks estava parado ali, com um ar de espanto no rosto.

— Ora, mas que surpresa, John — disse ele, descontraindo seu rosto com um sorriso. — Não estava esperando você senão mais para o fim da semana. Mesmo assim, entrem os dois e sintam-se em casa!

Nós o seguimos até a cozinha nos fundos da casa, e ele nos convidou a sentar.

— Já comeram? — perguntou quando cada um puxou uma cadeira da mesa. — E você, jovem Tom? Parece bastante faminto para comer um cavalo!

— Estou com fome, padre — respondi, olhando para o Caça-feitiço —, mas não sei se devíamos estar comendo...

O Caça-feitiço sempre insiste que jejuemos quando trabalhamos porque nos torna menos vulneráveis ao poder das trevas; por isso, em geral, nos contentamos com um pedacinho de queijo do Condado para manter as energias. Uma vida de Caça-feitiço não é somente assustadora, perigosa e solitária; muitas vezes significa passar fome também.

— Não faria mal algum tomar café da manhã — disse o Caça-feitiço para minha surpresa. — Antes de tudo, precisamos de informações, e eu tinha esperança, padre, de que você seria o homem a obtê-las para nós. Em consequência, não faremos muita coisa pessoalmente até amanhã. Esta poderá ser a última refeição completa que faremos por algum tempo, então; é claro que sim, acho que aceitaremos o seu gentil convite.

— Assim seja! — exclamou o padre Stocks, o rosto se iluminando. — Terei prazer em ajudar no que puder, mas vamos cozinhar primeiro e conversar enquanto comemos. Prepararei para nós três um farto café da manhã, mas talvez precise de uma mãozinha. Sabe preparar salsichas, Tom?

Eu ia dizer que sim, mas o Caça-feitiço balançou a cabeça ao ouvir isso e se pôs de pé.

— Não, padre, não deixe esse meu rapaz chegar perto de uma frigideira! Já provei a comida feita por ele e o meu estômago até hoje não me perdoou!

Sorri, mas não protestei. E enquanto o Caça-feitiço se ocupava em fritar salsichas, o padre Stocks pôs outras duas frigideiras no fogo — uma chiando com grossas tiras de bacon e rodelas de cebola, a outra fazendo o possível para conter uma grande omelete de queijo, que gradualmente dourava.

Sentei-me à mesa enquanto cozinhavam, sentindo ao mesmo tempo fome e culpa. Minha boca aguava com os cheiros que chegavam a mim, mas eu não conseguia parar de me preocupar com Ellie, Jack e Mary, e me perguntava se estariam bem. Certamente não estariam recebendo um café da manhã como aquele. Perguntava-me também como estaria Alice. Estivera à espera de saber que ela chegara a Downham trazendo notícias. Desejava que não tivesse se metido em encrencas.

— Bom, jovem Tom — disse o padre Stocks —, tem uma coisa que pode fazer para ajudar sem estragar muito o estômago do seu mestre. Passe manteiga em algumas fatias de pão para nós, e que seja um prato cheio!

Obedeci e, mal terminei, três pratos quentes chegaram à mesa, cada qual cheio de bacon, salsichas e cebola frita ao lado de uma grande fatia de omelete.

— Fizeram boa viagem de Chipenden para cá? — perguntou o padre Stocks enquanto saboreávamos a comida.

— Não estou me queixando, mas as coisas pioraram desde que nos falamos pela última vez — respondeu o Caça-feitiço.

Enquanto comíamos, meu mestre contou ao padre Stocks o ataque ao sítio de Jack e o sequestro do meu irmão e sua família. Mencionou também que Alice viera antes de nós para Pendle. Na altura em que terminou a história, tínhamos limpado os nossos pratos.

— Lamento ouvir essas notícias, Tom — disse o padre Stocks pondo a mão no meu ombro. — Lembrarei deles nas minhas orações...

Ao ouvir essas palavras, um arrepio gelado desceu pelas minhas costas. Estava falando como se já estivessem mortos. De qualquer jeito, de que adiantariam orações? Já nos atrasáramos muito e precisávamos dar início às buscas. Senti as faces quentes e comecei a me irritar, mas a boa educação me fez segurar a língua. Embora meu pai tivesse morrido, eu ainda era capaz de usar as boas maneiras que ele me ensinara.

Foi como se o padre Stocks tivesse lido o meu pensamento.

— Não se preocupe, Tom — disse com bondade. — Poremos tudo nos eixos. Ajuda-te, e os céus te ajudarão: acredito muito nisso. Farei o que puder, e talvez a jovem Alice chegue com notícias antes que o dia termine.

— Tinha esperança de que Alice talvez já tivesse passado aqui — disse eu.

— Eu também, rapaz. Eu também — disse o Caça-feitiço em um tom de voz que fez novamente a raiva crescer dentro de mim. — Esperemos que ela não esteja aprontando nada...

— Isso não é justo depois de tudo que ela tem feito — protestei —; está arriscando a vida só em vir aqui.

— Não estamos todos? — perguntou o Caça-feitiço. — Olhe, rapaz, não quero ser duro com a garota, mas esta será praticamente a maior tentação que ela já enfrentou. Não tenho certeza se foi uma boa ideia deixá-la vir desacompanhada. Nossas famílias desempenham um papel importante na formação do que viremos a ser, e a da Alice é de feiticeiras. Se ela acaba voltando ao convívio da família, qualquer coisa pode acontecer!

— Pelo que você me contou com relação a ela, John, creio que podemos ser otimistas — disse o padre Stocks. — Talvez todos nós não tenhamos fé em Deus, mas isso não deve nos impedir de ter fé nas pessoas. Em todo caso, provavelmente, nesse momento ela está a caminho daqui. Talvez eu esbarre nela em minhas viagens.

A minha admiração pelo padre Stocks de repente cresceu. Ele tinha razão. O Caça-feitiço devia ter mais fé em Alice.

— Vou sair para ver o que posso descobrir — continuou o padre. — Ainda há gente boa por aqui que irá querer ajudar uma família inocente. Até anoitecer saberei onde prenderam Jack e Ellie, grave minhas palavras. Mas, primeiro, há outra coisa que posso fazer para ajudar. — Ele saiu da mesa e voltou com uma caneta, uma folha de papel e um vidrinho de tinta. Empurrou os pratos, desarrolhou o vidro, molhou a pena e começou a fazer um esboço. Passados alguns momentos, compreendi que estava desenhando um mapa.

— Bem, Tom, sem dúvida você deu uma boa olhada nos mapas do seu mestre relativos a este distrito antes de partir, lembrando-se de dobrá-los corretamente depois, é claro! — disse o padre Stocks, sorrindo para o Caça-feitiço; então,

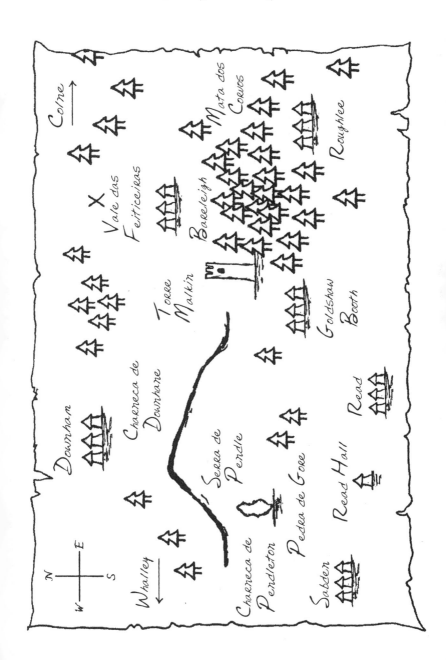

continuou a desenhar. — Mas este pequeno esboço pode simplificar as coisas e ajudar a fixar alguns locais em sua mente.

Ele só levou dois minutos para completar o desenho, e terminou acrescentando alguns nomes de lugares antes de o empurrar para mim por cima da mesa.

— Consegue entender? — perguntou ele.

Passados uns dois segundos, confirmei com a cabeça. Ele havia esboçado o contorno geral da serra de Pendle e a posição das principais aldeias.

— Downham, ao norte da serra, é o local mais seguro em Pendle — disse o padre.

— Eu disse isso ao rapaz a caminho daqui — interrompeu o Caça-feitiço —, e deve-se isso a você, padre Stocks. Somos gratos por contar com um lugar relativamente seguro para trabalhar.

— Não, John, eu não poderia dormir à noite se aceitasse todo o crédito por isso. Certamente fiz o máximo para manter o mal longe, mas historicamente, como você bem sabe, o perigo sempre esteve a sudeste da serra. Então, para viajar daqui para o sul, sempre foi mais seguro seguir a rota oeste e manter a serra à esquerda. É claro que a Pedra de Gore, marcada ali para sudoeste também pode ser perigosa. É onde, às vezes, as feiticeiras realizam sacrifícios. Mas você está vendo essas três aldeias, Tom? A minha letra está legível?

— Acho que sim — disse e li os nomes em voz alta para ele, só para ter certeza: — Bareleigh, Roughlee e Goldshaw Booth. — Eram aldeias das quais Alice me falara. Cada uma delas habitada por um clã de feiticeiras.

— Isso mesmo, Tom, e ali, não muito longe de Goldshaw Booth, do lado oeste da Mata dos Corvos fica a Torre Malkin.

O nome que dou à área é Triângulo do Diabo, porque é aí que as obras das trevas são feitas. Em algum ponto dentro do triângulo de aldeias encontraremos o seu irmão e a família, dependendo do clã que o levou: disso eu tenho certeza.

— Que é o Vale das Feiticeiras? — perguntei, apontando um local imediatamente ao norte de Bareleigh, assinalado com uma cruz.

— Vale das Feiticeiras? — indagou o Caça-feitiço, erguendo as sobrancelhas. — É novidade para mim!

— Mais uma vez, John, é o nome que eu dou a um lugar perigoso. As coisas pioraram desde que você esteve aqui da última vez. O vale tornou-se o refúgio de várias feiticeiras mortas. Algumas escaparam de sepulturas profanas; outras simplesmente foram levadas para lá depois da morte e abandonadas por suas famílias. Normalmente dormem durante as horas de claridade, enterradas no barro sob as árvores, mas saem à noite para caçar sangue quente de criaturas vivas. Então, quando o sol se põe, nem as aves no poleiro estão seguras naquele vale. Certamente é um lugar para se evitar, e os habitantes locais se esforçam ao máximo. Ainda assim, umas pobres almas desaparecem a cada ano. Duas ou três feiticeiras são muito fortes e viajam quilômetros fora do vale toda noite. Outras, felizmente, não se deslocam mais do que uns poucos passos dos seus covis.

— Quantas você calcula que há? — perguntou o Caça-feitiço.

O padre Stocks enrugou a testa.

— Pelo menos, uma dúzia. Mas, como disse, só duas ou três já foram avistadas fora do vale.

— Eu devia ter voltado mais cedo! — disse o Caça-feitiço, balançando a cabeça. — Nunca devia ter permitido que se deteriorasse tanto. Receio não ter cumprido o meu dever...

— Bobagem. Você não podia saber. Está aqui agora e isso é o que importa — respondeu o padre Stocks. — Mas, sim, a situação é desesperadora: alguma coisa precisa ser feita antes do Lammas.

— Quando veio a Chipenden — disse o Caça-feitiço —, eu lhe fiz uma pergunta, mas você nunca me deu uma resposta adequada. Portanto, vou lhe perguntar outra vez. Que acha que os covens vão tentar fazer no Lammas?

O padre Stocks afastou a cadeira da mesa, levantou-se lentamente e suspirou.

— Muito bem, vou desembuchar — disse, alteando ligeiramente a voz. — O que foi que reuniu dois covens e talvez faça um terceiro se juntar a eles? O que poderia fazê-los pôr de lado sua antiga inimizade? A maioria sequer tolera se olhar, e nos últimos trinta anos só se uniu uma vez...

— É — disse o Caça-feitiço com um sorriso sombrio. — Eles só se uniram para me amaldiçoar!

— Isso eles fizeram, John, mas desta vez é porque o mal está ampliando seu poder e suspeito que alguém ou alguma coisa está se empenhando em reuni-los. O crescimento do mal lhes dará a oportunidade de alcançar algo muito perigoso e difícil. Acho que eles vão tentar ressuscitar o próprio Maligno!

— Eu acharia graça, padre, se pensasse que você está brincando — disse o Caça-feitiço, balançando a cabeça gravemente. — Nunca o ensinei a acreditar no Diabo. Você está falando na qualidade de padre?

— Gostaria de estar, John. Mas, como caça-feitiço e padre, acho que elas vão tentar exatamente isso. Se podem ou não, quem sabe? Mas dois covens acreditam nisso, e um terceiro está sendo instado a se unir a eles na tentativa de experimentar ressuscitar o mal encarnado: o próprio Diabo. Algumas feiticeiras acreditam que, quando este mundo foi criado, o Maligno caminhava entre nós. Agora vão tentar trazê-lo de volta, para que uma nova era de trevas possa começar.

Certa vez, eu conversara com o Caça-feitiço sobre o Diabo. Ele me disse que começara a se perguntar se, afinal, havia algo por trás de tudo que enfrentávamos, algo oculto nas profundezas das trevas. Algo que se fortalecia quando as trevas se fortaleciam. Bom, o padre Stocks, sem dúvida, parecia crer que havia algo assim.

Um silêncio baixou sobre a sala e, por alguns momentos, os dois homens ficaram absortos em seus pensamentos.

Então, o padre Stocks se levantou e saiu sem mais demora; nós o acompanhamos pelo cemitério até o portão coberto à entrada do cemitério. As nuvens estavam se dissipando e o sol queimava em nossas costas.

— Esse seu sacristão merecia uma reprimenda ao pé do ouvido — disse sem rodeios o Caça-feitiço. — Já vi adros mais bem cuidados.

O padre Stocks suspirou.

— Ele foi embora há quase um mês. Voltou para Colne onde mora sua família. Não foi, porém, nenhuma surpresa, eu sabia que estava ficando cada vez mais nervoso com a tarefa de cuidar do adro. Três sepulturas foram roubadas nas últimas oito semanas, obra das feiticeiras; portanto, um adro malcuidado é a menor das nossas preocupações.

— Bom, padre, enquanto eu estiver fora, vou mandar o meu rapaz limpar um pouco por aqui.

Despedimo-nos do padre Stocks, e então o Caça-feitiço virou-se para mim.

— Bom, você sabe usar uma foice, rapaz. Vamos garantir que não perca a habilidade que tem por falta de prática. Pode limpar esse adro. Isto irá ocupá-lo até o meu regresso.

— E aonde é que vai? — perguntei surpreso. — Pensei que a ideia fosse ficarmos em Downham enquanto o padre Stocks procurava minha família.

— Era rapaz, mas paroquianos apavorados e sepulturas saqueadas sugerem que a aldeia não está nada segura conforme pensei. Sempre gosto de descobrir as coisas pessoalmente; por isso, enquanto o padre Stocks estiver fora, vou ciscar um pouco e ver o que aflora. Nesse meio-tempo, você se concentrará na limpeza da relva e do mato!

CAPÍTULO 5
AS TRÊS IRMÃS

Achei a foice do sacristão em um barraco ao lado da casa e, depois de despir minha capa e enrolar as mangas da camisa, comecei a cortar a relva e as ervas nas áreas onde as lápides eram horizontais por ser mais fácil.

O trabalho era pesado, mas eu usara muitas vezes a foice lá no sítio e conservara a habilidade cortando a grama do jardim do Caça-feitiço; então, logo peguei o jeito. Suportei o calor, mas, à medida que o meio-dia se aproximava, o sol começou a castigar, e o calor e o esforço fizeram o suor escorrer para os meus olhos. Pareceu-me sensato fazer um intervalo e recomeçar mais tarde.

Havia um poço nos fundos da casa, e, enrolando a corda para puxar o balde, encontrei-o cheio de água tão fresca e deliciosa quanto os riachos que descem do planalto perto de Chipenden. Depois de saciar a sede, sentei-me, descansei as costas no tronco de um teixo e fechei os olhos. Ouvindo o zumbido dos insetos, não tardei a ficar sonolento e, em algum ponto, devo ter adormecido, porque a próxima coisa que lembro foi de um cão latir em algum lugar ao longe. Abri os olhos e descobri que o dia quase terminara e eu ainda tinha mais da metade do cemitério para ceifar. À espera do Caça-feitiço ou do padre Stocks a qualquer momento, imediatamente recomecei a trabalhar.

Quando o sol começou a se pôr, eu praticamente havia concluído o serviço. Precisava juntar a grama, mas resolvi que isso poderia esperar até de manhã. Meu mestre e o padre ainda não tinham regressado. Eu refazia o caminho para casa, começando a me preocupar, quando ouvi um leve ruído além da mureta divisória à minha esquerda: uma passada macia na grama.

— Ora, você certamente fez um bom trabalho nesse adro — disse uma voz de garota. — Não está limpo assim há longos meses!

— Alice! — exclamei, virando-me para encarar a garota.

Não era, porém, Alice, embora a voz me parecesse semelhante. Parada do outro lado da mureta havia uma garota mais ou menos com o mesmo físico, talvez um pouco mais velha; e, enquanto Alice tinha olhos castanhos e cabelos negros, essa estranha tinha olhos verdes como os meus e cabelos claros que lhe chegavam aos ombros. Trajava um vestido de verão azul-claro surrado com mangas esfarrapadas e furos nos cotovelos.

— Não sou Alice, mas sei onde a encontrar — disse a garota. — Ela me mandou buscar você. Disse que devia ir imediatamente. *Busque o Tom para mim, disse ela, preciso de ajuda! Busque-o imediatamente.* Mas não mencionou como você era atraente. Muito mais bonito do que o seu velho mestre!

Senti que corava. Meus instintos diziam para não confiar na garota. Ela era bem agradável à vista, e seus olhos, grandes e brilhantes, mas havia alguma coisa meio duvidosa no jeito com que a boca mexia quando ela falava.

— Onde *está* Alice? Por que não veio com você?

— Ela não está muito longe daqui — disse a garota, indicando o sul com um gesto. — Dez minutos, se tanto, é só. Não pode vir porque alguém a amarrou...

— *Amarrou*? Que é isso? — perguntei.

— Você, um aprendiz de Caça-feitiço, e nunca ouviu falar em um feitiço de amarração? Que vergonha! Seu mestre não está educando você direito. Alice foi amarrada. Elas a prenderam com uma trela. Não pode circular mais de cem passos do local do feitiço. Melhor do que correntes, se for executado corretamente. Mas posso levar você bastante perto para vê-la...

— Quem fez isso? — quis saber. — Quem lançou o feitiço?

— Quem mais, se não os Mouldheel? — retrucou a garota. — Acham que ela é uma feiticeirinha traidora. Vão fazer Alice sofrer, com certeza!

— Vou buscar o meu bastão.

— Não há tempo para isso. Não há tempo a perder. Ela está metida em uma séria encrenca.

— Espere aqui — disse-lhe com firmeza. — Volto dentro de alguns minutos.

Dito isto, corri para a casa, apanhei meu bastão, voltei rápido para onde a garota estava aguardando e pulei a mureta para ir junto. Olhei para os pés dela para ver se estava usando sapatos de bico fino, mas, para minha surpresa, seus pés estavam nus. Ela notou que eu os fixava e sorriu. Quando sorria, parecia realmente bonita.

— Não preciso de sapatos no verão. Gosto de sentir a relva morna sob os pés e a brisa fresca nos tornozelos. Enfim, me chamam de Mab; é o meu nome, se você precisar.

Ela se virou e saiu andando rápido, rumando mais ou menos para o sul na direção da serra de Pendle. Ainda havia alguma claridade no céu poente, mas logo estaria completamente escuro. Eu não conhecia a área e provavelmente teria sido uma boa ideia trazer uma lanterna. Mas meus olhos enxergam melhor no escuro do que os da maioria das pessoas, e, passados talvez uns dez minutos, a lua minguante apareceu por trás de um arvoredo e lançou uma luz pálida sobre o cenário.

— Quanto falta ainda? — perguntei.

— Dez minutos, no máximo — respondeu Mab.

— Foi o que você disse quando iniciamos a caminhada! — protestei.

— Disse? Devo ter me enganado, então. Às vezes me confundo. Quando estou caminhando, entro no meu mundinho. O tempo simplesmente voa...

Estávamos escalando a encosta da charneca que contornava a serra de Pendle. Levaria, no mínimo, outros trinta minutos antes de atingirmos o nosso destino — um pequeno outeiro redondo, coberto de árvores e densos arbustos na orla da mata; a grande massa escura de Pendle avultava por trás.

— Lá no alto entre as árvores é onde aguardaremos Alice.

Ergui o olhar para ver a escuridão por trás das árvores e me senti inquieto. E se estivéssemos caminhando para algum tipo de armadilha? A garota parecia entender de feitiços. Podia ter usado o nome de Alice para me atrair até ali.

— Onde está Alice agora? — perguntei desconfiado.

— Deixei-a no chalé de um guarda-florestal, lá atrás no meio das árvores. Perigoso demais para você chegar mais perto por ora. É melhor a gente esperar aqui em cima até o momento certo para você poder vê-la.

Não fiquei satisfeito com a sugestão de Mab. Apesar do perigo, eu queria ver Alice logo, mas resolvi aguardar.

— Você segue na frente — falei, apertando o meu bastão de sorveira-brava.

Mab me deu um sorrisinho e avançou para a sombra das árvores. Segui-a com cautela, subindo por um caminho cheio de voltas, entre arbustos e emaranhados de amoreiras silvestres, atento ao perigo, o meu bastão em punho. Comecei a vislumbrar luzes à frente e me senti ainda mais inquieto. Mais alguém esperava no alto?

No topo do morro havia uma clareira com vários tocos formando aproximadamente um desenho oval. Parecia que as árvores tinham sido abatidas com o objetivo de oferecer lugar para sentar, e, para minha surpresa, duas garotas já estavam sentadas à nossa espera, cada uma com uma lanterna aos pés. Nenhuma das duas era Alice. Ambas pareciam ser ligeiramente mais novas. Olharam curiosas para mim com os olhos arregalados, sem piscar.

— Essas são as minhas irmãs mais novas — disse Mab. — A da esquerda é Jennet, e a outra se chama Beth, mas eu não me incomodaria muito com os nomes delas, se fosse você. São gêmeas, e não é possível distinguir qual é qual!

Tive de concordar: pareciam idênticas. Os cabelos eram da mesma cor e comprimento que os de Mab, mas aí cessava a semelhança com a irmã mais velha. As duas eram muito magras, com os rostos angulosos e contraídos, e olhos penetrantes.

As bocas eram fendas horizontais rígidas em seus rostos, e seus narizes estreitos eram ligeiramente curvos. Usavam vestidos finos e puídos, como Mab, e seus pés também estavam nus.

Segurei meu bastão com mais força. As irmãs de Mab ainda me encaravam atentas, e não havia expressão alguma em seus rostos, nem modo de dizer se eram hostis ou amigáveis.

— Sente-se, Tom, e alivie o peso do corpo sobre os pés — disse Mab, apontando para um dos três tocos defronte às irmãs. — Pode demorar algum tempo antes de nos encontrarmos com Alice.

Cansado, fiz o que me mandava; Mab sentou-se no toco à minha esquerda. Ninguém falou, e um silêncio estranho pareceu amortalhar tudo. Para ocupar o tempo, contei os tocos. Eram treze, e subitamente me ocorreu que aquilo poderia ser um local de reunião para um coven de feiticeiras.

Nem bem esse pensamento perturbador penetrara minha mente, um morcego mergulhou na clareira antes de bater as asas e desaparecer entre os galhos à minha esquerda. Em seguida, uma enorme mariposa surgiu ninguém sabe de onde e, em vez de voar em direção a uma das lanternas, começou a girar em torno da cabeça de Jennet. Deu voltas e mais voltas batendo as asas, como se a cabeça da moça fosse uma chama de vela. A garota ainda mantinha os olhos fixos em mim, e me perguntei se teria notado a mariposa que se aproximava cada vez mais e parecia estar na iminência de pousar em seu nariz pontudo.

De repente, para meu espanto, sua boca se escancarou e sua língua projetou-se para fora repentinamente, apanhou a mariposa e tornou a se recolher. Então, pela primeira vez, seu rosto se animou. Ela deu um largo sorriso, curvando a boca de orelha a orelha. Em seguida, mastigou depressa e engoliu a mariposa com uma grande tragada.

— Estava boa? — perguntou a irmã Beth, olhando-a de esguelha.

Jennet assentiu.

— Realmente suculenta. Não se preocupe: você pode comer a próxima.

— Não me importaria nada — respondeu Beth. — Mas, e se não vier outra?

— Nesse caso, faremos um jogo, e deixarei você escolher qual — ofereceu Jennet.

—Vamos jogar Cuspir em Alfinetes. Gosto desse.

— É porque sempre ganha. Você sabe que só consigo cuspir em alfinetes às sextas-feiras. Hoje é quarta. Só posso engolir penas às quartas-feiras, então terá que ser outra coisa.

— Que tal Atravessar a Cerca de Costas? — sugeriu Beth.

— Bom jogo, esse — disse Jennet. — A primeira a chegar lá embaixo ganha!

Para minha surpresa, as duas caíram de costas dos tocos de árvores e deram cambalhotas para trás, girando cada vez mais rápido até desaparecerem nos arbustos e silvas. Por alguns momentos, pude ouvir as duas baterem no chão estalando e partindo com força gravetos, pontuados por gritos de dor e explosões de riso histérico. Depois sobreveio o silêncio, e, em algum lugar próximo, ouvi o pio de uma coruja. Olhei para os galhos de árvores, mas não vi o menor sinal da ave.

— As minhas irmãs adoram esse jogo! — disse Mab com um sorriso. — Mas vão passar a noite lambendo as feridas, certo como dois e dois são quatro.

Alguns minutos depois, as gêmeas tornaram a subir pelo caminho. Quando se sentaram defronte a mim outra vez, não soube se ria do estado das duas ou se sentia pena da dor e desconforto que deviam estar sofrendo. Seus vestidos puídos estavam rasgados — a manga esquerda de Jennet fora inteiramente arrancada —, e elas estavam cobertas de cortes e arranhões. Beth tinha um pedaço de sarça preso no cabelo, e havia uma linha fina de sangue escorrendo do nariz para o lábio superior. Mas ela não parecia nada desanimada.

— Realmente me diverti. Vamos fazer outra brincadeira — sugeriu, lambendo o sangue. — Que tal Verdade ou Desafio? Gosto desse também.

— Por mim tudo bem. Mas faz o garoto ser o primeiro... — disse Jennet, apertando os olhos na minha direção.

— Verdade, Desafio, Beijo ou Promessa? — quis saber Beth, olhando direto para mim, um desafio em sua voz. As três garotas estavam me observando agora e nenhuma delas pestanejava.

— Não quero jogar — disse eu com firmeza.

— Seja gentil com as minhas irmãs mais moças — insistiu Mab. — Vamos, escolha. É só um jogo.

— Não conheço as regras — respondi. Era verdade. Nunca tinha ouvido falar no jogo. Parecia uma brincadeira de meninas, e eu não tinha irmã alguma. Não conhecia bem jogos de meninas.

— É fácil — disse Mab à minha esquerda. — Você simplesmente escolhe um dos quatro. Escolhe Verdade, e tem que responder a uma pergunta sinceramente. Escolhe Desafio, e você recebe uma tarefa. Escolhe Beijo, e tem que beijar quem ou o que lhe mandarem: não pode se negar. Promessa é a mais difícil de todas. Tem que fazer uma, e preso a ela ficará: talvez até preso para sempre!

— Não! Não quero brincar — repeti.

— Não seja bobo. Você não tem escolha, tem? Não pode sair daqui até dizermos. Você criou raízes: não reparou?

Eu estava me sentindo mais e mais aborrecido. Parecia-me agora que Mab andara fazendo alguma espécie de jogo comigo desde o momento em que nos encontramos no cemitério. Não acreditei um momento que íamos socorrer Alice. Que tolo eu tinha sido! Por que a seguira até ali?

Quando tentei me pôr de pé, nada aconteceu. Era como se todas as forças tivessem deixado meu corpo. Meus braços pareciam inúteis caídos dos lados, e meu bastão de sorveira-brava escapara dos meus dedos para o chão e rolara para longe.

— Você está melhor sem aquele pau nojento — disse Mab. — Você é o primeiro: está na hora de escolher uma das quatro opções. Você vai fazer o nosso jogo quer queira quer não. Vai jogar e vai gostar. Portanto, escolha!

A essa altura, eu não tinha a menor dúvida de que todas as três eram feiticeiras. O bastão estava fora do meu alcance e eu me sentia fraco demais para ficar de pé. Não sentia medo porque, por alguma razão, a sensação era mais de que estava sonhando do que acordado, mas eu sabia que não estava dormindo e que corria perigo. Então, inspirei profunda e lentamente, e pensei com cuidado. Era melhor fazer um pouco a vontade delas. Enquanto se concentravam no jogo, eu poderia encontrar um meio de me libertar.

Mas qual das quatro opções eu deveria escolher? "Desafio" poderia levar a algum tipo de tarefa perigosa que fosse obrigado a executar. "Promessa" apresentava muitos riscos. Já fizera promessas antes que haviam me levado a encrencas. "Beijo" parecia inofensivo. Como um beijo poderia machucar alguém? Então me lembrei que ela dissera "quem ou o *quê*", e não gostei do som desse quê. Mesmo assim, quase escolhi essa opção, mas acabei decidindo por "Verdade". Sempre procurei ser honesto e sincero. Era algo que meu pai me ensinara. Que mal poderia advir de escolher essa?

— Verdade — falei.

Ao ouvir minha resposta, as garotas deram largos sorrisos, como se fosse exatamente a que queriam que escolhesse.

— Certo! — exclamou Mab em tom de triunfo, virando-se para me encarar. — Me responda isso e seja sincero. E é melhor que seja, se souber o que é bom para você. Não vale a pena nos enraivecer. Qual de nós você gosta mais?

Olhei para Mab espantado. Não tinha ideia da pergunta que me fariam, mas isso era completamente inesperado. E não era fácil responder. Qualquer uma que eu escolhesse deixaria as outras duas ofendidas. E eu nem tinha certeza de qual era a verdade. As três garotas eram apavorantes, quase certamente feiticeiras. Não gostava de nenhuma delas. Então, que mais poderia fazer? Respondi-lhes a verdade.

— Não gosto muito de nenhuma de vocês — falei. — Não quero ser grosseiro, mas vocês queriam a verdade, e lhes disse a pura verdade...

As três deixaram escapar simultaneamente um silvo de raiva.

— Não é uma boa resposta — disse Mab, a voz baixa e perigosa. — Você tem que escolher uma de nós.

— Então é você, Mab. Foi quem eu vi primeiro. Então, que seja você.

Eu falara instintivamente, sem pensar, mas Mab sorriu. Era um sorriso presunçoso, como se soubesse o tempo todo que ia ser escolhida.

— É a minha vez agora — disse Mab, dando-me as costas para encarar as irmãs. — Escolherei o "Beijo"!

— Então beije o Tom! — exclamou Jennet. — Beije-o agora e o faça seu para sempre!

A isso, Mab se levantou e atravessou o centro da clareira para ficar de frente para mim. Ela se curvou e pôs as mãos em cada um dos meus ombros.

— Levante a cabeça para mim! — ordenou.

Senti-me fraco. Toda a minha força de vontade parecia ter me abandonado. Fiz o que me mandava: fitei aqueles olhos verdes e seu rosto se aproximou mais do meu. Era um rosto bonito, mas seu hálito fedia como o de um cão ou de um gato. O mundo começou a girar e, não fosse o aperto firme das mãos de Mab nos meus ombros, eu teria caído de costas para fora do toco.

Então, quando os lábios mornos dela comprimiram suavemente os meus, senti uma série de dores excruciantes no meu antebraço esquerdo. Era como se alguém o tivesse perfurado quatro vezes com uma agulha longa e afiada.

Cheio de dor, saltei de pé, e, com uma exclamação, Mab desencostou de mim e caiu de costas na relva. Olhei para o meu antebraço. Havia quatro cicatrizes ali, vívidas ao luar. E me lembrei do que as causara. Alice, certa vez, apertara o meu braço esquerdo com tanta força que suas unhas tinham se cravado na minha carne. Quando ela me soltou, havia quatro gotas de sangue vermelho vivo onde as unhas me cortaram.

Dias mais tarde, a caminho da casa da tia dela em Staumin, Alice encostara sua mão nas cicatrizes no meu braço. E me lembro exatamente do que disse:

Pus minha marca em você... Nunca mais desaparecerá.

Eu não tive certeza do que quisera dizer, e ela realmente nunca explicara. Depois, outra vez, em Priestown, brigamos, e eu já ia seguir sozinho o meu caminho quando Alice gritou: *Você é meu. Você me pertence!*

Na hora, eu realmente não pensara muito a respeito. Agora começava a me perguntar se o significado daquela frase seria mais do que eu entendera: Alice e as três garotas pareciam acreditar que uma feiticeira poderia se apropriar da pessoa por toda a vida. Qualquer que fosse a verdade, eu tinha me libertado do poder de Mab e, de alguma forma, devia isso a Alice.

No momento em que Mab se esforçava enraivecida para se pôr de pé, mostrei-lhe as cicatrizes no meu braço.

— Não posso ser seu para sempre, Mab — disse-lhe, as palavras voando de minha boca como se fosse magia. — Já pertenço a outra. Pertenço a Alice!

Assim que disse isso, Beth e Jennet tombaram graciosamente dos seus tocos e tornaram a rolar o morro de costas. Mais uma vez eu as ouvia bater nos arbustos e sarças até embaixo no sopé do morro, só que dessa vez elas não gritaram nem riram.

Quando olhei para Mab, seus olhos estavam ardendo de raiva.

Rapidamente me abaixei e agarrei o meu bastão de sorveira-brava, pronto para surrá-la, se fosse preciso. Mab olhou para o bastão erguido, se esquivou e deu dois passos rápidos para trás.

— Você vai pertencer a mim um dia — disse, os lábios se contraindo num esgar. — Tão certo quanto o meu nome é Mab Mouldheel! E vai acontecer muito mais cedo do que pensa. Quero você, Thomas Ward, e com certeza você será meu quando Alice estiver morta!

Dizendo isso, ela se virou, apanhou as duas lanternas e tornou a descer o declive em direção às árvores por um caminho diferente do que tínhamos usado para subir.

Eu estava tremendo dos pés à cabeça em resposta às suas palavras. Estivera conversando com três feiticeiras do clã Mouldheel. Mab certamente soubera onde me encontrar — Alice devia ter-lhe dito. Então, onde estava Alice? Tinha certeza de que Mab e as irmãs sabiam.

Parte de mim desejava rumar para o norte, regressar a Downham e contar ao Caça-feitiço o que acontecera. Mas não me agradara o jeito ríspido com que Mab fizera sua ameaça. Alice, com certeza, era prisioneira deles; estava em seu poder? Talvez a matassem assim que retornassem. Portanto, eu não tinha escolha. Precisava seguir as irmãs.

Eu havia reparado na direção tomada por Mab. Fora para o sul. Ora, eu precisava seguir as três na descida da encosta leste, a mais perigosa da serra; segui-las para as três aldeias que formavam os três pontos que o padre Stocks chamara de Triângulo do Diabo.

CAPÍTULO 6
O PORÃO DE ESPELHOS

Eu era o sétimo filho de um sétimo filho; por isso, uma feiticeira não conseguiria sentir o meu cheiro a distância. Isso significava que eu poderia seguir as três irmãs a salvo desde que não chegasse perto demais. E também teria que ficar atento à aproximação de outros membros mais perigosos da família Mouldheel.

A princípio foi fácil. Eu via o brilho das lanternas e ouvia as três garotas andando pela floresta à minha frente. Faziam muito barulho: falavam alto e pareciam estar discutindo. A certa altura, apesar de todo o meu cuidado, pisei em um graveto. Ele se partiu com um forte estalo e me imobilizei receoso de que pudessem me ouvir. Não precisava ter me preocupado. As Mouldheel faziam muito mais barulho à frente, completamente inconscientes de que eu as seguia.

Quando saímos da floresta, segui-las tornou-se mais difícil. Estávamos a céu aberto, em uma árida encosta de charneca.

O luar aumentava o risco de me verem; por isso, precisei me manter muito mais atrás, mas não tardei a perceber que tinha outra vantagem. As três garotas chegaram a um riacho e seguiram andando por sua margem quando ele mudou de direção, antes de fazer uma curva em forma de arco e permitir que continuassem o seu caminho para o sul. Isso me confirmou que eram, de fato, feiticeiras. Não podiam atravessar água corrente!

Mas *eu* podia! Então, em vez de sempre acompanhá-las, eu poderia tomar um caminho mais direto e, de certo modo, antecipar aonde estavam indo. Quando desceram a charneca, comecei a caminhar paralelo às três, mantendo-me à sombra das cercas vivas e árvores sempre que possível. Assim prossegui por algum tempo, mas o terreno gradualmente se tornou mais acidentado e mais árduo, e então vi outra mata escura à frente; um denso grupo de árvores e arbustos em um vale que corria paralelo à serra de Pendle à minha direita. A princípio, pensei que não ofereceria problema. Simplesmente diminuí a marcha e deixei que elas passassem a minha frente outra vez, seguindo-as a uma distância segura como antes. Só depois que alcancei as árvores é que percebi que algo estava muito diferente. As três irmãs já não falavam alto como tinham feito anteriormente. Na verdade, elas não estavam fazendo ruído algum. Imperava um silêncio sepulcral, como se tudo estivesse prendendo a respiração. Antes não tinha soprado mais do que uma leve brisa, mas agora nem mesmo um graveto ou folha se mexia. Não se ouvia nem o sussurro brando produzido pelos pequenos animais da noite, como ratos ou ouriços. Ou tudo na mata estava realmente imóvel, prendendo a respiração, ou a mata estava vazia de toda vida.

Foi então, com um súbito arrepio de horror, que compreendi exatamente onde me encontrava e por que as coisas estavam assim. Encontrava-me em uma pequena depressão arborizada. E outro nome para uma pequena depressão arborizada é vale.

Eu estava atravessando o que o padre Stocks chamara de Vale das Feiticeiras! Ali era onde todas as feiticeiras mortas se juntavam para atacar aqueles que passavam pela mata ou a contornavam. Anualmente perdiam-se vidas ali. Agarrei meu bastão de sorveira-brava e fiquei absolutamente imóvel, escutando com atenção. Nada parecia estar se aproximando, mas havia barro macio sob meus pés, e décadas de outonos úmidos tinham fornecido perfeitos esconderijos para feiticeiras mortas. Podia até já haver uma por perto, oculta sob as folhas. Se eu desse um passo à frente, ela me agarraria pelo tornozelo! Uma dentada rápida, e ela começaria a chupar meu sangue, fortalecendo-se a cada gole.

Eu poderia usar o meu bastão de sorveira-brava e provavelmente me desvencilharia — foi o que disse a mim mesmo. Mas eu teria que ser rápido. À medida que a feiticeira fosse crescendo em força, a minha própria força começaria a minguar. E se eu deparasse com feiticeiras realmente fortes? O padre Stocks dissera que havia duas ou três que perambulavam longe do vale à procura de vítimas. Incorporei esse pensamento com firmeza em minha mente.

Comecei a avançar lenta e cuidadosamente. Ao fazer isso, perguntei-me por que as três irmãs tinham ficado tão caladas? Seria porque também se preocupavam em atrair os mortos? Por que fariam isso? Não eram todas feiticeiras? Então me lembrei do que padre Stocks havia comentado a respeito da velha animosidade entre os três covens. Embora tivesse havido alguns casamentos entre os Deane e os Malkin, os clãs somente se reuniam quando precisavam somar seus poderes malignos. Será que as irmãs Mouldheel temiam encontrar uma feiticeira morta de uma família rival?

Era um momento tenso, apavorante; eu corria o risco de ser atacado a qualquer instante. Mas finalmente, com um suspiro de alívio, cheguei ao outro extremo do vale. Estava bem satisfeito de sair da sombra daquelas árvores. Mais uma vez eu me via banhado pelo luar, observando as lanternas balançarem à frente e ouvindo as vozes das irmãs alteradas como se estivessem zangadas. Depois de uns dez minutos, elas começaram a descer uma encosta íngreme e pude ver a luz de uma fogueira clarear o céu. Retardei a marcha por um tempo, depois busquei abrigo em um grupo de freixos e amieiros. Estava no ponto de ser desbastado e podado, e assim fornecer um bom esconderijo. Momentos depois, eu estava espiando de uma moita formada por mudas com uma visão desimpedida do que estava ocorrendo.

Imediatamente abaixo havia uma fileira de chalés geminados — oito ao todo — e, na extremidade do largo pátio lajeado no quintal, ardia uma grande fogueira, as fagulhas dançando no céu da noite. Próximo dali, entre as árvores, havia outro grande grupo de chalés. Provavelmente aquele lugar era Bareleigh, onde vivia o clã dos Mouldheel.

Ao todo, eu via mais de vinte pessoas lá embaixo, uma mistura homogênea de homens e mulheres, a maioria sentada nas lajotas ou no gramado, comendo em pratos com os dedos. A cena parecia bastante inofensiva — apenas alguns amigos reunidos em uma noite quente de verão para jantar ao luar. As vozes eram levadas pelo ar misturadas ao som de risos.

Perto da extremidade havia um caldeirão pendurado em um tripé de metal, e, enquanto eu observava, uma mulher serviu com uma concha alguma coisa em uma tigela; em seguida, atravessou o pátio e a ofereceu a uma moça sentada a alguma distância. Tinha a cabeça baixa e estava olhando para as lajotas, mas, quando a tigela lhe foi estendida, ela ergueu a cabeça para cima e balançou-a firmemente três vezes.

Era Alice! Suas mãos estavam livres, mas Tom vislumbrou o brilho de metal refletindo as chamas: seus pés estavam presos juntos numa corrente com cadeado.

Nem bem a notara quando as três irmãs chegaram ao pátio. Ao se reunirem aos demais, todos se calaram.

Sem dirigir palavra a ninguém, Mab se encaminhou à fogueira. Pareceu cuspir dentro e imediatamente o fogo se extinguiu. As fagulhas pararam de dançar, as chamas piscaram e diminuíram, e as brasas reluziram momentaneamente antes de se tornarem acinzentadas, tudo no espaço de momentos. As lanternas, porém, ainda iluminavam vivamente a cena, e, a um sinal de Mab, vi um dos homens atravessar o pátio, erguer Alice no ombro e levá-la por uma porta aberta para o último chalé à minha esquerda.

Meu coração subiu à boca. Lembrei-me do que Mab dissera a respeito de eu lhe pertencer, uma vez que Alice estivesse morta. Iriam matá-la agora? O homem a levara para dentro exatamente para isso?

Eu estava a ponto de correr morro abaixo até o chalé na tentativa de ajudá-la. Teria sido inútil com tanta gente ali, mas eu não podia ficar observando Alice sofrer algum mal. Esperei alguns momentos, a ansiedade corroendo minhas entranhas. Por fim, não pude mais aguentar; antes que me mexesse, porém, o homem reapareceu sozinho na porta do chalé e a trancou ao passar. Imediatamente, Mab, seguida de suas duas irmãs caminhando logo atrás, conduziram o grupo por um portão que abria para uma trilha além do chalé, que corria paralela a um rio.

Aguardei até que todos tivessem desaparecido ao longe, rumo ao que parecia ser o centro de Bareleigh; então, desci o morro cautelosamente. Havia a possibilidade de alguém estar dentro do chalé, alguém que tivesse estado lá o tempo todo. Quero dizer, eles sairiam deixando Alice sem vigilância? Parecia pouco provável.

Quando alcancei a porta, destranquei-a com a chave especial que Andrew me dera.

Empurrei-a devagarinho e entrei diretamente em uma cozinha desarrumada. À luz de três velas de cera negra, vi que a pia tinha pilhas de pratos e panelas por lavar, e o piso lajeado estava coberto de ossos de animais e salpicado de gordura e óleo congelados. Quando fechei a porta suavemente às minhas costas, meus olhos correram pelo aposento, atentos ao perigo. Parecia deserto, mas não me movi. Somente me encostei à porta, o fedor de gordura rançosa e comida em decomposição nas minhas narinas, e respirei lentamente para acalmar os nervos, mantendo todo o tempo os ouvidos apurados. O restante do chalé parecia vazio, mas estava silencioso demais. Parecia difícil acreditar que Alice não faria ruído algum. Ao me ocorrer esse pensamento, meu coração recomeçou a bater forte no peito, e minha garganta a apertar de medo. E se ela já estivesse morta? E se o homem a tivesse trazido para dentro da casa justamente com esse objetivo?

O horror desse pensamento me fez andar. Teria que revistar cada aposento, um a um. Era um chalé pequeno de um único andar; portanto, não havia sobrado para investigar. A porta interna abria para um aposento minúsculo e apertado; sobre a cama havia lençóis sujos amarrotados, e outra vela preta brilhava vacilante no peitoril da janela. Nenhum vestígio de Alice. Onde ela poderia estar?

Além da cama, instalada na parede mais afastada, havia outra porta. Virei a maçaneta, abri-a devagar, entrei e deparei com a sala de estar.

Um relance me mostrou que eu não estava sozinho! À direita havia a lareira, onde as brasas de um fogo de carvão refulgiam. Mas diretamente em frente a mim, curvada a uma mesa, vi uma feiticeira com olhos delirantes e uma gaforinha de cabelos brancos e crespos. Na mão esquerda ela segurava um toco de vela em que uma chama piscava e soltava muita fumaça. Instintivamente ergui meu bastão quando a boca da mulher abriu e ela começou a gritar, sacudindo a mão fechada para mim. Mas não saiu som algum, e na hora percebi que a feiticeira, na realidade, não estava no aposento comigo. Eu me encontrava diante de um grande espelho. Ela o usava para me vigiar a distância.

A que distância estava? A quilômetros ou ali perto? Onde quer que estivesse usando outro espelho, ela poderia muito bem avisar aos Mouldheel que havia um intruso no chalé. Quanto tempo levaria até alguém retornar?

Abaixo do espelho e para a esquerda, eu enxergava uma escada estreita que se perdia abaixo na escuridão. Devia ser o porão. Alice estaria lá embaixo?

Depressa, apanhei meu estojinho de fazer fogo e um toco de vela no bolso da minha calça. Momentos depois, ignorando a feiticeira que ainda reclamava silenciosamente no espelho, desci os degraus, a vela na mão direita, o bastão na esquerda. Vi uma porta trancada ao pé da escada, mas para minha chave ela não constituía problema; abri com cuidado a porta e deixei a vela iluminar o aposento.

O alívio me engolfou quando vi Alice sentada com as costas contra a parede, ao lado de uma pilha de carvão. Ela parecia ilesa. Ergueu a cabeça, abrindo a boca para falar, o medo gravado em seu rosto. Então, ela me reconheceu e suspirou de alívio.

— Ah, Tom! É você. Pensei que estavam vindo para me matar.

— Tudo bem, Alice. Em um minuto vou libertar você.

Ajoelhei-me e realmente só levei um momento para abrir o cadeado com a minha chave e soltar as correntes das pernas de Alice. Até ali tudo estava indo realmente bem. Mas, quando a ajudei a se pôr de pé, ela estava trêmula e ainda parecia receosa. Foi então que percebi que havia algo estranho no porão. Estava claro demais. Uma vela não poderia tê-lo iluminado tão bem.

Quando me ergui, vi a explicação. Preso a cada uma das quatro paredes, mais ou menos na altura da minha cabeça, havia grandes espelhos com moldura de madeira escura e ornamentada. Os espelhos refletiam a vela, intensificando a luz. Para meu horror, vi outra coisa: em cada espelho havia um rosto me encarando, os olhos cheios de rancor.

Três eram mulheres — feiticeiras com olhos malevolentes e ferozes e cabelos descuidados e bastos —, mas a quarta parecia uma criança. Era aquela quarta imagem que atraía o meu olhar, prendendo-me no chão, fazendo com que me sentisse incapaz de me mexer. A cabeça era pequena — por isso presumi que fosse um menino —, mas as feições eram as de um homem, completamente calvo e de nariz adunco. Por um momento, a imagem ficou imóvel, congelada no tempo como um quadro a óleo, mas, enquanto eu o observava, a boca se abriu como as mandíbulas de um animal pronto para estraçalhar sua presa. Os dentes eram agulhas afiadas como navalhas.

Quem ou o que era, eu não fazia a menor ideia, mas me encheu de pavor — eu *precisava* sair daquele porão. As quatro imagens estavam nos vigiando. Sabiam que eu havia libertado Alice. Apaguei a vela e a repus no meu bolso.

— Vamos, Alice — falei, segurando sua mão. — Vamos embora daqui!

Com essas palavras, comecei a subir os degraus com ela, mas ou a garota estava com medo de ir ou enfraquecida de algum modo, porque, à medida que eu subia, ela parecia resistir e sua mão tentava me puxar para trás.

— Que está fazendo, Alice? — exigi saber. — Eles podem voltar a qualquer momento.

Alice balançou a cabeça.

— Não é tão fácil. Fizeram mais do que me acorrentar. Estou presa aqui. Não irei muito além do pátio...

— Um feitiço de pernas presas? — perguntei, parando e me virando na escada para olhar de frente para ela. Eu já sabia a resposta. Mab tinha dito que ela estava presa; obviamente não mentira.

Alice confirmou em silêncio, o rosto desesperado.

— Tem uma maneira de me soltar, mas não vai ser fácil. Nada fácil. Eles têm um cacho do meu cabelo. Dobrado em dois. Precisa ser queimado. É a única maneira...

— E onde está?

— Com Mab; foi ela quem lançou o feitiço.

— Conversaremos lá fora — disse, puxando Alice mais uma vez para cima. — Não se preocupe, acharei um jeito...

Procurei parecer animado, mas sentia meu coração esmorecer. Que esperança tinha eu de tirar de Mab o cacho de cabelo com tantos outros para ajudá-la?

De algum modo, puxando e dando trancos, consegui levar Alice para o alto da escada do porão. A feiticeira já não estava mais espiando através do espelho. Estaria agora a caminho dali? Atravessamos o quarto e a cozinha, e alcançamos a porta dos fundos, mas, quando a abri, meu coração desanimou ainda mais. Ouvia vozes enraivecidas ao longe, mas que se aproximavam a cada segundo. Começamos a atravessar o pátio até o portão que abria para a trilha na frente da casa. Alice estava realmente tentando, mas ofegava só com o esforço de andar, e gotas de suor brotavam em sua testa.

— Não posso ir além! — soluçou. — Não posso dar nem mais um passo!

— Eu a carregarei! — exclamei. — Mab disse que você está presa por cem passos. Se eu conseguir ultrapassar esse limite, talvez você volte à normalidade.

E, sem esperar uma resposta, eu a agarrei pelas pernas e a ergui sobre o ombro direito. Segurando com firmeza o meu bastão na mão esquerda, saí pelo portão aberto, atravessei a trilha, então mergulhei no rio de correnteza rápida até o outro lado da margem. Agora me sentia melhor. Feiticeiras não podiam atravessar água corrente, e desse modo eu tinha erguido uma barreira entre nós e os perseguidores. Teriam que procurar um caminho diferente, talvez saindo quilômetros do seu curso. Isso nos deu uma dianteira para regressar a Downham.

Não foi fácil carregar Alice; ela não parava de gemer como se estivesse sentindo dor. Perguntei, então, em voz alta:

— Você está bem, Alice?

Sua única resposta foi soltar outro gemido, mas não havia o que fazer, exceto continuar a caminhar; por isso, cerrei os dentes e segui em frente, rumando para o norte, deixando a serra de Pendle à minha esquerda. Sabia que não demoraria a alcançar o Vale das Feiticeiras; então, caminhei para a direita, mais para leste, na esperança de passar ao largo do vale o mais distante que pudesse. Logo adiante deparei com outro rio. Não ouvindo sons de perseguição, desci Alice do ombro para a relva na beira da água. Para meu desalento, seus olhos estavam fechados. Estaria adormecida ou inconsciente?

Chamei seu nome várias vezes, mas não recebi resposta. Tentei sacudi-la gentilmente, mas isso também não adiantou. Então, a preocupação aumentando a cada momento, eu me ajoelhei junto à margem do rio e enchi de água fria as mãos em concha. Em seguida, deixei a água pingar e depois escorrer na testa de Alice. Ela ofegou e se sentou aprumada, os olhos assustados e receosos.

— Tudo bem, Alice. Escapamos. Estamos a salvo...

— Salvo? Como podemos estar salvos? Virão em nosso encalço, virão sim. Não devem estar muito atrás de nós.

— Não. Vadeamos o rio do outro lado da trilha. É água corrente, por isso não podem atravessá-la.

Alice balançou a cabeça.

— Não é tão fácil assim, Tom. A maioria das feiticeiras não é burra. Uma porção de rios desce daquela serra horrorosa lá — disse, apontando para Pendle. — As feiticeiras viveriam onde fosse tão difícil se deslocar de um lugar para outro?

Elas têm jeitos e meios, não têm? Construíram "represas de feiticeiras" onde são realmente necessárias. Rodam uma manivela, e as roldanas baixam uma grande prancha de madeira na água, interrompendo o fluxo da cabeceira do rio. Naturalmente, não leva tanto tempo assim para a água refluir e dar a volta à prancha, mas é tempo mais do que suficiente para permitir que algumas feiticeiras atravessem. Não estarão muito longe se eu não estiver enganada!

Nem bem Alice acabou de falar, ouvi alguém gritar além das árvores às nossas costas. Parecia que elas estavam mesmo em nosso encalço e se aproximavam.

— Você pode andar? — perguntei.

Alice assentiu.

— Acho que sim — disse ela; então, segurei-a pela mão e a ajudei a ficar de pé. — Você me carregou para fora do limite do feitiço. Doeu muito, mas estou quase livre agora, embora Mab ainda tenha em seu poder aquele cacho dos meus cabelos. Me dá medo só de pensar que outros malfeitos ela poderá aprontar usando o meu cacho. Sem dúvida, nisso ela está levando vantagem sobre mim.

Seguimos para o norte em direção a Downham. A princípio, Alice deu a impressão de achar difícil caminhar, mas a cada passo parecia um pouco mais forte e logo estávamos fazendo um progresso razoável. O problema era que os sons de perseguição chegavam gradualmente mais perto. Elas estavam nos alcançando.

Ao subirmos em direção à charneca de Downham e entrarmos em uma pequena mata, Alice subitamente pôs a mão no meu braço e nos fez parar.

— Que foi, Alice? Não podemos parar de andar...

—Tem algo à nossa frente, Tom. Tem uma feiticeira morta vindo para cá...

Vi um vulto se movendo diretamente na nossa direção através das árvores, os pés arrastando as últimas folhas encharcadas do outono. Devia ser uma das feiticeiras realmente fortes que eram capazes de deixar o vale e caçar presas. A feiticeira vinha em nossa direção, mas não parecia estar se deslocando muito depressa. Não podíamos voltar porque as Mouldheel não estavam muito atrás, mas podíamos desviar para a direita ou para a esquerda e lhes dar uma boa distância. Quando, porém, tentei sair do caminho com Alice, ela pôs a mão no meu braço novamente.

— Não, Tom. Vai dar tudo certo. Conheço essa feiticeira. É a velha Maggie Malkin. É minha parenta. Eles a enforcaram em Caster há três anos, mas deixaram que a trouxéssemos para fazer o enterro na aldeia. Não a enterramos. Nós a carregamos para o vale onde teria companhia. E aqui está agora. Será que vai se lembrar de mim? Não se preocupe, Tom. Pode ser exatamente o que precisamos...

Afastei-me de Alice e empunhei meu bastão. Não me agradava minimamente a cara da feiticeira morta. Sua longa veste escura estava pegajosa e coberta de manchas de limo. Havia folhas coladas — sem dúvida, ela se enterrava sob as árvores para dormir durante as horas do dia. Seus olhos estavam abertos, mas abaulavam nas órbitas como se fossem saltar sobre as bochechas, e seu pescoço era longo demais, com a cabeça torcida para a esquerda. E, onde o luar se filtrava através das árvores, via-se um leve rasto prateado às costas dela, do tipo que um caracol ou lesma deixa ao se deslocar.

— Que bom ver você, prima Maggie — cumprimentou Alice de longe com a voz alegre.

Ao ouvir isso, a feiticeira morta parou de chofre. Não estava agora a mais de cinco passos de distância.

— Quem chama pelo meu nome? — crocitou a mulher.

— Sou eu, Alice Deane. Não se lembra de mim, prima?

— Minha memória não é o que costumava ser — suspirou a feiticeira. — Chegue mais perto, criança, e me deixe vê-la.

Para meu horror, Alice obedeceu, aproximando-se de Maggie, que pôs a mão no ombro da garota e farejou ruidosamente três vezes. Eu não teria gostado que aquela mão me tocasse. As compridas unhas da feiticeira lembravam as garras de uma ave de rapina.

— Você cresceu, criança — disse a feiticeira. — Tanto que mal a reconheço. Mas ainda tem o cheiro da família e isso basta para mim. Mas quem é o estranho com você? Quem é esse garoto?

— É o meu amigo Tom — disse Alice.

A feiticeira morta olhou bem para mim e cheirou o ar. Então, franziu a testa e abriu a boca, revelando duas fileiras serrilhadas de dentes enegrecidos.

— Ele é bem estranho. Não tem o cheiro que devia e a sombra dele é comprida demais. Não é boa companhia para uma garota como você!

Um raio de luar tinha atravessado as árvores, projetando as nossas sombras no chão. Minha sombra era longa demais, pelo menos o dobro das de Alice e Maggie — coisa que sempre acontece ao luar. Nunca pensei muito nisso. Simplesmente me acostumei.

— É melhor escolher amigos de sua espécie — continuou a feiticeira. — É isso que devia fazer. Qualquer outra coisa termina em tristeza e arrependimento. Estaria melhor se livrando dele. Me entregue o garoto, isso é que é uma boa garota. A caçada não correu bem esta noite e minha língua está seca como um osso. Então me entregue o garoto...

Dizendo isso, a feiticeira morta esticou a língua para fora tão longe que, por um momento, a deixou pendurada abaixo do queixo.

— Não, Maggie, você precisa de alguma coisa mais suculenta do que ele, precisa mesmo. Ele não tem muita carne nos ossos e o sangue dele é ralo demais para o seu gosto. Não, mais atrás é onde a caçada vai ser boa hoje à noite — continuou, indicando o caminho por onde viéramos. — Sangue de Mouldheel é do que está precisando...

— Acaso há Mouldheel lá atrás? — perguntou Maggie, erguendo a cabeça e espiando entre as árvores ao mesmo tempo em que passava a língua nos lábios. — Você disse Mouldheel?

— Suficientes para alimentá-la por uma semana ou mais — disse Alice. — Mab e as irmãs, e muitos mais. Você não passará fome hoje à noite...

A saliva começou a escorrer da boca aberta da feiticeira, pingando nas folhas decompostas aos seus pés. Então, sem dizer mais nada ou sequer dar uma olhada para trás, saiu na direção do som de vozes às nossas costas. Ela ainda arrastava os pés, mas o seu avanço era muito mais rápido do que antes, enquanto continuávamos nossa viagem andando depressa.

— Deve mantê-las ocupadas por algum tempo — comentou Alice com um sorriso sinistro. — A falecida Maggie odeia os Mouldheel. Pena que não vamos ficar para assistir.

A BATALHA LIVRO 4

Agora que o perigo imediato passara, minha mente se voltava para outros assuntos. Eu temia a resposta, mas precisava saber.

— Você descobriu alguma coisa sobre Jack e sua família? — perguntei a Alice.

— Não conheço uma maneira fácil de lhe dizer isso, Tom. Mas não tem sentido esconder de você a verdade, não é?

De um salto, meu coração veio à boca.

— Eles não estão mortos, estão?

— Dois dias atrás ainda estavam vivos — disse-me Alice. — Mas não continuarão assim por muito tempo, se não fizermos alguma coisa. Trancafiaram todos nas covas sob a Torre Malkin. Os Malkin fizeram isso. Minha família está no meio disso. — Ela balançou a cabeça. — E eles estão com os seus baús também.

CAPÍTULO 7
O RELATO DE ALICE

E mais ou menos uma hora estávamos batendo na porta da casa paroquial. Tanto o padre Stocks quanto o Caça-feitiço já haviam retornado, e, a princípio, meu mestre ficou aborrecido que eu tivesse saído sozinho.

Quando nos sentamos à mesa da cozinha, reparei que o espelho acima da lareira fora virado para a parede. Ainda estava escuro e o padre Stocks obviamente tomara aquela sensata precaução contra a espionagem das feiticeiras.

Meu mestre me obrigou a fazer um relato detalhado do que me acontecera, e quando finalmente terminei, o padre Stocks já pusera quatro pratos de canja de galinha sobre a mesa. Como meu mestre claramente ainda não desejava enfrentar as feiticeiras, ao que parecia não estávamos jejuando; portanto, devorei a sopa com fome de lobo agradecido.

É claro que, embora eu explicasse como tínhamos precisado fugir das Mouldheel, não mencionei que Alice falara com a feiticeira morta. Não achei que seria o tipo de coisa que o Caça-feitiço gostaria de ouvir. Para ele, não passaria de mais uma indicação da intimidade que Alice ainda mantinha com a família e o pouco que poderíamos confiar nela.

— Bem, rapaz — disse ele, molhando uma grande fatia de pão crocante na sopa que soltava fumaça —, apesar de ter sido tolo em sair sozinho com aquela garota, tudo está bem quando acaba bem. Mas agora eu gostaria de ouvir o que Alice tem a dizer — continuou ele, olhando para a garota. — Portanto, comece do começo e conte tudo que aconteceu antes de Tom a encontrar. Não omita nada. Um detalhe mínimo pode ser importante.

— Gastei um dia e uma noite farejando o lugar antes das Mouldheel me apanharem — começou Alice. — Tempo suficiente para fazer algumas descobertas. Fui conversar com Agnes Sowerbutts, uma das minhas tias, e ela me disse a maior parte do que sei. Algumas coisas são visíveis como o nariz na cara da gente. Não é difícil concluir o que está acontecendo por lá. Mas outras coisas são um mistério. Conforme disse a Tom, o irmão dele, Jack, e a família estão presos nas masmorras sob a Torre Malkin. Isso não é surpresa. Também não é surpresa que os Malkin tenham feito isso. Os baús de Tom também estão lá. E estão tendo problemas com os três grandões. Conseguiram abrir as caixas pequenas sem dificuldade, mas não conseguem ter acesso aos três baús. Tampouco sabem o que contêm. Só que é alguma coisa que vale a pena possuir...

— Para começar, como souberam que os baús existiam? — interrompeu o Caça-feitiço.

— Arranjaram um "vidente" — disse Alice. — Chama-se Tibb. Vê coisas a distância, mas não consegue ver o interior dos baús. Só sabe que merecem ser abertos. Sabe que Tom existe também: vê o futuro e acha que Tom constitui realmente uma séria ameaça. Mais perigosa até que você — disse ela, indicando o Caça-feitiço com a cabeça. — Não podem deixar que ele cresça. Os Malkin querem ver o Tom morto. Mas primeiramente querem as chaves do Tom... para poder abrir os baús da mãe dele.

— Quem é esse que chamam de vidente? — perguntou o Caça-feitiço, com um quê de desprezo na voz. — Nasceu e foi criado no Condado?

Meu mestre não acreditava que alguém pudesse ver o futuro, mas eu testemunhara certas coisas que me fizeram pensar que talvez estivesse enganado. Mamãe me escreveu antes de finalmente enfrentarmos o Flagelo de Priestown. Ela previu o que seria provável acontecer e mostrou que estava certa.

— De certa maneira, nasceu no Condado, mas Tibb não é humano — respondeu Alice. — Basta uma olhada nele para se saber...

— Você o viu? — perguntou o Caça-feitiço.

— Sem dúvida o vi, e o Tom também. Nós o vimos no espelho. As Mouldheel me mantiveram prisioneira no porão a maior parte do tempo e havia espelhos para poderem ficar de olho. Mas Tibb era muito forte e usava um dos espelhos das Mouldheel para consultar e espionar pessoalmente. Viu que estou aqui, mas principalmente ele sabe que Tom me salvou. Ele é feio, tem dentes afiados. É pequeno, mas forte e perigoso. E só tem três dedos em cada pé, também. Não, ele não é humano, pode ter certeza.

— Então, de onde veio? Nunca ouvi falar dele — disse meu mestre.

— No Halloween passado, as Malkin fizeram uma trégua com as Deane, e os dois covens se juntaram para criar o Tibb. Puseram a cabeça grande de um javali em um caldeirão e a cozinharam. Ferveram o animal para eliminar toda a carne e o cérebro, reduzindo o cozimento ao caldo do músculo. Cada membro dos covens cuspiu dentro do caldeirão treze vezes. Então, alimentaram uma porca com o caldo. Mais ou menos sete meses depois, elas abriram a barriga da porca e saiu de dentro o Tibb. Não cresceu muito desde então, mas está mais forte do que um homem adulto.

— Parece mais história de sonho do que realidade — disse o Caça-feitiço, torcendo a boca, uma ponta de deboche na voz. — E de quem foi que você ouviu isso? De sua tia?

— Uma parte. O resto foram as irmãs Mouldheel: Mab, Beth e Jennet. Elas me apanharam quando eu estava contornando Bareleigh. Não fosse pelo Tom, teriam dado cabo de mim, com certeza. Tentei convencê-las a me libertar. Disse que eu não pertencia mais à minha família. Mas elas me machucaram bastante. Me fizeram contar coisas que eu não queria dizer. Desculpe, Tom, mas não pude reagir. Contei-lhes a seu respeito, contei sim, e que você veio a Pendle para tentar salvar sua família. Até disse a Mab onde você estava hospedado. Realmente, sinto muito, mas não pude resistir...

As lágrimas começaram a brilhar nos olhos de Alice, e me aproximei dela, passando meu braço pelos seus ombros.

— Não causou nenhum dano.

— Outra coisa que você precisa saber — continuou ela, mordendo o lábio inferior antes de inspirar profundamente. — Enquanto fui prisioneira das Mouldheel, as Deane e as Malkin vieram visitá-las, só umas duas de cada clã, não mais.

Conversaram, sim, ao pé da fogueira do lado de fora; eu estava muito longe para ouvir a maior parte do que foi dito, mas acho que estavam tentando convencer Mab a ajudá-las a fazer alguma coisa. Mas vi claramente Mab balançar a cabeça e despachá-las.

O Caça-feitiço franziu a testa intrigado.

— Por que os Malkin e os Deane conversariam com uma simples garota uma coisa dessas? — perguntou ele.

— Muita coisa mudou desde que você esteve aqui da última vez, John — observou o padre Stocks, pensativo. — O poder das Mouldheel está aumentando e começando a constituir uma séria ameaça aos outros dois. E é uma nova geração a responsável. Mab não deve ter mais de catorze anos, mas é mais assustadora do que uma feiticeira com o dobro da sua idade. Ela já é a líder do clã e os outros a temem. Dizem que é uma competente cristalomante e que consegue ler o futuro melhor do que qualquer outra feiticeira que a precedeu. Talvez esse Tibb seja uma coisa que os Malkin criaram para compensar o poder crescente de Mab.

— Então, vamos desejar que ela não mude de ideia e se alie aos outros covens — disse o Caça-feitiço solenemente. — Tibb vê as coisas a distância, diz você — continuou ele dirigindo suas palavras a Alice. — É um tipo de faro de longo alcance?

— Faro de longo alcance e cristalomancia juntos — explicou Alice. — Mas ele não pode fazer isso o tempo todo. Precisa beber sangue humano fresco...

Desceu um silêncio sobre o aposento. Era visível que o padre Stocks e o Caça-feitiço estavam refletindo sobre o que acabara de ser dito. Cristalomancia era o termo que as feiticeiras usavam para profecia. O Caça-feitiço não acreditava nisso, mas eu percebia que estava perturbado pelo modo com que Tibb descobrira a existência dos baús de mamãe. Quanto mais eu ouvia, pior a situação me parecia. Desde a primeira vez que o Caça-feitiço me avisara de que estaríamos viajando a Pendle para lidar com as feiticeiras, eu sentira sérias apreensões. Como era possível ele ter esperança de dar conta de tantas? E o que íamos fazer agora que Jack e sua família eram prisioneiros nas masmorras sob a Torre Malkin?

— Por que os levaram? — perguntei. — Têm os baús. Por que não os deixaram ficar?

— Às vezes, feiticeiras fazem coisas só por maldade — respondeu Alice. — Poderiam facilmente ter matado todos antes de deixar o sítio. Capazes disso elas são. Mas provavelmente os levaram vivos porque são a *sua* família. Precisam das chaves, sim, e fazer reféns é uma maneira de pressionar você.

— Sabemos onde Jack, Ellie e Mary estão agora — falei, minha raiva e impaciência crescendo. — Que vamos fazer para conseguir libertá-los? Como vamos fazer isso?

— Acho que só podemos fazer uma coisa, rapaz — disse o Caça-feitiço. — Pedir ajuda. Meu plano era passar o verão e o outono apoquentando os nossos inimigos, tentando dividir os clãs. Agora temos que agir rápido. O padre Stocks fez uma sugestão que não me agradou inteiramente, mas ele me convenceu de que é o único jeito de salvar a sua família.

— Há um elemento de risco envolvido, admito. Mas que outra escolha nos resta? — perguntou o padre Stocks. — Há alguns valentões morando naquelas três aldeias, que ou voluntariamente ou por medo dos covens deram a elas o seu apoio. Temos ainda os homens do clã, é claro. E mesmo que consigamos abrir caminho por eles lutando, a Torre Malkin é, de fato, formidável. Foi construída com boa pedra do Condado e tem um fosso, uma ponte levadiça e uma maciça porta de madeira tacheada de ferro para reforçá-la. Realmente, é um pequeno castelo.

"Então, jovem Tom, o que proponho é o seguinte. Amanhã, você e eu vamos até a prefeitura de Read falar com o magistrado local. Como o parente mais próximo das pessoas sequestradas, você terá que apresentar uma queixa formal. O nome do magistrado é Roger Nowell, e até cinco anos atrás era o Alto Magistrado de Caster. Ele é um *esquire*, um nível abaixo de cavaleiro, e é também um homem bom e honesto. Veremos se podemos convencê-lo a tomar providências."

— Sim — disse o Caça-feitiço —, e durante o seu mandato em Caster, nem uma única feiticeira foi levada a julgamento. Como bem sabemos, as processadas são, em geral, acusadas falsamente, mas nos diz muito a seu respeito. Ele não acredita em feitiçaria, entende? É um racionalista. Um homem de bom senso. Para ele, feiticeiras simplesmente não existem...

— Como pode pensar assim, se vive logo em Pendle? — perguntei.

— Algumas pessoas têm mentes fechadas — respondeu meu mestre. — E é do interesse dos clãs de Pendle manter sua mente fechada. Então, não lhe permitem ver nem ouvir nada que possa deixá-lo minimamente desconfiado.

— Mas, com certeza, não vamos apresentar nenhuma queixa de feitiçaria — disse o padre Stocks, puxando um pedaço de papel da batina e erguendo-o no ar. "Roubo e sequestro são coisas que o Mestre Nowell entenderá. Aqui temos os relatos de duas testemunhas que viram o seu irmão e a família atravessarem Goldshaw Booth a caminho da Torre Malkin. Registrei esses testemunhos ontem e elas assinaram com sua marca. Nem todos, no Triângulo do Diabo, são aliados das feiticeiras ou temem pela própria pele. Mas eu lhes prometi que permanecerão anônimas. Do contrário, suas vidas não valeriam um fiapo de palha. Mas será suficiente para convencer Nowell a agir.

Não se me senti muito feliz com o que estava sendo proposto. O Caça-feitiço também expressara reservas. Mas algo tinha de ser feito e não me ocorria um plano alternativo.

O chalé do padre Stocks tinha quatro quartos no andar superior; portanto, havia acomodações para três hóspedes. Dormimos algumas horas e nos levantamos com o raiar do dia. Após um café da manhã de carneiro assado frio, o Caça-feitiço e Alice ficaram em casa enquanto eu acompanhava o padre ao sul. Desta vez, tomamos o caminho para oeste, viajando com a serra de Pendle à esquerda.

— Read fica ao sul de Sabden, Tom — explicou o padre —, mas, mesmo que estivéssemos indo para Bareleigh, eu tomaria este caminho. É seguro. Você teve sorte de atravessar o vale ileso na noite passada.

Eu estava viajando sem capa nem bastão para não atrair atenção. Não só era terra de feiticeiras como o Mestre Nowell não acreditava em feitiçaria; então, era provável que não tivesse tempo para caça-feitiços ou seus aprendizes. Tampouco levava armas que pudessem ser usadas contra as trevas. Confiava que o padre Stocks nos conduzisse sãos e salvos a Read e de volta antes do pôr do sol. E, como explicara, estaríamos viajando do lado mais seguro da serra.

Decorrida cerca de uma hora, paramos e matamos a sede com a água fresca de um riacho. Depois de nos saciarmos, o padre Stocks descalçou as botas e as meias, sentou-se na beira do rio e balançou seus pés descalços na água com forte correnteza.

— Isso é gostoso — disse ele com um sorriso.

Concordei com a cabeça e retribuí o sorriso. Sentei-me perto da margem, mas não me dei o trabalho de descalçar as botas. Fazia uma manhã agradável: o sol estava começando a secar a friagem do ar e não havia sequer uma nuvem no céu. Estávamos em um local pitoresco, e as árvores próximas não obscureciam a nossa vista da serra de Pendle. Naquele momento, ela parecia diferente, mais amigável, e suas encostas relvadas estavam pontilhadas de pontos brancos, alguns em movimento.

— Muitos carneiros lá em cima — disse eu, indicando a serra com a cabeça. Mais perto de nós, do outro lado do rio, o campo também estava cheio de carneiros que baliam, cordeiros quase adultos que não tardariam a ser separados das mães. Parecia cruel, mas a criação de animais era um meio de vida e eles terminariam a deles em um açougue.

— É — disse o padre. — Sem dúvida, isto é uma terra de carneiros. Essa é a riqueza de Pendle lá no alto. Produzimos a melhor carne de carneiro do Condado e há quem viva muito bem. Mas, lembre-se, há verdadeira miséria para compensar. Muita gente ganha o pão de cada dia mendigando. Uma das coisas no sacerdócio que me dão real satisfação é tentar aliviar a necessidade. De fato, eu próprio me tornei mendigo. Peço aos paroquianos que ponham óbolos no prato de coleta. Peço roupas e comida. Depois, eu as dou aos pobres. Vale muito a pena.

— Vale mais a pena do que ser caça-feitiço, padre? — perguntei.

O padre Stocks sorriu.

— Para mim a resposta tem que ser sim, Tom. Mas todos devem seguir o próprio caminho...

— O que o fez finalmente concluir que era melhor ser padre do que caça-feitiço?

O padre Stocks olhou bem para mim por um momento e enrugou a testa. Achei que ele não fosse responder e receei que a minha indelicadeza o tivesse ofendido. Quando ele finalmente respondeu, pareceu escolher as palavras com cuidado.

— Talvez tenha sido no momento em que finalmente percebi como as coisas estavam se tornando malignas. Vi como John Gregory trabalhava duramente, enfrentando esta ameaça aqui e aquele perigo lá. Constantemente arriscando a vida, sem, contudo, conseguir resolver o real problema... o do mal no coração do mundo, que é grande demais para ser enfrentado sozinho. Nós, pobres humanos, precisamos da ajuda de um poder maior. Precisamos da ajuda de Deus...

— Então, o senhor acredita totalmente em Deus? Não tem dúvida alguma?

— Ah, sim, Tom. Acredito em Deus e não tenho a menor dúvida. E também acredito no poder da oração. E, além disso, a minha vocação me dá a oportunidade de ajudar os outros. Foi por isso que me tornei padre.

Acenei com a cabeça concordando e sorri. Era uma resposta suficientemente boa de um homem bom. Eu não conhecia o padre Stocks há muito tempo, mas já gostava dele e compreendia por que o Caça-feitiço o considerava um amigo.

Continuamos andando até, finalmente, chegar a um portão; do outro lado havia amplos gramados viçosos onde pastavam veados castanho-avermelhados. Neles cresciam grupos de árvores aparentemente colocados de modo a agradar quem os visse.

— Chegamos — disse o padre Stocks. — Aqui é o parque de Read.

— Mas onde é a prefeitura? — perguntei. Não havia sinal de construção de tipo algum e me perguntei se estaria atrás do arvoredo.

— Isto é apenas a "laund", Tom, que é outro nome que dão a um parque de veados. Toda essa terra pertence a Read Hall. Ainda vai demorar algum tempo até chegarmos à prefeitura em si e aos jardins internos. E é uma residência que condiz com um homem que, no passado, foi o Alto Magistrado de todo o Condado.

CAPÍTULO 8
A SENHORA WURMALDE

Situado em um jardim próprio no interior do laund, o Read Hall era a construção rural mais imponente que eu já vira; parecia-se mais com um palácio do que com uma propriedade de algum aristocrata rural. Portões largos davam acesso a uma estrada de saibro ainda maior para coches, que levava diretamente à porta da frente da casa. Dali, o saibro bifurcava para a direita e para a esquerda, e permitia chegar aos fundos do prédio. O saguão em si tinha três andares de altura, com uma magnífica entrada principal. Duas alas cobertas de hera emendavam com a fachada e formavam um pátio ao ar livre, fechado por paredes dos três lados. Contemplei assombrado a extensão de janelas, imaginando quantos quartos a propriedade deveria ter.

— O magistrado tem uma família grande? — perguntei, olhando pasmo o Read Hall.

— No passado, a família de Roger Nowell vivia aqui com ele — respondeu o padre Stocks —, mas infelizmente a esposa faleceu há alguns anos. Ele tem duas filhas adultas que encontraram bons maridos no sul do Condado. Seu único filho está no exército e é onde ficará até Mestre Nowell morrer e o rapaz regressar para herdar a casa e as terras.

— Deve ser estranho morar sozinho em uma casa tão grande — comentei.

— Ah, ele não mora sozinho, Tom. Tem criados para cozinhar e limpar e, é claro, a governanta da casa, a senhora Wurmalde. Ela é uma mulher fantástica que administra tudo com muita eficiência. Mas, sob certos aspectos, ela não é nada do que se esperaria de alguém em sua posição. Um estranho que não estivesse ciente de sua verdadeira situação poderia confundi-la com a dona da casa. Sempre a achei educada e inteligente, mas há quem diga que ela passou a se julgar superior e a se dar ares e graças acima de sua condição social. E, certamente, mudou muita coisa nos últimos anos. Antigamente, quando eu visitava Read Hall, batia na porta da frente. Agora, apenas os cavaleiros e aristocratas são recebidos ali. Temos de usar a entrada lateral de serviço.

Então, em vez de irmos em direção à imponente porta de entrada, o padre Stocks nos conduziu ao lado da casa, com arbustos e árvores ornamentais à nossa direita, até finalmente pararmos diante de uma pequena porta. Ele bateu educadamente três vezes. Depois de esperarmos quase um minuto, tornou a bater, desta vez mais sonoramente. Momentos depois, uma criada abriu a porta e piscou nervosamente para o sol.

O padre Stocks pediu para falar com Mestre Nowell, e nos fizeram entrar para um corredor largo revestido de madeira escura. A criada saiu depressa e nos deixou esperando outros tantos minutos. O silêncio profundo me lembrou uma igreja, até que foi quebrado pelo som de passos que se aproximavam. Contudo, em lugar do cavalheiro que eu estava esperando conhecer, uma mulher parou diante de nós, olhando-nos de forma crítica. No mesmo instante, baseado no que o padre me dissera, eu soube que se tratava da senhora Wurmalde.

Quase quarentona ou por volta disso, era alta para uma mulher e se empertigava orgulhosamente, os ombros para trás e a cabeça para o alto. Sua abundante cabeleira escura estava penteada para os lados sobre as orelhas como uma grande juba de leão — um penteado que lhe ficava bem, pois revelava favoravelmente seus traços fortes.

Dois outros atributos atraíram meu olhar, e involuntariamente olhei rápido de um para outro: os lábios e os olhos. Ela se concentrou no padre e não me olhou diretamente, mas pude perceber que seus olhos eram atrevidos e penetrantes; senti que, se ela tivesse sequer relanceado para mim, teria sido capaz de ver a minha alma. Quanto aos seus lábios, eram tão descorados que pareciam os de um cadáver. Eram rasgados e cheios, e, apesar de lhes faltar cor, ela era nitidamente uma mulher de grande força e vitalidade.

Contudo, foram as suas roupas que me proporcionaram a maior surpresa. Nunca tinha visto uma mulher vestida com a que ela estava usando: um vestido da mais fina seda preta com um babado branco ao pescoço; aquele vestido tinha tecido suficiente para vestir outras vinte mulheres. As saias abriam-se em leque nos quadris e caíam sob forma de um sino de boca larga que tocava o chão, ocultando seus sapatos.

Quantas camadas de seda seriam necessárias para obter tal efeito? Ele devia ter custado um dinheirão; um traje daqueles certamente era mais apropriado para uma corte real.

— O senhor é muito bem-vindo, padre — disse ela. — Mas a que devemos a honra de sua visita? E quem é o seu companheiro?

O padre fez uma pequena reverência.

— Desejo falar com o Mestre Nowell. E este é Tom Ward, um visitante de Pendle.

Pela primeira vez, os olhos da senhora Wurmalde se fixaram direto em mim e vi que se arregalavam ligeiramente. Então, suas narinas tremeram e ela aspirou brevemente em minha direção. Naquele contato, que durou apenas um segundo, se tanto, um arrepio gelado correu da minha nuca à base da coluna. Eu soube, então, que estava na presença de alguém que lidava com as trevas. Invadiu-me a convicção certa de que aquela mulher era uma feiticeira. E, naquele instante, percebi que ela também sabia quem *eu* era. Um momento de reconhecimento passara entre nós.

Uma ruga começou a se formar, mas rápido ela retomou a expressão calma e sorriu com frieza, voltando sua atenção para o padre.

— Mestre Nowell é extremamente ocupado. Sugiro que tente outra vez amanhã; quem sabe à tarde?

Padre Stocks corou ligeiramente, mas aprumou as costas, e, quando falou, sua voz estava cheia de determinação:

— Devo me desculpar pela interrupção, senhora Wurmalde, mas desejo falar com o Mestre Nowell em sua capacidade de magistrado. O assunto é urgente e não pode esperar...

A senhora Wurmalde assentiu, mas não pareceu nada feliz.

—Tenha a bondade de esperar aqui — informou. —Verei o que posso fazer.

Esperamos no corredor. Cheio de ansiedade, eu queria desesperadamente comunicar ao padre Stocks as minhas apreensões com relação à senhora Wurmalde, mas receava que ela voltasse a qualquer momento. Ao contrário, ela enviou a criada, que nos conduziu a um amplo escritório que se rivalizava com a biblioteca do Caça-feitiço tanto em tamanho quanto no número de volumes que continha. Mas enquanto os livros do Caça-feitiço eram de todos os formatos e tamanhos com uma enorme variedade de capas, aqueles eram luxuosamente encadernados de modo idêntico em belo couro castanho. Emoldurados, me pareceu, mais para ostentação do que para leitura.

O escritório era alegre e aquecido, iluminado por um fogo alto de toras de madeira à esquerda, acima do qual havia um grande espelho com moldura entalhada e dourada. Mestre Nowell escrevia à escrivaninha quando entramos. Estava lotada de papéis e contrastava com a ordem existente nas estantes. Ele se levantou e nos cumprimentou com um sorriso. Era um homem de cinquenta e poucos anos, largo de ombros e fino de cintura. Seu rosto era curtido pelo tempo — parecia mais um sitiante do que um magistrado, por isso supus que gostasse da vida ao ar livre. Ele cumprimentou o padre Stocks calorosamente, acenou a cabeça de modo agradável para mim e nos convidou a sentar. Puxamos duas cadeiras mais para perto da escrivaninha e o padre não perdeu tempo em dizer qual o motivo da nossa visita. Ele terminou entregando a Nowell o papel em que registrara os depoimentos das duas testemunhas de Goldshaw Booth.

O magistrado os leu rapidamente e ergueu os olhos.

— E o senhor diz que eles confirmariam sob juramento quanto à veracidade dos fatos arrolados aqui?

— Sem a menor dúvida. Mas precisamos garantir que eles permanecerão anônimos.

— Ótimo — disse Nowell. — Já é tempo de lidar com os vilões daquela torre de uma vez por todas; isto pode ser a solução. Você sabe escrever, garoto? — perguntou, dirigindo-se a mim.

Assenti e ele me empurrou uma folha de papel.

— Escreva os nomes e idades dos sequestrados, bem como as descrições dos objetos levados. Depois assine embaixo...

Fiz o que me pedia, depois lhe devolvi o papel. Ele o leu rapidamente, pondo-se de pé, em seguida.

— Vou mandar buscar o chefe da polícia local e faremos uma visita à Torre Malkin. Não se preocupe, rapaz. Teremos a sua família sã e salva até o anoitecer.

Foi quando me virei para sair que, pelo canto do olho, achei ter visto uma coisa mexer no espelho. Podia ter me enganado, mas me pareceu um breve lampejo de seda preta, que desapareceu no momento exato em que o olhei diretamente. Fiquei me perguntando se Wurmalde estivera nos espionando.

Dentro de uma hora estávamos nos dirigindo à Torre Malkin.

O magistrado ia à frente, empertigado sobre uma grande égua ruã. Logo atrás e à esquerda estava o chefe da polícia local, um homem de ar inflexível chamado Barnes, vestido de preto e montado em um cavalo cinzento menor. Os dois estavam armados: Roger Nowell tinha uma espada na cintura, enquanto o policial levava um robusto bastão e um chicote preso na sela. O padre Stocks e eu seguíamos em uma carroça aberta, dividindo o desconforto com dois oficiais de diligência que o chefe da polícia levara consigo. Estavam sentados ao nosso lado, silenciosos, acariciando porretes, mas evitando fazer contato visual, e eu tive a forte sensação de que eles não queriam estar na estrada a caminho da torre. O condutor da carroça era um dos empregados de Nowell, um homem chamado Cobden, que acenou uma vez com a cabeça e murmurou: "Padre", mas me ignorou completamente.

A estrada era esburacada e irregular, e a viagem nos deu uma boa chacoalhada, razão por que eu mal podia esperar que chegasse ao fim. Poderíamos ter levado menos tempo a pé atravessando os campos, pensei, em vez de nos manter nas estradas e trilhas. Mas ninguém pediu minha opinião, e com isso eu simplesmente tive de aguentar. E havia outras coisas com que me distrair do desconforto da viagem.

Minha ansiedade com relação a Jack, Ellie e à filha deles crescia. E se já os tivessem mudado de lugar? Então, pensamentos ainda mais sombrios me ocorreram, embora eu fizesse o máximo para afastá-los para o fundo da mente. E se eles tivessem sido assassinados e seus corpos escondidos onde jamais seriam achados? De repente, senti um nó na garganta. Afinal, o que tinham feito de errado? Não mereciam aquilo — Mary era apenas uma criança. E ainda haveria uma quarta vida perdida — a criança que Ellie estava esperando, o filho que Jack sempre quisera. Era tudo minha culpa. Se eu não tivesse sido aprendiz do Caça-feitiço, nada disso teria acontecido. Os Malkin e os Deane disseram que me queriam morto: tinha de dizer respeito ao ofício que eu estava treinando para exercer.

Apesar da presença do magistrado Nowell e seu chefe de polícia, eu não me sentia otimista quanto às nossas chances de entrar na Torre Malkin. E se os Malkin simplesmente se recusassem a abrir a porta? Afinal, era bem grossa e tacheada com ferro. Perguntei-me se isso criaria um problema para as feiticeiras, e então me lembrei de que havia outros membros do clã para abrir e fechar a porta. Havia até um fosso. Parecia-me que Nowell estava confiando no medo que pudessem ter da lei e das consequências de oferecer resistência. Mas ele não sabia que estava lidando com feiticeiras de verdade e eu não confiava muito no poder da espada e de uns poucos porretes para resolver a situação.

Havia também para mim o problema da senhora Wurmalde, que exigia reflexão. Meus instintos gritavam que ela era uma feiticeira. No entanto, era a governanta do magistrado Nowell, o mais alto representante da lei em Pendle e um homem que, apesar de tudo que ocorrera naquela área do Condado, estava convencido de que feiticeiras não existiam. Essa descrença resultaria de ter sido ele próprio enfeitiçado? Estaria ela usando *encantamento* e *fascinação* — o poder das feiticeiras descrito pelo Caça-feitiço? O que eu deveria fazer a respeito? Não adiantava contar ao Nowell, mas precisava contar ao padre Stocks e ao Caça-feitiço assim que tivesse uma oportunidade. Quis dizer isso ao padre antes de sairmos para a torre, mas realmente não tinha havido oportunidade.

Enquanto esses pensamentos rodopiavam em minha cabeça, subimos a serra, atravessando a aldeia de Goldshaw Booth. A rua principal estava deserta, mas as cortinas de renda mexeram quando passamos. Tinha certeza de que a notícia de nossa vinda já teria sido levada à Torre Malkin. Elas estariam à nossa espera.

Entramos na Mata dos Corvos e vi a torre quando ainda estávamos a alguma distância. Erguia-se acima das árvores, escura e imponente como uma coisa feita para resistir ao assalto de um exército. Construída em uma clareira sobre uma ligeira elevação no solo, tinha uma forma oval; sua circunferência no ponto mais largo era, no mínimo, duas vezes a da casa de Chipenden do Caça-feitiço. A torre tinha três vezes a altura da maior das árvores circundantes e havia ameias no alto, uma mureta acastelada para proteger homens armados. Isso significava que devia haver um acesso para o telhado pelo lado de dentro. Na metade superior da muralha havia também janelas estreitas sem vidro, fendas na pedra pelas quais os arqueiros podiam atirar.

Ao entrarmos na clareira e chegarmos mais perto, vi que a ponte levadiça estava erguida, e o fosso era fundo e largo. A carroça parou; então, aproveitei para descer, ansioso por esticar as pernas. O padre Stocks e os dois oficiais de diligência me imitaram. Todos estávamos olhando para a torre, mas nada acontecia.

Decorrido um minuto, Nowell deu um suspiro de impaciência, cavalgou até a borda do fosso e chamou em altos brados.

— Abram em nome da lei!

Por um momento, houve silêncio, exceto pela respiração dos cavalos.

Então, uma voz feminina gritou de uma das fendas para arqueiros.

— Sejam pacientes enquanto baixamos a ponte levadiça. Sejam pacientes enquanto preparamos o acesso.

Nem bem ela terminara a frase, ouviu-se o cabrestante ranger e as correntes se entrechocarem; lentamente a ponte começou a descer. Agora eu via claramente o sistema. As correntes estavam presas nos cantos da pesada ponte levadiça de madeira e passavam por fendas na rocha a uma câmara no interior da torre. Sem dúvida, várias pessoas estariam ocupadas em virar o cabrestante para soltar a corrente em todo o seu comprimento. Então, à medida que a ponte descia aos trancos, vi a formidável porta tacheada de ferro que estivera oculta por trás dela. Era, pelo menos, tão forte quanto as grossas paredes de pedra. Certamente nada poderia penetrar aquelas sólidas defesas.

Por fim, a ponte levadiça ficou em posição e aguardamos ansiosos que a enorme porta fosse aberta. Comecei a me sentir nervoso. Quantas pessoas estariam na torre? Haveria as feiticeiras e os seus seguidores, enquanto éramos apenas sete. Uma vez que entrássemos, eles podiam simplesmente fechar a porta atrás de nós e seríamos isolados do mundo, nós mesmos prisioneiros.

Mas nada aconteceu e não se ouvia som algum vindo da torre. Nowell se virou e fez sinal ao chefe Barnes para se juntar a ele perto do fosso, onde lhe deu algumas instruções. O chefe desmontou imediatamente e começou a atravessar a ponte levadiça. Quando chegou à porta, começou a socar o metal com o punho. A esse estardalhaço, um bando de corvos voou das árvores atrás da torre e deu início a um coro de gritos estridentes.

Não se ouviu resposta; por isso, o chefe tornou a bater com força. Imediatamente vislumbrei um movimento nas ameias acima dele. Um vulto de preto deu a impressão de se inclinar para fora. Um segundo depois, um líquido escuro choveu sobre a cabeça do infeliz chefe e ele recuou de um salto, soltando uma praga. Ouviram-se gargalhadas vindas do alto, seguidas do som de mais risadas e zombarias do interior da torre.

O chefe retornou ao seu cavalo, esfregando os olhos. Seus cabelos estavam encharcados, e seu gibão, molhado com manchas escuras. Ele montou, sacudindo a cabeça, e ambos, ele e o magistrado, cavalgaram em nossa direção. Falavam animados, mas não consegui distinguir o que diziam. Pararam diante de nós, suficientemente próximos para eu perceber o que fora despejado sobre o chefe Barnes — o conteúdo de um penico. O cheiro era realmente horrível.

— Irei a Colne imediatamente, padre — disse Nowell, seu rosto vermelho de raiva. — Quem desafia a lei e a trata com desprezo merece sofrer as consequências. Conheço o comandante da guarnição do exército lá. Creio que esta é uma tarefa para os militares.

Ele começou a se afastar a cavalo para leste; então, parou e gritou por cima do ombro:

— Ficarei no quartel e voltarei assim que puder com o apoio de que precisamos. Nesse meio-tempo, padre, diga à senhora Wurmalde que o senhor será meu hóspede esta noite. O senhor e o garoto...

Tendo dito isso, o magistrado saiu a meio-galope enquanto tornávamos a subir na carroça. Não me agradava a ideia de passar a noite em Read Hall. Como poderia dormir quando havia uma feiticeira dentro de casa?

Meu coração também pesava ao pensar em Jack e sua família tendo de passar mais uma noite nas masmorras sob a torre. Eu não me sentia muito otimista quanto as coisas serem resolvidas com rapidez com a chegada dos soldados do quartel. Ainda havia o problema das grossas paredes de pedra e da porta tacheada de ferro.

Logo estávamos sacudindo pelo caminho em direção a Read Hall. O chefe Barnes cavalgava ligeiramente à frente, e nada foi dito, exceto uma breve troca de palavras entre os dois homens que dividiam a carroça conosco...

— O chefe Barnes não parece feliz — disse um deles com um ligeiro ar de riso.

— Se ele seguir a favor do vento, *eu* é que parecerei feliz! — replicou seu companheiro.

No nosso trajeto de regresso, passando por dentro de Goldshaw Booth, havia mais pessoas na rua principal. Algumas pareciam estar cuidando dos seus afazeres enquanto outras se encostavam pelos cantos. Umas poucas estavam paradas nos umbrais das portas abertas, olhando ansiosamente como se esperassem que atravessássemos a aldeia. Ouviram-se alguns assovios e caçoadas, e alguém atirou uma maçã podre às nossas costas, por pouco não acertando a cabeça do chefe. Ele virou o cavalo encolerizado e desenrolou o chicote, mas foi impossível identificar o culpado. Ao som de mais zombarias, continuamos a descer a rua principal e senti alívio quando chegamos a campo aberto outra vez.

Ao alcançarmos os portões de Read Hall, o chefe Barnes falou pela primeira vez desde que iniciamos a viagem de regresso.

— Bom, padre, vamos deixar o senhor agora. Nos encontraremos aqui nos portões, uma hora depois de amanhecer, para voltar à torre.

O padre Stocks e eu descemos da carroça usando mãos e pés, abrimos os portões e, depois de os fecharmos ao passar, começamos a andar pelo caminho de veículos entre os gramados, enquanto o policial a cavalo e Cobden seguiam na mesma direção, presumivelmente levando os dois oficiais de diligência para casa, antes de voltar a Read Hall. Essa era a minha oportunidade de falar ao padre sobre a governanta de Nowell.

— Padre, preciso lhe dizer uma coisa sobre a senhora Wurmalde...

— Ah, não a deixe incomodá-lo, Tom. O esnobismo dela é fruto de um senso de orgulho exacerbado. O fato de ter olhado você de cima a baixo é problema dela e não seu. Mas, no íntimo, é uma boa mulher. Nenhum de nós é perfeito.

— Não, padre, não é nada disso. É muito pior. Ela pertence às trevas. É uma feiticeira malevolente.

O padre Stocks parou. Parei também e ele me encarou longamente.

— Tem certeza, Tom? "Malevolente" ou "Falsamente Acusada", qual das duas?

— Quando ela me olhou, senti frio. Frio mesmo. Às vezes, sinto isso quando algo das trevas está nas proximidades...

— Às vezes ou sempre, Tom? Você sentiu isso quando saiu sozinho com Mab Mouldheel? Se sentiu, por que a acompanhou?

— Na maioria das vezes, sinto frio na presença dos mortos ou daqueles que fazem parte das trevas, mas nem sempre é o caso. Porém, quando é forte como foi na presença da senhora Wurmalde, então não há do que duvidar. Não, na minha cabeça. E tenho certeza de que ela estava procurando sentir o meu cheiro.

— Talvez ela tivesse um ligeiro resfriado na cabeça, rapaz. Não se esqueça de que sou o sétimo filho de um sétimo filho também — disse o padre Stocks — e tenho igual reação, esse frio de que você está falando. Mas devo confessar que nem uma vez o senti na presença da senhora Wurmalde.

Não soube o que dizer. Tinha certeza de que sentira o frio que me alertava e a vira farejando. Estaria enganado?

— Olhe, Tom, o que você me conta não prova nada, não é? — continuou o padre. — Mas vamos ficar atentos e pensar no assunto um pouco mais. Veja se sente o mesmo quando reencontrar a senhora Wurmalde.

— Eu preferia passar a noite em outro lugar qualquer. Quando a senhora Wurmalde me olhou, percebeu imediatamente que eu sabia que ela era feiticeira. A noite está bastante quente. Ficaria feliz de dormir sob as estrelas. E me sentirei bem mais seguro, também.

— Não, Tom — insistiu o padre Stocks. — Dormiremos em Read Hall. É mais sensato. Mesmo que você tenha razão a respeito da senhora Wurmalde, ela tem vivido aqui sem ser descoberta há vários anos e leva uma vida confortável: uma vida que a função de governanta não lhe oferecerá em outro lugar. Ela não fará coisa alguma que prejudique isso ou que a exponha; portanto, acho que estaremos suficientemente seguros por uma noite, não acha? Estou certo?

Quando concordei hesitante, padre Stocks me deu palmadinhas no ombro. Continuamos em direção à casa e nos dirigimos à porta lateral pela segunda vez naquele dia. Mais uma vez, a mesma criada atendeu à batida do padre na porta. Mas, para meu alívio, não precisamos falar outra vez com a senhora Wurmalde.

Ao ser informada de que o patrão fora a Colne falar com o comandante da guarnição e que haveria hóspedes em Read Hall, a criada foi comunicar à senhora Wurmalde. Logo ela retornou sozinha e nos conduziu à cozinha, onde nos serviu um jantar leve. Foi carneiro frio outra vez, mas não me queixei. Uma vez a sós, padre Stocks abençoou rapidamente a refeição e então comeu com grande apetite. Simplesmente olhei a carne fria e empurrei para longe o meu prato, mas não era porque não parecesse muito apetitosa.

O padre Stocks sorriu para mim do outro lado da mesa da cozinha; sabia que eu estava jejuando, me preparando para o perigo das trevas.

— Coma tudo, Tom, você estará seguro esta noite, juro — disse-me. — Não tardaremos a enfrentar as trevas, mas não na casa do magistrado Nowell. Seja feiticeira ou não, a senhora Wurmalde será obrigada a se manter a distância.

— Prefiro me precaver, padre.

— Como quiser, Tom. Mas precisará das suas forças pela manhã. Provavelmente será um dia difícil e cheio de ansiedade...

Eu não precisava que me lembrassem disso, ainda assim declinei comer.

Quando a criada voltou, ela olhou indignada para o meu prato cheio, mas, em vez de tirar a mesa, se ofereceu para mostrar os nossos quartos no andar de cima.

Os quartos eram adjacentes e situados no último andar, na fachada da ala leste da casa, abrindo para os portões. O meu quarto tinha um grande espelho acima da cama e imediatamente o virei para a parede. Agora, pelo menos, feiticeira alguma poderia me espionar usando aquilo. Depois, abri a janela de guilhotina e espiei para fora, inalando sorvos do ar fresco noturno. Estava decidido a não dormir.

Não demorou a escurecer, e, em algum lugar, uma coruja piou. Fora um longo dia e se tornava cada vez mais difícil me manter acordado. Então, ouvi barulhos. Primeiro, o estalo de um chicote, e depois, cascos de cavalo pisoteando o saibro. Os sons pareciam vir dos fundos da casa. Para meu espanto surgiu um coche puxado por quatro cavalos que continuou pelo caminho rumo aos portões. E que coche! Eu nunca vira nada igual na minha vida.

Era negro como ébano e tão reluzente que eu podia ver a lua e as estrelas refletidas em sua superfície. Os cavalos também eram negros e usavam plumas escuras; e enquanto eu observava, o cocheiro estalou o chicote acima de seus lombos. Não tive certeza, mas achei que era Cobden, o homem que conduzira nossa carroça à Torre Malkin. Mais uma vez, embora fosse difícil ter certeza àquela distância, parecia que os portões tinham se aberto de moto próprio e se fechado assim que o coche passou. Não havia sinal de ninguém nas vizinhanças.

E quem estava no interior do coche? Era impossível ver através das janelas por causa das cortinas escuras sobre as vidraças, mas era uma carruagem digna de um rei ou de uma rainha. A senhora Wurmalde iria dentro dela? Em caso afirmativo, para onde e por quê? Eu estava agora completamente acordado. Tinha certeza de que ela regressaria antes do amanhecer.

CAPÍTULO 9
PECADAS

Vigiei durante meia hora e nada aconteceu. A lua declinou lentamente em direção ao oeste e, em determinado momento, caiu uma chuva breve e pesada, uma furiosa pancada que deixou inúmeras poças no caminho de veículos. Mas a nuvem não demorou a passar, e a lua, mais uma vez, banhou tudo com sua luz amarelada. Transcorreram mais uns quinze minutos, e agora eu já fazia esforço para me manter acordado — meus olhos começavam a se fechar, minha cabeça começava a pender —, quando fui subitamente alertado pelo pio de uma coruja em algum ponto na escuridão. Então, ouvi o ruído distante de cavalos galopando e rodas de carruagem.

O coche rumava diretamente para os portões; na hora em que os cavalos da frente pareciam prestes a colidir com os portões, eles se abriram sozinhos. Desta vez eu vi claramente. Um instante depois, o coche disparava em direção à casa, o cocheiro estalando o chicote como se sua própria vida dependesse daquilo, diminuindo a marcha dos cavalos somente ao alcançar a ramificação que contornaria a casa e os levaria aos fundos.

De repente, senti que precisava ver se a senhora Wurmalde estava naquele coche, precisava ter certeza de que era ela, e tinha a forte sensação de que veria algo vital. Um dos quartos de fundos me proporcionaria tal vista. Supus que os criados teriam seus próprios aposentos; portanto, à exceção do padre e de mim, não deveria haver ninguém neste andar. Pelo menos, eu esperava que não.

Ainda assim, saí cautelosamente para o corredor, prestando muita atenção. Só dava para escutar os roncos sonoros vindos do quarto do padre Stocks; portanto, caminhei pelo pequeno corredor defronte até desembocar em uma fileira de portas de quartos. Abri silenciosamente o primeiro e entrei pé ante pé, tentando fazer o menor barulho possível. Estava vazio, e as cortinas, abertas, deixando entrar um raio de luz prateada. Depressa cheguei à janela e, mantendo-me à sombra, espiei. Cheguei na hora exata. Abaixo havia um pátio de saibro esburacado com poças de chuva. O coche tinha parado perto do caminho lajeado que levava a uma porta embaixo à minha direita. Observei o cocheiro descer, e desta vez pude dar uma boa olhada em seu rosto. Era Cobden. Ele abriu completamente a porta da carruagem e recuou, fazendo uma reverência profunda.

A senhora Wurmalde desceu lenta e cautelosamente, como se tivesse receio de cair; depois, atravessou o saibro com cuidado e subiu no caminho lajeado antes de se dirigir mais rápido para a porta, a bainha de sua saia em forma de sino roçando o chão, a cabeça orgulhosa voltada para o alto, o olhar severo e imperioso. Cobden correu à frente e abriu a porta para ela, curvando-se profundamente de novo. Uma criada aguardava junto ao portal e fez uma reverência quando Wurmalde entrou. Quando a porta fechou, Cobden voltou ao coche e levou-o para fora de vista, atrás dos estábulos.

Eu já ia deixar a janela e voltar ao meu próprio quarto, quando reparei em uma coisa que produziu um frio direto no meu coração. Embora o saibro ainda estivesse encharcado, o caminho lajeado estava bem seco e as pegadas da senhora Wurmalde eram claramente visíveis ao lado das do cocheiro.

Olhei longamente seu rasto, mal podendo acreditar no que via. As pegadas dos sapatos de bico fino molhados começavam no fim do caminho e se dirigiam à porta. Mas havia uma série de pegadas menores entre elas. Pegadas de animal com três dedos que não eram maiores do que as de uma criança muito pequena. Mas que não eram as de uma criatura que andasse sobre quatro patas. E, num instante de horror, compreendi...

Onde ela estivera eu não sabia, mas não regressara sozinha. Aquelas volumosas saias em forma de sino tinham servido a um propósito. Tibb se escondera sob as saias. E agora estava no interior de Read Hall.

Em pânico ao lembrar o rosto feio e aterrorizante no espelho daquele porão, afastei-me da janela e rapidamente voltei ao meu quarto. Por que ela o trouxera para cá com tanta pressa? Teria alguma coisa a ver comigo? Subitamente percebi o que ela queria. Tibb era vidente. Se era capaz ou não de ver o futuro, certamente podia ver coisas a distância melhor do que uma feiticeira. Fora assim que os covens de Pendle tinham descoberto os baús. E Tibb também devia saber onde estavam as chaves — que eu usava penduradas ao pescoço. Então, fora trazido a Read Hall no meio da noite. A senhora Wurmalde não podia se arriscar a agir contra mim enquanto estivesse sob o teto de Nowell. Mas Tibb sim!

Eu precisava sair da casa, mas não podia simplesmente ir embora sem acordar o padre Stocks e alertá-lo do perigo; por isso, fui diretamente ao seu quarto e bati de leve na porta. Ele continuava a roncar alto; então, abri a porta devagarinho e entrei no quarto. As cortinas estavam fechadas, mas uma vela produzia uma luz amarelada bruxuleante.

O padre Stocks estava deitado na cama de barriga para cima; não se preocupara em se despir nem entrara sob as cobertas. Tendo dito a mim que estaríamos seguros em Read Hall, aparentemente preferira se preparar para qualquer perigo que pudesse surgir durante a noite.

Aproximei-me da cama e examinei-o. Tinha a boca completamente aberta e os roncos eram muito altos, seus lábios tremiam frouxos cada vez que ele expirava. Inclinei-me para a frente, apoiei a mão no ombro mais próximo e o sacudi gentilmente. Não houve resposta. Sacudi-o novamente com mais urgência; então, abaixei a cabeça de modo a deixar minha boca muito junto de sua orelha esquerda.

— Padre Stocks — sussurrei. Elevei a voz mais um pouco e tornei a chamá-lo pelo nome.

Ainda assim ele não reagiu. Seu rosto parecia corado. Pus minha mão em sua testa e achei-a, de fato, muito quente. Estaria doente?

Então, a verdade afundou como chumbo no meu estômago. As feiticeiras de Pendle eram famosas pelo uso competente que faziam dos venenos. Eu não comera o carneiro. O padre Stocks sim! Alguns venenos eram extremamente tóxicos.

Um cogumelo venenoso poderia ter sido moído fino e espalhado sobre a carne. Alguns cogumelos paralisavam o coração em um instante; outros levavam muito mais tempo para produzir efeito.

Certamente, a senhora Wurmalde não se arriscaria a matar o padre Stocks. Não sob o seu teto. Só pretendera que ele dormisse profundamente até amanhecer, para dar tempo a Tibb de pôr as mãos em mim. Ele estava ali para pegar as minhas chaves.

Mas ela não poderia ter feito isso sem se arriscar? Então, entendi. A criada deve ter comunicado que eu não tocara no meu jantar. Por isso, ela recorrera a Tibb. Ele a ajudaria a apanhar as chaves de qualquer maneira, quer eu dormisse quer não!

O quarto pareceu rodopiar. Com o coração acelerado, caminhei decidido para a porta, segui pelo corredor e comecei a descer as escadas. Precisava me afastar de Read Hall e voltar a Downham para avisar o Caça-feitiço sobre a ameaça adicional oferecida pela senhora Wurmalde. Onde ela se encaixaria nos covens de Pendle? E qual era a sua parte nos planos malignos deles?

O saguão escuro de painéis de madeira até metade das paredes tinha três portas: uma que levava ao escritório, a segunda à cozinha e a terceira à sala de visitas. Tibb poderia estar em qualquer uma, mas eu tampouco queria encontrar a senhora Wurmalde. Ela vivia como se fosse a dona da casa e, de fato, era, pois estava acostumada a ser servida como senhora de escravos, raramente visitava a cozinha, exceto para dar ordens, e ninguém estaria preparando comida àquela hora da noite. Portanto, sem hesitação, abri a porta da cozinha. Dali eu poderia sair para o pátio e fugir.

Imediatamente percebi meu erro. Iluminada por um feixe de luar que vinha da janela, a senhora Wurmalde estava parada junto à mesa entre mim e a porta. Era como se estivesse me esperando e sabia qual a rota que eu seguiria na minha fuga. Aquele conhecimento lhe teria sido transmitido por Tibb? Evitei seu olhar e meus olhos percorreram o aposento. Não havia sinal de Tibb, mas ele era pequeno. Poderia estar se escondendo em qualquer lugar nas sombras — talvez sob a mesa ou no armário. Ou estaria abrigado sob suas saias?

— Se tivesse comido o jantar, não estaria sentindo fome agora — disse ela, sua voz fria e ameaçadora como uma lâmina de aço afiada.

Olhei para ela, mas não dei resposta. Estava tenso, pronto para sair correndo. Mas, pelo que sabia, Tibb poderia estar em algum lugar às minhas costas.

— É por isso que está aqui na minha cozinha, na calada da noite, não é? Ou estava pensando em ir embora sem sequer deixar uma palavra de agradecimento pela hospitalidade que recebeu?

Sua voz mudara ligeiramente. Ao encontrá-la na presença do padre Stocks, eu não notara, mas agora identificava um vestígio de sotaque estrangeiro. Abalado, percebi que era semelhante ao de minha mãe.

— Se tivesse comido o meu jantar, estaria nas mesmas condições do padre Stocks — disse-lhe grosseiramente. — Esse é o tipo de hospitalidade que não me faz falta.

— Bem, garoto, você não tem papas na língua, devo admitir. Então, serei igualmente franca. Temos os seus baús e precisamos das chaves. Por que não as entrega agora e economiza muita encrenca e chateação?

— As chaves me pertencem, assim como os baús — disse-lhe.

— Claro que sim — replicou a senhora Wurmalde — e é por isso que estamos dispostos a comprá-los de você.

— Eles não estão à venda...

— Ah, eu acho que estão. Especialmente quando ouvir o alto preço que estamos dispostos a pagar. Em troca dos baús *e* das chaves lhe entregaremos as vidas de seus familiares. Do contrário...

Abri a boca para falar, mas me faltaram palavras. Eu estava perplexo com a oferta da feiticeira.

— Ora, ora, isso o fez pensar, não? — disse ela, um sorriso de satisfação se espalhando pelo seu rosto.

Como eu poderia me recusar a lhe entregar as chaves? Ela insinuara que a minha recusa provocaria as mortes de Jack, Ellie e Mary. E, no entanto, apesar da dor no meu coração, havia uma razão muito boa para recusar. Os baús deviam ser muito importantes para os covens de feiticeiras. Talvez contivessem algo — talvez conhecimento de algum tipo — que pudesse aumentar a ameaça das trevas. Tal como dissera o sr Gregory, havia mais em jogo do que a segurança da minha família. Eu precisava de tempo. Tempo para falar com o meu mestre. E havia outra coisa aqui que era esquisito. Feiticeiras eram muito fortes. Então, por que ela simplesmente não tirava as chaves de mim à força?

— Preciso de algum tempo para pensar. Não posso decidir agora.

— Darei a você uma hora, e nem mais um minuto — replicou ela. — Volte para o seu quarto e reflita. Depois retorne aqui e me dê a sua resposta.

— Não — protestei. — Não é tempo suficiente. Preciso de um dia. Um dia e uma noite.

A senhora Wurmalde franziu a testa, e a cólera faiscou em seus olhos. Ela deu um passo em minha direção: suas saias farfalharam e seus sapatos de bico fino produziram dois cliques secos nas lajes frias da cozinha.

— Tempo para pensar é um luxo que você mal pode se dar. Você tem imaginação, garoto?

Assenti. Minha boca estava seca demais para falar.

— Então me deixe esboçar uma cena para você. Imagine uma masmorra, escura e lúgubre, pululando de vermes e ratos. Imagine uma cova de ossos, recendendo a mortos atormentados, seu fedor uma afronta aos céus. A luz do dia do andar superior não chega ali, e só se permite uma vela por dia, algumas horas de luz amarela bruxuleante para iluminar o horror daquele lugar. Seu irmão Jack está preso a uma coluna. Ele vocifera e delira; seus olhos estão alucinados, seu rosto magro, sua mente no inferno. Algumas dessas coisas são induzidas por nós, mas a parte maior da culpa deve recair sobre você e eles. Sim, é sua culpa que ele sofra.

— Como pode ser minha culpa? — perguntei enraivecido.

— Porque você é filho de sua mãe e herdou o trabalho que ela fez. O trabalho e a culpa.

— Que sabe *a senhora* sobre minha mãe? — indaguei irritado com suas palavras.

— Somos velhas inimigas — disse ela quase cuspindo as palavras. — E viemos da mesma terra: ela do norte bárbaro e eu dos climas meridionais mais sofisticados. E nos conhecemos bem. Muitas vezes nos enfrentamos no passado. Mas a oportunidade de me vingar chegou agora e vou vencer, apesar de tudo que ela pode fazer. Ela está em sua terra natal agora, mas ainda exerce sua força contra nós. Entenda, não podíamos entrar no quarto onde estavam guardados os baús. A entrada nos era proibida. Ela a proibiu de longe, transformando seu poder em uma barreira que não conseguíamos vencer. Em retaliação, espancamos seu irmão até o sangue escorrer, mas ele é teimoso, e quando isso não o comoveu, ameaçamos machucar sua mulher e sua filha. Por fim, ele fez o que mandávamos e entrou no quarto para trazer os baús. Mas o quarto não foi gentil com ele. Talvez porque ele o traiu. Entenda, invejando a sua herança, ele secretamente mandou fazer uma cópia quando a sua chave estava em poder dele. Minutos depois de passar os baús para a nossa guarda, seus olhos giraram nas órbitas e ele começou a vociferar e a delirar. Assim, seu corpo está acorrentado na masmorra, mas sua mente deve estar em lugar pior. Está visualizando a cena agora? Está mais clara?

Antes que eu pudesse responder, a senhora Wurmalde continuou:

— A mulher dele está lá, fazendo o pouco que pode por ele. Às vezes, ela molha sua testa. Em outros momentos, tenta aliviar sua demência com palavras. E para ela é difícil, muito difícil porque tem profunda tristeza pessoal. Já é bastante ruim que sua jovem filha esteja definhando diante dos seus olhos e grite com terrores noturnos. Mas muito pior é o fato de que ela perdeu o filho que esperava: o filho e herdeiro que seu irmão tanto queria. Duvido muito que a pobre mulher possa aguentar muito mais.

"Mas posso lhe descrever mais, se for necessário para vencer sua resistência. Há uma feiticeira chamada Grimalkin, uma assassina cruel que os Malkin, por vezes, despacham contra os inimigos. Ela é perita com armas, particularmente a espada longa. Gosta demais de sua principal ocupação. Adora matar e mutilar. Mas há outra habilidade que delicia sua mente sádica. Ela gosta de torturar. Gosta de infligir dor. Sente prazer de ouvir o *clique clique* de sua tesoura. Devo entregar sua família nas mãos dela? Poderia fazer isso com uma única palavra! Portanto, pense, garoto! Você pode deixar sua família mais uma hora que seja nesse tormento: sem mencionar o dia e a noite que exigiu?"

Minha cabeça tonteou. Lembrei-me do desenho da tesoura que Grimalkin tinha gravado no carvalho como um aviso. O que Wurmalde descrevera era horrível, e custou toda a minha força não arrancar as chaves do meu pescoço e entregá-las à feiticeira ali e naquele instante. Ao invés, inspirei longamente e tentei varrer o que ela suscitara em minha imaginação. Mudei muito no tempo que passei como aprendiz do Caça-feitiço. Em Priestown, enfrentei um espírito maligno chamado Flagelo e recusei suas exigências de libertação. Em Anglezarke, encarei o Golgoth, um dos deuses antigos, e, apesar da minha crença de que ao fazer isso abriria mão tanto da minha vida quanto da minha alma, recusei a exigência dele para libertá-lo de um pentáculo. Mas isto agora era diferente: era a minha família que estava sendo diretamente ameaçada, e o que fora descrito produzia um nó na minha garganta e lágrimas nos meus olhos.

Apesar disso, uma noção fora capital em tudo que meu mestre me ensinara. Eu servia ao Condado, e a minha primeira obrigação era para com o povo que ali vivia. *Todo* o povo, e não apenas aqueles os quais eu estimava.

— Ainda assim preciso de um dia e uma noite para examinar tudo cuidadosamente. Dê-me esse tempo ou a minha resposta é não — respondi, tentando manter a minha voz firme.

A senhora Wurmalde sibilou entre os dentes cerrados como uma gata.

— Então, você pensa em ganhar tempo na esperança de que amanhã eles serão salvos? Pense melhor, garoto! Não se iluda. As paredes da Torre Malkin são, de fato, resistentes. Você seria um tolo em depositar muita fé em um punhado de soldados. O sangue deles se transformará em água, e os joelhos logo começarão a se entrechocar de medo. Pendle irá engoli-los. É como se nunca tivessem existido!

Ela estava parada na cozinha, alta e arrogante, irradiando malícia e certeza do seu próprio poder. Eu não tinha armas ali à minha disposição, mas elas estavam disponíveis em Downham, nem tantos quilômetros ao norte. Como a senhora Wurmalde se sentiria com uma corrente de prata prendendo-a, atravessada com força pelos dentes? Se ela concedesse o que eu pedia, logo iria descobrir. Mas agora eu estava indefeso. As feiticeiras são fisicamente fortes. Já estivera nas garras de mais de uma, e a senhora Wurmalde parecia suficientemente poderosa para me agarrar e arrebatar as chaves de mim à força. Perguntei-me novamente por que não fazia isso? Ou usava Tibb para executar o seu serviço sujo?

Havia a posição na casa para manter, como lembrara o padre Stocks. Isso explicava parcialmente. Ela esperava permanecer com a reputação intacta a despeito do que acontecesse nas próximas semanas ou dias. Mas poderia ser algo mais do que isso? Talvez ela realmente *não pudesse* tirar as chaves de mim à força. Talvez eu tivesse que dá-las espontaneamente, ou em troca de outra coisa qualquer? Talvez mamãe brandisse interdições mesmo a distância, formando aquela barreira de força. Era uma leve esperança, mas uma a qual eu me apegava desesperadamente.

— Um dia e uma noite — disse à senhora Wurmalde. — Preciso desse tempo. Minha resposta é a mesma...

— Que seja! — disse ela com rispidez. — E enquanto prevarica, pense no quanto sua família está sofrendo. Mas você não vai poder deixar esta casa. Não permitirei. Volte para o seu quarto. Aqui permanecerá até entregar as chaves.

— Se eu não for à Torre Malkin, o Mestre Nowell ficará imaginando o que aconteceu...

Ela sorriu sinistramente.

— Mandarei dizer que tanto você quanto o padre Stocks estão indispostos com uma febre. Mestre Nowell estará ocupado demais amanhã para se preocupar com a sua ausência. Você será a menor de suas preocupações. Não, você precisa ficar aqui. A tentativa de sair sem a minha permissão seria muito perigosa. Esta casa é guardada por algo que você certamente não gostaria de encontrar. Você não sairia vivo.

Naquele momento, ouviu-se um som ao longe. Os acordes profundos de um carrilhão reverberaram pela casa. Era meia-noite. Um relógio batia doze badaladas.

— Antes desta hora amanhã à noite, você precisa decidir — avisou a senhora Wurmalde. — Decida mal ou deixe de dar uma resposta e a sua família morrerá. A escolha é sua.

CAPÍTULO 10
TIBB

Voltei ao meu quarto e fechei a porta ao passar. Estava desesperado para fugir, mas receava tentar. Toda a minha coragem parecia ter me abandonado. Em algum lugar da casa achava-se Tibb, atento a todos os meus movimentos. Eu não tinha nada com que me defender e desconfiava que não chegaria a uma porta para o exterior antes de ser atacado por ele.

De início, sem sequer pensar em dormir, com minhas preocupações e receios girando sem cessar na cabeça, puxei uma cadeira para junto da janela e espiei a noite. Ali, banhados em luar, os jardins e os campos além pareciam tranquilos. Ocasionalmente, afora os roncos distantes do padre Stocks, eu ouvia leves ruídos de unhas no patamar. Poderiam ser camundongos. Mas também poderia ser Tibb rondando. O ruído produzia em mim nervosismo e inquietação.

Abri a janela e examinei a parede abaixo. Estava recoberta de hera. Conseguiria escapar pela janela? A hera aguentaria o meu peso? Levei a mão abaixo do peitoril e agarrei a planta, mas, quando a puxei, folhas e ramos ficaram na minha mão. Sem dúvida, era podada pelo menos uma vez por ano para não encobrir as janelas — isso devia ser brotação nova. Talvez mais abaixo as hastes fossem mais grossas e mais lenhosas, a aderência da hera mais firme na parede de pedra?

Mas os riscos eram muitos. Wurmalde não seria capaz de sentir o cheiro da minha tentativa de fuga no instante em que a iniciasse, porém talvez Tibb pudesse farejá-la. Eu teria que descer com muito cuidado, e isso demandaria tempo. A criatura estaria esperando por mim antes de eu atingir o solo. Se eu caísse seria pior... Não, era perigoso demais. Deixei o pensamento fugir à medida que outras imagens penetravam minha mente para substituí-lo. As imagens cruéis que Wurmalde havia plantado na minha mente se tornaram vívidas e quase impossíveis de apagar: Jack atormentado; Mary gritando de pavor, aterrorizada com o escuro; coitada da Ellie, chorando o bebê que esperava e perdera. A feiticeira assassina à solta para infligir maior dor. O *clique clique* de suas tesouras...

À medida, porém, que a noite passava lentamente, minhas ansiedades cederam lugar ao cansaço. Minhas pernas ficaram pesadas e senti necessidade de me deitar na cama. Como o padre Stocks, não me dei o trabalho de me despir, simplesmente deitei de costas por cima dos lençóis. A princípio não queria adormecer, mas logo minhas pálpebras pesaram, meus olhos começaram a fechar, e todos os meus temores e preocupações se dissiparam.

Lembrei-me que Wurmalde me dera um dia inteiro e uma noite para chegar a uma decisão. Enquanto permanecesse na casa, ela nada me faria mal. Pela manhã, eu estaria descansado e alerta, capaz de encontrar um caminho para resolver todos os meus problemas. Tudo que precisava fazer era me descontrair...

Quanto tempo dormi, eu não sei, mas algum tempo depois fui subitamente acordado pelos gritos de alguém.

— Não! Não! Me deixe! Me deixe sossegado! Saia de cima de mim!

Ouvi esses gritos como se estivesse sonhando. Por alguns momentos, não soube onde me encontrava e olhei fixamente para o teto, perplexo. Estava muito escuro no quarto: já não havia luar para me permitir enxergar. Somente aos poucos reconheci que a voz era do padre Stocks.

— Ah, meu Deus! Ah, meu Deus, livrai-me! — pediu ele outra vez, a voz cheia de puro terror.

Qual era o problema dele? Que estava acontecendo? Então, compreendi que alguém estava machucando o padre. Seria a feiticeira ou Tibb? Eu não tinha armas comigo e não sabia o que podia fazer, mas precisava ajudá-lo. Contudo, quando tentei me sentar, me faltaram forças. Sentia o meu corpo pesado; minhas pernas não respondiam. Que havia comigo? Eu me sentia fraco e doente.

Não tocara no carneiro; então, não podia ser veneno. Seria algum tipo de feitiço? Estivera perto de Wurmalde. Perto demais. Sem dúvida, ela usara algum tipo de magia negra contra mim.

Então, ouvi novamente o padre Stocks começar a rezar.

— "Das profundezas eu clamo a vós, Senhor. Escutai a minha voz..."

A princípio, a voz do padre era claramente audível e pontuada por gemidos e exclamações de dor, mas gradualmente foi se tornando um leve murmúrio antes de silenciar por completo.

Fez-se, aproximadamente, um minuto de silêncio; então, ouvi arranhões do lado de fora da minha porta. Mais uma vez, tentei me sentar. Foi inútil, mas, fazendo um grande esforço, descobri que era capaz de mexer um pouco a cabeça e virei-a ligeiramente para a direita a fim de poder olhar na direção da porta.

Meus olhos estavam se ajustando rápido à escuridão e eu conseguia ver o suficiente para saber que a porta estava ligeiramente entreaberta, pouco mais do que uma fresta. Porém, ao observar, com medo e desalento, ela começou a se abrir mais devagarinho, fazendo meu coração bater forte no peito. Cada vez mais a porta se entreabria, as dobradiças rangendo quando gradualmente se escancarou. Fixei a escuridão mais profunda além, apavorado, mas atento. A qualquer momento veria Tibb entrar no quarto.

Não via nada, mas o ouvia — garras que arranhavam e andavam pela superfície, mordendo a madeira. Então, percebi que o ruído vinha do alto, não de baixo. Olhei para o teto em tempo de ver uma sombra escura se deslocar como uma aranha e parar direto sobre a minha cama. Incapaz de me mover, exceto pela cabeça, comecei a inspirar profundamente, tentando normalizar as batidas do meu coração. Ter medo tornava a escuridão mais densa. Tinha de controlar o meu medo.

Eu via apenas o contorno das quatro pernas e o corpo, mas a cabeça parecia muito mais perto. Sempre enxerguei bem no escuro e meus olhos continuavam a se ajustar até finalmente me permitirem entender o que me ameaçava do alto.

Tibb se arrastara pelas ripas de madeira do teto, fazendo com que suas costas peludas e as pernas estivessem voltadas para o outro lado. Mas a cabeça estava pendurada para trás na direção da cama, sustentada por um comprido pescoço musculoso, de modo que seus olhos se encontravam sob a boca; e aqueles olhos refulgiam ligeiramente no escuro e encaravam os meus; a boca de Tibb estava escancarada, deixando à mostra os dentes afiados e finos como agulhas dentro.

Algo pingava, então, na minha testa. Algo ligeiramente pegajoso e morno. Parecia sair da boca aberta da criatura. Duas vezes as gotas caíram — uma no travesseiro ao lado da minha cabeça, a segunda no peito da minha camisa. Então, Tibb falou, a voz soando áspera e rouca no escuro:

— *Vejo o seu futuro nitidamente. Sua vida será triste. Seu mestre estará morto, e você, sozinho. Seria melhor que você nunca tivesse nascido.*

Não respondi, mas me sobreveio uma calma; meu medo estava desaparecendo depressa.

— *Vejo uma garota, logo será mulher* — continuou Tibb. — *A garota compartilhará sua vida. Ela o amará, ela o trairá e finalmente morrerá por você. E tudo inutilmente. Sua mãe foi cruel. Que mãe traria uma criança ao mundo para ter um futuro tão sem esperança? Que mãe pediria ao filho para fazer o que não pode ser feito? Ela canta uma ode, uma ao bode, e coloca você no centro. Lembre-se das minhas palavras quando estiver olhando a morte de frente...*

— Não fale assim de minha mãe! — exigi enraivecido. — Você não sabe nada sobre ela! — Mas eu estava intrigado com sua referência a uma canção ao bode? Que era isso?

A resposta de Tibb foi um bufo à guisa de risada, e outra gota de umidade caiu de sua boca para sujar o peito de minha camisa.

— *Não sei nada? Como está errado. Sei muito, mas muito mais que você. Mais agora do que você jamais saberá...*

— Então, saberá o que está guardado nos baús — disse baixinho.

Tibb soltou um rosnado de cólera.

— Você não pode ver isso, pode? — provoquei. — Não pode ver tudo.

— *Em breve você vai nos dar as chaves, então veremos. Então saberemos!*

— Direi a você agora — repliquei. — Não precisa esperar as chaves...

— *Diga-me! Diga-me!* — exigiu Tibb.

De repente, eu já não sentia medo dele. Não fazia ideia do que ia responder, mas, quando falei, as palavras saíram da minha boca como se pronunciadas por outrem.

— Nos baús está a sua morte — comuniquei em voz baixa. — Nos baús está a destruição dos covens de Pendle.

Tibb soltou um enorme rugido de raiva e confusão, e, por um momento, pensei que estivesse prestes a se atirar sobre mim. Mas, em vez disso, ouvi o som de unhas se cravarem nos painéis de madeira do teto e vi um vulto escuro se mover acima, em direção à porta. Momentos mais tarde, eu estava sozinho.

Queria me levantar e ir ao quarto vizinho ver se podia ajudar o padre Stocks, mas me faltaram forças para tanto. Lutei durante horas na escuridão, mas me sentia fraco e exausto demais para sair da cama e fiquei deitado ali, dominado pelo poder de Wurmalde.

Somente quando a primeira claridade da alvorada iluminou a janela, o feitiço que prendia as minhas pernas desfez-se. Consegui me sentar e examinar o travesseiro. Havia uma mancha de sangue, e mais duas no peito da minha camisa. O sangue pingara da boca aberta de Tibb. Ele devia ter estado se alimentando...

Lembrando-me dos gemidos e exclamações e preces do quarto vizinho, corri para o corredor. A porta do quarto do padre estava entreaberta. Empurrei-a e entrei cautelosamente. As pesadas cortinas ainda estavam fechadas, a vela há muito se consumira e o quarto se encontrava quase às escuras. Consegui distinguir o vulto do padre Stocks deitado na cama, mas não o ouvia respirar.

— Padre Stocks — chamei, e recebi um fraco gemido em resposta.

— É você, Tom? — perguntou com voz fraca. — Você está bem?

— Estou, padre. E o senhor?

— Abra as cortinas e deixe entrar um pouco de luz...

Então, fui à janela e puxei as cortinas conforme ele pedira. O tempo certamente mudara para pior e o céu estava carregado de nuvens escuras. Quando me virei para olhar o padre Stocks, eu me encolhi de horror. O travesseiro e o lençol de cobrir estavam empapados de sangue. Aproximei-me da beira da cama e o olhei, tomado de dó por sua condição.

— Me ajude, Tom. Me ajude a sentar...

Ele apertou o meu braço direito e eu o puxei.. Ele gemeu como se estivesse sentindo dores. Havia gotas de suor em sua fronte e ele estava lívido. Com a mão esquerda, levantei os travesseiros e os ajeitei às suas costas para apoiá-lo.

— Obrigado, Tom. Muito obrigado. Você é um bom rapaz — disse ele, tentando sorrir. Sua voz estava trêmula, e sua respiração, superficial e rápida. — Você viu aquela coisa abominável? Ele o visitou durante a noite? — perguntou-me.

Assenti.

— Ele entrou no meu quarto, mas não me tocou. Só falou, foi só.

— Deus seja louvado por isso — disse o padre. — Ele falou comigo também, e que história contou. Você tinha razão a respeito da senhora Wurmalde: eu a subestimei. Pouco se importa com sua posição na casa agora. Ela é o poder por trás dos clãs de Pendle, é quem está tentando uni-los. Dentro de alguns dias, este distrito inteiro pertencerá ao próprio Diabo. Seus dias de fingimento acabaram, pelo que parece. Ela já conseguiu unir os Malkin e os Deane, e acredita que pode convencer os Mouldheel a se juntar aos dois. Então, no Lammas, os três covens se unirão para convocar o Maligno e desencadear uma nova era de trevas neste mundo.

"Quando a criatura imunda terminou de falar, deixou-se cair do teto sobre o meu peito. Tentei empurrá-la, mas ela se alimentou vorazmente e, em poucos instantes, me tornei indefeso como um gatinho. Orei. Orei com mais fé do que já o fiz na vida. Gostaria de pensar que Deus atendeu, mas, na verdade, acho que ele só me largou depois de saciar a sua sede..."

— O senhor precisa de um médico, padre. Temos que buscar ajuda...

— Não, Tom. Não. Não é de médico que preciso. Se me deixarem descansar, minhas forças voltarão, mas não terei essa chance. Quando escurecer, a fera voltará para se alimentar do meu corpo mais uma vez, e dessa vez receio que morrerei. Ah, Tom! — disse ele, apertando meu braço, os olhos arregalados de medo, o corpo todo trêmulo. — Tenho receio de morrer assim, sozinho na escuridão. Tive a sensação de estar no fundo de um poço profundo, com o próprio Satã me empurrando para baixo e sufocando meus gritos, impedindo até que Deus ouvisse minhas preces. Estou muito fraco para me mover, mas você tem de ir embora, Tom. Preciso de John Gregory agora. Traga John aqui. Ele saberá o que fazer. É o único que pode me ajudar agora...

— Não se preocupe, padre — disse-lhe. — Tente descansar. O senhor estará seguro durante as horas de claridade. Sairei daqui assim que puder e voltarei com o mestre muito antes de escurecer.

Retornei ao meu quarto, pensando em Tibb e no perigo que ele agora oferecia para mim. Meus estudos tinham me ensinado algumas coisas. Tibb era uma criatura das trevas; por isso, poderia ter de se esconder durante as horas do dia. Ainda que pudesse tolerar a claridade, talvez ele fosse, então, menos perigoso. Resolvi arriscar descer pela hera, mas não até a carroça ter passado pelo fim do caminho de veículos. Não queria ser visto por Cobden, o cocheiro; talvez até os dois soldados estivessem a soldo da Wurmalde.

Decorridos uns vinte minutos, ouvi o som de cascos de cavalos nos fundos da casa e vi Cobden levando a carroça em direção aos portões. Eles não se abriram sozinhos desta vez, e ele teve que descer para abri-los. Do lado de fora, ele se encontrou com o chefe Barnes, que estava acompanhado de outros dois oficiais de justiça a pé. Depois que os homens subiram na carroça, o grupo seguiu para a Torre Malkin, sem ao menos lançar um olhar para a casa. Sem dúvida, Cobden já tinha sido instruído sobre o que dizer ao chefe e a Nowell. No que lhes dizia respeito, o padre Stocks e eu estávamos passando mal.

Enquanto os observava desaparecer ao longe, comecei a refletir sobre a sensatez de voltar a Downham. O Caça-feitiço e Alice teriam esperado voltarmos com notícias. A essa altura, depois de um dia inteiro e uma noite sem ouvir palavra do que estava acontecendo, talvez eles tivessem saído para investigar e já estivessem a caminho. Não era assim tão ruim porque os dois conheciam bem o distrito de Pendle e tomariam o caminho direto para Read Hall, passando a oeste da serra, o trajeto que eu fizera com o padre Stocks. Era muito provável que eu os encontrasse no caminho.

Levantei a janela de guilhotina e desci primeiro os pés, virando de modo a ficar de frente para a parede. Segurei o peitoril da janela com firmeza e baixei todo o corpo até onde os meus braços permitiram, depois transferi a mão esquerda para a hera, enfiando os dedos na planta, tranquilizado pelo toque das grossas hastes lenhosas. A hera suportou os meus pés, mas eu fiz uma descida nervosa, temendo o que poderia estar me esperando no chão. Arrisquei-me mais de uma vez na minha ansiedade para chegar ao solo o mais rápido possível, mas instantes depois estava de pé nos seixos e imediatamente saí correndo para os portões. Olhei para trás uma ou duas vezes, e senti alívio ao ver que não havia sinais de perseguição. Uma vez que deixei os jardins de Read Hall, segui para o norte atravessando o laund, correndo o mais rápido que pude em direção a Downham.

Voando em linha reta, a distância entre Read Hall e Downham provavelmente não é mais de oito ou dez quilômetros, mas o terreno montanhoso acidentado, na verdade, indicava que era bem mais longe. Tinha de estar de volta antes de anoitecer e precisava correr, pelo menos, parte do caminho. Parecia sensato completar a ida o mais rápido possível, permitindo assim fazer o retorno a um passo mais tranquilo, uma vez que então eu já estaria cansado.

Após percorrer os primeiros três quilômetros mais ou menos, reduzi a velocidade para um passo de caminhada acelerado. Eu estava fazendo um bom tempo, e logo depois que achei ter chegado à metade do caminho, me permiti cinco minutos de descanso para saciar minha sede com a água fresca de um riacho. Porém, quando retomei a caminhada me pareceu bem mais difícil fazer progresso. Jejuar é uma boa ideia quando enfrentamos as trevas, mas não ajuda quando é preciso fazer esforço físico, e eu não comia desde o café de carneiro frio da manhã anterior, me sentia fraco e comecei a achar o percurso pesado. Ainda assim, pensei no padre Stocks e cerrei os dentes me obrigando a correr mais um quilômetro e pouco, diminuindo mais uma vez o passo para o de uma caminhada enérgica. Senti gratidão pelo céu nublado, que aliviava o calor sobre a minha cabeça.

Não parei de ter esperanças de encontrar Alice e o Caça-feitiço, mas não vi sinal algum deles. Quando atingi os arredores de Downham, apesar de todas as minhas tentativas de andar rápido, já era quase o meio da tarde e eu não via prazer na perspectiva de uma viagem de regresso.

Mas quando cheguei a Downham, para meu desânimo, o Caça-feitiço não estava lá.

CAPÍTULO 11
LADRÃO E ASSASSINO

Alice saiu ao meu encontro no portão da igreja. Quando fui me aproximando, vi o seu sorriso de boas-vindas começar a esmaecer. Tinha lido a expressão do meu rosto e sabia que havia encrenca.

— Você está bem, Tom?

— O sr. Gregory está aqui? — perguntei.

— Não. O seu irmão James chegou na noite passada e eles saíram juntos logo que amanheceu.

— Para quê? Disseram quando voltariam?

— O velho Gregory nunca me diz muita coisa, não é? Conversou com James, mas, na maior parte do tempo, se certificou de que eu não estivesse ouvindo. Ele ainda não confia em mim e talvez jamais confie. Quanto à hora em que estará de volta, ele não disse. Mas tenho certeza de que voltará antes do cair da noite. Só disse que você devia aguardar aqui até ele regressar.

— Não posso fazer isso. O padre Stocks está correndo perigo — contei a ela. — Logo depois do anoitecer, se não chegar ajuda, ele estará morto. Vim buscar o Caça-feitiço, mas agora terei que voltar sozinho e ver o que posso fazer.

— Sozinho não, Tom — disse Alice. — Aonde você for eu vou. Conte-me tudo...

Mantive a minha história concisa, informando o essencial da situação ao passarmos rápido pela igreja entre as sepulturas, em direção ao chalé. Alice não falou muito, mas ficou horrorizada quando lhe contei que Tibb havia bebido o sangue do padre Stocks. À minha menção de Wurmalde, uma expressão de perplexidade atravessou seu rosto.

Quando terminei, ela deu um suspiro.

— A situação só está ficando pior. Também tenho uma coisa para lhe dizer...

Naquele momento, chegamos ao chalé.

— Guarde as notícias para a viagem. Conversaremos enquanto caminhamos.

Sem perda de tempo, apanhei o meu bastão de sorveira-brava. Minha mochila teria me estorvado, por isso eu a deixei ficar, mas guardei um punhado de sal no bolso direito da minha calça e limalha de ferro no esquerdo. Além disso, sob a camisa, prendi a corrente de prata em torno de minha cintura. Novamente, deixei a capa: em Pendle, era perigoso sinalizar que eu era aprendiz de Caça-feitiço.

Em seguida, escrevi um pequeno bilhete para o Caça-feitiço, avisando-o do que acontecera:

Caro sr. Gregory,
  O padre Stocks está correndo sério perigo em Read Hall. Por favor, siga para lá o mais rápido que puder. Traga James também. Precisamos de toda ajuda que pudermos obter.

Tibb bebeu o sangue do padre Stocks e o deixou fraco e moribundo. A criatura irá se alimentar outra vez quando escurecer e, se eu não voltar com ajuda, o padre certamente morrerá. Cuidado com a senhora Wurmalde, a governanta. Ela é uma feiticeira que está tentando reunir os três covens. Nasceu na Grécia e é uma velha inimiga de mamãe.

Seu aprendiz, Tom

P.S. Alguns criados do Magistrado Nowell parecem estar trabalhando para Wurmalde. Não confie em ninguém.

Feito isso, bebi um copo d'água e mordisquei um pedaço de queijo. Levei mais queijo para a viagem; vinte minutos depois de ter chegado a Downham, estava novamente com o pé na estrada. Mas, desta vez, não ia sozinho.

A princípio, andamos em silêncio, com passadas muito rápidas; Alice reconheceu a urgência de retornar a Read Hall antes de escurecer. Depois de cobrir um terço da distância, comecei a me sentir muito cansado, mas fiz esforço para continuar, imaginando Tibb no teto prestes a se atirar sobre o peito do padre Stocks. Era horrível demais pensar nisso — precisava tirá-lo de Read Hall antes que o pior acontecesse.

Contudo, quase sem estarmos conscientes, começamos a andar mais devagar. Foi Alice. Ela estava andando ligeiramente atrás, ofegava e parecia estar tendo dificuldade em me acompanhar. Virei-me para ver qual era o problema e reparei que ela estava pálida e extenuada.

— Que houve, Alice? — perguntei, fazendo uma parada. — Você parece mal...

Alice caiu de joelhos e subitamente gritou de dor; depois, levou as mãos à garganta e começou a engasgar.

— Não consigo respirar direito — ofegou. — Tenho a sensação de que alguém está apertando a minha traqueia!

Por um momento, entrei em pânico, ignorando o que poderia fazer para ajudar, mas gradualmente a respiração de Alice normalizou e ela se sentou cansada na relva.

— É a Mab Mouldheel se divertindo com os seus truques. Está usando aquele cacho de cabelos contra mim, sem dúvida. Esteve fazendo isso o dia todo. Mas não se preocupe, está começando a passar. Vamos descansar dez minutos e me sentirei melhor. Além disso, tenho uma coisa para lhe dizer. Algo para você pensar.

Ainda preocupado com o padre Stocks, considerei ir andando à frente e pedir a Alice para me alcançar quando se sentisse melhor. Mas me pareceu não haver dúvida de que estaríamos de volta a Read Hall antes do pôr do sol e me sentia também cansado; por isso, me convenci de que dez minutos não fariam diferença. Além do mais, eu estava intrigado. O que Alice iria dizer?

Sentamos na relva à margem da estrada com as costas para o morro. Mal aliviei o peso sobre as pernas, Alice começou.

— Estive falando com Mab. Quer que eu lhe dê um recado...

— Mab Mouldheel? Que é que andou falando com ela? — eu quis saber.

— Não ia falar com ela por gosto, ia? Veio me procurar. Foi hoje de manhã, pouco depois de o Velho Gregory sair.

Ouvi alguém gritar meu nome do outro lado do muro e então saí. Era Mab. Ela não podia saltar para o lado de dentro do muro porque o chalé foi construído no terreno da igreja. Campo santo, não é? Mab não pode pisar ali. Enfim, ela queria que eu lhe dissesse o seguinte. Quer os baús para ela; em troca, mostrará a você como entrar na Torre Malkin e o ajudará a salvar Jack e a família.

Olhei perplexo para Alice.

— Acha que ela pode fazer isso?

— Acho, e ainda mais, acho que gosta de você. Mais do que um pouquinho, eu diria.

— Não seja retardada — falei. — Ela é uma feiticeira malevolente. Somos inimigos naturais.

— Coisas mais estranhas já aconteceram — provocou Alice.

— Enfim — disse eu depressa, mudando de assunto —, como é que ela me faria entrar na torre?

— Tem um túnel. Leva direto às masmorras.

— Mas por que precisamos de Mab para nos guiar, Alice? Você é uma Deane e também uma Malkin pelo lado materno. Certamente, *você* sabe onde fica a entrada do túnel?

Alice balançou a cabeça.

— Estive na torre algumas vezes, mas sempre na superfície. Conheço bastante bem aquela parte, mas somente Anne Malkin, a líder do conven, sabe onde é a entrada propriamente dita. É um segredo que transmitem de uma geração para outra. Apenas uma pessoa viva recebe esse conhecimento! Ela só poderia mostrar aos outros, se todo o conven estivesse correndo perigo mortal e precisasse entrar na torre secretamente e se refugiar ali.

— Então, como é que Mab sabe? Isso é uma espécie de truque? Talvez ela só esteja fingindo saber.

— Não, Tom, isso não é truque. Lembra-se daquela noite que você me salvou dos Mouldheel e encontramos a falecida Maggie na mata? Com fome de sangue, ela se foi para encontrar os Mouldheel. O problema foi que havia muitos e eles levaram a melhor. Maggie, no passado, foi líder do conven; então, sabe onde fica a entrada. Extraíram o segredo dela, foi isso que fizeram. Não sei como, mas não deve ter sido muito agradável. A nossa Maggie não falaria facilmente; por isso, devem tê-la machucado bastante. Mab disse que me machucaria também, se eu não o convencesse. Tem o meu cacho de cabelos, não é? Estou começando a me sentir mal outra vez, acho que talvez esteja fazendo alguma coisa contra mim no momento, só para eu saber quem manda. E isso faz parte da barganha. Ofereça dar-lhe os baús e a chave, e ela lhe mostrará a entrada do túnel e o ajudará a salvar sua família. E não é só isso: ela devolverá o meu cacho de cabelos. Serei mais útil para você quando o recuperar. No momento, estou inutilizada. Sou uma sombra do que fui, sou mesmo.

Parecia simples. Eu só precisava entregar os baús e teria uma oportunidade de tirar Jack, Ellie e Mary da torre — talvez antes da meia-noite, antes que Wurmalde pudesse executar sua ameaça. Mas, de certa maneira, nada mudara.

Alice realmente parecia mal. Tínhamos de recuperar aquele cacho de cabelos em poder de Mab, mas não dessa maneira. Balancei a cabeça.

— Desculpe, Alice, mas não posso fazer isso. Como já disse, Wurmalde promete que trocará Jack e a família pelas chaves também. Mas quer eu as entregue a Wurmalde ou a

Mab, eu as terei entregado a uma feiticeira. Isso ainda ajudaria as trevas e colocaria o Condado em perigo.

— Mas desse jeito é melhor, não acha? Você pode confiar em Wurmalde? Dar as chaves a ela é fácil: mas que garantia tem de que receberá em troca sua família sã e salva? Mab Mouldheel se orgulha de sempre cumprir a palavra. Uma vez feito o trato, ela nos mostrará o caminho pessoalmente. Guiará nós dois até as masmorras, porque os baús estarão ali perto. Ela correrá tanto perigo quanto nós: será terrível se for apanhada pelos Malkin; então, vai precisar entrar e sair ilesa. Nós a acompanharemos a cada passo do caminho. E não é só isso, se está nos ajudando, talvez não se una aos Malkin e aos Deane. Estaremos evitando que os covens se unam e liberem o Maligno ao mesmo tempo em que salvamos sua família.

— Ainda assim significa entregar a ela os baús. E não posso fazer isso...

— Deixe-me tentar negociar com ela. Vamos ver se fará isso por apenas um dos baús. Se ela concordar e estiver disposta a me devolver o cacho de cabelos antes de entrarmos no túnel, então ficaremos rindo sozinhos, não? Só um baú não poderá fazer tanto mal...

— Ainda será um baú. Minha mãe queria que eu possuísse todos e devia ter uma razão importante. A última coisa que iria querer é que os entregasse às trevas!

— Não, Tom, a última coisa que iria querer é que Jack e a família morressem!

— Nem tenho muita certeza disso, Alice — respondi com tristeza. — Por mais que me doa, há mais gente do que a minha família imediata a considerar. Há o Condado e o vasto mundo além.

— Então, faremos como quer! — replicou Alice com rispidez. — Diremos que Mab pode ficar com os baús para chegar à sua família, mas, uma vez dentro da torre, será bastante fácil levar a melhor sobre Mab. Os Mouldheel me abordaram sem eu esperar, é verdade. E havia muitos deles. Se fosse só eu e Mab, sem dúvida eu daria um jeito nela. Ora se não daria...

— Mas ela tem um cacho dos seus cabelos. Você mesma disse que não está tão forte quanto deveria.

— Mas tenho você, não é? Olhe, uma vez no interior da torre, nós dois poderemos dominar Mab. Então, salvaremos sua família antes da meia-noite, e, quando os soldados tiverem atravessado a muralha, recuperaremos os baús.

Refleti um pouco a respeito. Não tenho certeza se tínhamos outra opção, embora eu duvidasse que um punhado de soldados estaria à altura das Malkin.

— Você talvez tenha razão, Tom. Talvez precisemos de outro plano para recuperar aqueles baús, mas, para socorrer a sua família, este é o melhor que temos.

— Sei que você tem razão — repliquei —, mas me sinto desconfortável de trair Mab assim.

— Mab? Você não está falando sério! Pense no que está dizendo. Você acha que *ela* sentiu remorsos quando planejou me matar na outra noite? Ou quando tentou fazer você pertencer a ela, ou quando ela me torturou o dia todo hoje com o meu cabelo? Você está amolecendo, Tom, como o Velho Gregory. Garota bonita sorri para você e o seu cérebro derrete.

— Só estou dizendo que não é direito quebrar uma promessa. Meu pai me ensinou isso.

— Ele não se referiu, porém, à circunstância de você estar tratando com uma feiticeira. O Velho Gregory, provavelmente, não gostaria do seu plano, mas por outro lado, ultimamente, ele nunca está por perto quando precisamos. Se estivesse, não precisaríamos socorrer o padre Stocks e a sua família sozinhos.

Ao mencionar o padre Stocks, Alice me lembrou outra vez do grande perigo que ele corria e a experiência apavorante que estávamos prestes a enfrentar em Read Hall.

— Alice — perguntei —, tem outra coisa me intrigando. Quem é exatamente Wurmalde? Ela diz que nasceu na mesma terra que a minha mãe, mas fala como se fizesse parte dos covens. Como se falasse por todos.

— Sequer ouvi falar dela antes de hoje...

— Mas você morou em Pendle até dois anos atrás. Wurmalde está a serviço de Roger Nowell há mais tempo.

— Nowell é um magistrado. Não é provável que eu chegasse perto da casa dele. Não sou burra, sou? Tampouco algum parente meu. Quanto à governanta dele, o que alguém saberia dela?

— Bom, sem dúvida, ela é um mistério, mas nos atrasamos bastante agora; então, vamos continuar rápido para Read Hall. Está sentindo alguma melhora ou prossigo na frente andando mais depressa?

— Andarei o mais depressa que puder. Se não conseguir acompanhar o seu passo, será melhor você seguir na frente.

Não andávamos com a velocidade anterior, mas Alice conseguiu me acompanhar, e, quando avistamos o Read Hall, ainda restava mais de uma hora de claridade. Agora, porém, tínhamos um problema: como entrar sem sermos vistos.

Como criatura das trevas, Tibb ainda não constituía uma ameaça, mas continuava a haver dois riscos. Wurmalde também não seria capaz de sentir o meu cheiro ou o de Alice, mas poderia nos ver por uma janela. Havia também os criados com que nos preocupar. Alguns poderiam não ter consciência do que ocorria às costas do magistrado, mas se Cobden tivesse retornado da Torre Malkin, certamente ele ofereceria perigo. Eu não podia me dar o luxo de simplesmente entrar pelo largo caminho de veículos.

— Acho que a melhor chance de penetrar a casa sem ser visto é nos aproximarmos pelo lado da vegetação. Posso usar minha chave e entrar pela porta de serviço...

Alice concordou com a cabeça; então, contornamos a casa e nos aproximamos pelo lado oeste, deslocando-nos entre os arbustos e as árvores até chegarmos perto da fachada lateral da casa, a apenas dez ou vinte passos da porta.

— Precisamos ter cuidado aqui — falei com Alice. — Acho que, provavelmente, será melhor se eu for sozinho.

— Não, Tom, não é direito. Você precisa de mim, precisa sim — disse Alice, em tom indignado. — Nós dois juntos temos mais chances.

— Não desta vez, Alice. Isto é arriscado. Você fica escondida e, se eu for pego, pelo menos sei que haverá alguém do lado de fora para ajudar. Se o pior acontecer, você poderá vir me procurar.

— Então me dê a sua chave!

— Preciso dela para a porta...

— Claro que precisa! Mas, uma vez que a tenha aberto, atire-a no gramado. Virei apanhá-la logo que você estiver lá dentro.

— É melhor ficar com o meu bastão também. O padre Stocks ainda estará fraco e precisarei ajudá-lo a descer as escadas; o meu bastão seria um transtorno.

Ainda havia claridade; portanto, eu tinha esperanças de que não precisaria enfrentar Tibb, e a corrente seria suficiente para lidar com Wurmalde. Se eu não a prendesse, ainda poderia recorrer ao sal e ao ferro.

Alice assentiu, mas fez uma careta quando eu lhe entreguei o bastão. Não gostava do toque da madeira de sorveira-brava.

Avancei cautelosamente pelo gramado. Parei à porta e encostei o ouvido na madeira. Não ouvi nada; por isso, enfiei a chave na fechadura e a girei muito lentamente. Ouvi um leve clique quando a fechadura cedeu. Antes de abrir a porta, segurei a chave no alto para Alice ver o que eu estava fazendo e a joguei de volta em direção à fileira de plantas. Foi um bom lançamento, e a chave caiu no gramado, a menos de um passo de onde Alice estava escondida. Feito isso, abri a porta muito devagarinho e entrei. Uma vez que a fechei ao passar, ela se trancou sozinha. Esperei pregado no lugar, pelo menos um minuto, todo o tempo atento a sinais de perigo.

Tranquilizado pelo silêncio, atravessei o saguão em direção à escada principal. Parei e desamarrei a corrente de prata da minha cintura, enrolando-a no meu pulso esquerdo, pronta para ser lançada. Ainda havia claridade; portanto, eu não esperava encontrar Tibb, mas estava mais do que pronto para Wurmalde.

No saguão, tornei a parar e espiei ao meu redor. Parecia vazio; então, comecei a subir a escada, parando toda vez que a madeira fazia o menor rangido. Por fim, cheguei ao patamar. Mais dez passos me levariam ao quarto do padre Stocks.

Prossegui sorrateiro, abri a porta e entrei. As pesadas cortinas tinham sido novamente fechadas sobre a janela e estava escuro, mas mesmo assim eu conseguia enxergar os contornos do padre deitado na cama.

— Padre Stocks — chamei baixinho.

Quando não recebi resposta, fui até a janela e abri as cortinas, inundando o quarto de luz. Virei-me e voltei à cama. Mesmo antes de chegar, meu coração começou a bater muito rapidamente.

O padre Stocks estava morto. Sua boca, completamente aberta, seus olhos, vidrados e fixos no teto. Ele, porém, não morrera em consequência de Tibb tirar o seu sangue. O cabo de uma adaga se projetava para fora do peito.

Senti-me ao mesmo tempo perturbado e horrorizado; minha cabeça dava voltas. Achei que ele estaria seguro até escurecer. Nunca deveria tê-lo deixado sozinho. Wurmalde o teria apunhalado? O sangue em sua camisa e nos lençóis parecia ter escorrido do ferimento. Fizera isso para camuflar o fato de Tibb ter sugado o sangue do padre? Mas como a feiticeira podia esperar se livrar da acusação de assassinar um padre?

Enquanto contemplava horrorizado o corpo do pobre padre Stocks, alguém entrou no quarto às minhas costas. Dei meia-volta depressa, tomado de surpresa. Para meu desalento, era Wurmalde. Ela olhou séria para mim, antes de um leve sorriso se espalhar pelo seu rosto. Mas eu já havia recuado o braço esquerdo, preparando a corrente de prata. Estava nervoso, mas também me sentia confiante. Lembrei-me da última prática com o Caça-feitiço, quando acertara o poste de treinamento cem vezes sem errar nenhuma.

Uma fração de segundo depois, teria estalado a corrente e a lançado diretamente na feiticeira, mas, para meu espanto, outro vulto atravessou a porta e parou ao lado de Wurmalde, encarando-me, uma ruga de desagrado vincando a testa. Era Mestre Nowell, o magistrado!

— Tem à sua frente um ladrão e assassino! — tripudiou Wurmalde, a acusação manifesta em sua voz. — Veja aquelas manchas de sangue na camisa e olhe o que ele está segurando na mão esquerda. Aquilo é prata, se não me engano...

Encarei-a, incapaz de falar, as palavras "ladrão" e "assassino" rodopiando em minha mente.

— Onde arranjou essa corrente de prata, garoto? — interpelou-me Nowell.

— Ela me pertence — disse eu, imaginando o que Wurmalde lhe teria dito. — Foi presente de minha mãe.

— Pensei que você descendia de uma família de sitiantes — disse ele, a ruga vincando novamente sua testa. — É melhor pensar outra vez, menino, porque precisará de uma explicação mais convincente do que esta. É pouco provável que a mulher de um sitiante possuísse um objeto tão valioso.

— Foi como lhe contei, Mestre Nowell — acusou Wurmalde. — Ouvi um barulho no seu escritório, desci na calada da noite e o apanhei com a mão na massa. Do contrário, o senhor teria perdido mais do que perdeu. Ele arrombou o armário e estava se servindo das joias da sua pobre esposa falecida. E correu antes que eu pudesse agarrá-lo, fugindo noite adentro como o ladrão e assassino que é, e, quando subi para dizer ao padre Stocks o que acontecera, encontrei o pobre padre como o vê agora: morto na cama, com uma faca enterrada no coração. Agora, não satisfeito com a morte e o roubo daquela corrente de prata de algum lugar, ele voltou sorrateiro à sua casa para ver do que mais poderia se apossar...

Que idiota eu fora. Nunca me passara pela cabeça que Wurmalde mataria o padre Stocks e depois simplesmente me responsabilizaria. Quando abri a boca para protestar, Nowell adiantou-se e agarrou meu ombro esquerdo com um forte aperto, antes de arrebatar a corrente de minha mão.

— Não perca seu tempo tentando negar! — disse-me com o rosto lívido de cólera. — A senhora Wurmalde e eu observamos você das janelas agora há pouco. Nós o vimos rodeando a casa com a sua cúmplice. Meus homens estão lá fora revistando os jardins: ela não irá longe. Antes de terminar este mês, os dois serão enforcados em Caster!

Meu coração foi parar nas minhas botas de tanto desânimo. Percebi, então, que Wurmalde usara fascinação e encantamento para controlar Nowell e que ele acreditava em tudo que ela dizia. Com certeza, ela arrombara o armário e roubara as joias pessoalmente. Mas seria uma perda de tempo eu a acusar. Também não podia contar toda a verdade, porque Nowell não acreditava em feitiçaria.

— Não sou ladrão nem assassino — disse-lhe. — Vim a Pendle no encalço dos ladrões que não só roubaram os baús que me pertencem como também sequestraram minha família. É por isso que estou aqui...

— Ah, não se preocupe, garoto. Pretendo chegar ao âmago dessa questão toda. Se há um grão de verdade no que diz ou se toda a sua história é um saco de mentiras, descobriremos sem tardar. Os que moram na Torre Malkin zombaram da Lei durante muito tempo, e desta vez pretendo levá-los à justiça. Se forem seus cúmplices ou se for um caso de ladrão roubar ladrão, descobriremos amanhã. Houve um dia inteiro de atraso para convencer os militares da necessidade de vir, mas pretendo mandar todos os ocupantes daquela torre a Caster acorrentados para serem interrogados e você irá com eles sob escolta! Agora, esvazie seus bolsos. Vamos ver o que mais roubou!

Não tive opção senão obedecer. Em vez de objetos roubados, sal e ferro choveram no chão. Por um momento, Nowell pareceu intrigado e temi, então, que fizesse uma revista em mim e descobrisse as chaves penduradas no meu pescoço, mas Wurmalde lhe deu um estranho sorriso e uma expressão vazia apareceu em seu rosto, antes de ser substituída por um ar decidido. De testa enrugada, ele me fez tomar o caminho do alojamento dos criados e me trancou em uma cela adicional, usada pelo chefe de polícia local. Era um quarto pequeno, com uma porta sólida, e sem a minha chave especial, eu não tinha esperança alguma de fugir. Ele reteve a minha corrente, e Alice estava de posse do meu bastão. Eu não tinha nada com que me defender.

Quanto a Alice, eu sabia que ela devia ter farejado os homens de Nowell e fugido dos jardins antes mesmo que se aproximassem dela. Essa era a boa notícia. A ruim é que era muito improvável que fosse tentar penetrar a casa e me libertar ainda esta noite. Era simplesmente perigoso demais. E ela nunca poderia socorrer minha família sem mim. O tempo estava passando, caminhando para o prazo de meia-noite dado por Wurmalde. Se eu não lhe desse as minhas chaves até lá, ela entregaria Jack, Ellie e Mary a Grimalkin para serem torturados. Eu não aguentava nem pensar a respeito.

Mas enquanto Alice estivesse livre, eu ainda alimentava esperanças de socorro. Se não esta noite, ela faria o possível amanhã — se eu ainda estivesse vivo quando o sol nascesse.

Wurmalde talvez me visitasse durante a noite para exigir as chaves pela última vez. Ou pior — ela poderia enviar Tibb.

Pouco depois, quando eu estava ali deitado na escuridão da cela, ouvi uma chave girar na fechadura. Rapidamente me pus de pé e recuei para o fundo do quarto. Ousaria ter esperanças? Poderia ser Alice?

Para meu desapontamento e desânimo, Wurmalde entrou segurando uma vela e fechou a porta às suas costas. Olhei para as suas volumosas saias e me perguntei se Tibb teria entrado na cela em sua companhia.

— A situação pode parecer sombria, mas não está perdida — disse ela com um sorrisinho. — Tudo pode ser acertado. Só preciso das chaves dos baús. Dê-me o que quero e amanhã de noite você poderá estar a caminho de casa com a família...

— Sei, e então ser caçado como assassino. Nunca mais poderei voltar para casa...

Ela balançou a cabeça.

— Mais alguns dias, e Nowell estará morto, e o distrito todo, assim como você em nosso poder. Portanto, não haverá ninguém para acusá-lo. Deixe tudo comigo. Você só precisa me dar aquelas chaves. É muito simples.

Foi a minha vez de sorrir. Até o momento, aquela era a melhor oportunidade que tinha de tomar as chaves à força. Eu estava só e em suas mãos. O fato de que não o fizesse me convenceu de que não podia.

— É *exatamente* o que tenho de *fazer*, não é? Tenho que lhe *dar* as chaves. Você não pode tomá-las.

Wurmalde fez uma cara feia de desagrado.

— Lembra-se do que lhe disse na noite passada? — avisou. — Se não quer fazer isso para se salvar, então, pelo menos, faça por sua família. Dê-me as chaves, ou os três morrerão.

Naquele momento, em algum lugar da casa, um relógio começou a tocar. Ela fixou o olhar em mim até a última badalada da meia-noite.

— Então, menino? Você teve o tempo que exigiu. Agora me dê a sua resposta!

— Não — disse com firmeza. — Não lhe darei as chaves.

— Então, sabe as consequências dessa decisão — disse ela baixinho, antes de sair da cela. A chave virou na fechadura, e eu a ouvi se afastar. Restaram apenas o silêncio e a escuridão. Fui deixado só com os meus pensamentos, e eles nunca foram mais sombrios.

Minha decisão acabara de custar à minha família suas vidas. Mas o que mais eu poderia ter feito? Não poderia deixar o conteúdo dos baús de minha mãe cair em poder dos covens. O Caça-feitiço tinha me ensinado que o meu dever com relação ao Condado vinha antes de qualquer outra coisa.

Passara-se mais ou menos um ano e três meses desde que estivera trabalhando feliz no sítio com o meu pai. Naquele tempo, o trabalho me parecera monótono, mas agora eu teria dado tudo para estar de volta ao sítio com o meu pai ainda vivo, mamãe em casa, e Jack e Ellie a salvo.

Naquele momento, desejei nunca ter visto o Caça-feitiço e nunca ter me tornado seu aprendiz. Sentei-me na cela e chorei.

Capítulo 12
CHEGA O EXÉRCITO

Da outra vez que a porta da cela foi aberta, o chefe de polícia Barnes entrou trazendo uma tábua de madeira. Era emoldurada com metal e tinha dois buracos para passar as mãos. Certa vez, eu vira um homem colocado no tronco e tinham usado um instrumento semelhante para prender seus pulsos, imobilizando-o no lugar, enquanto uma multidão o atingia com fruta podre.

— Estenda suas mãos! — ordenou Barnes.

Quando obedeci, ele abriu a tábua articulada e depois fechou as duas metades sobre meus pulsos, trancando-a com uma chave, que ele então guardou no bolso da calça. A tábua era pesada e prendia meus pulsos sem folga, de modo que não havia chance de soltá-los.

— Faça a menor tentativa de fugir e terá as pernas acorrentadas também. Estou sendo claro? — perguntou agressivamente o chefe de polícia com o rosto colado ao meu.

Assenti infeliz, sentindo-me próximo ao desespero.

— Encontraremos Mestre Nowell na torre. Uma vez bombardeadas as muralhas, você será levado a Caster para ser enforcado com os demais, embora, na minha opinião, a forca seja um castigo bom demais para um matador de padre.

Barnes me agarrou pelo ombro e me empurrou para o corredor, onde Cobden estivera rondando fora de vista com um pesado porrete na mão. Sem dúvida, estivera esperando que eu tentasse fugir. Os dois homens me conduziram por uma porta dos fundos onde a carroça aguardava. Os oficiais de justiça já estavam sentados atrás e os dois me lançaram olhares duros. Um cuspiu no peito de minha camisa enquanto eu me esforçava para subir no veículo.

Cinco minutos depois, já tínhamos passado pelos portões de Read Hall e rumávamos para Goldshaw Booth, com a Torre Malkin além.

Quando chegamos à torre, Nowell não estava só. Com ele havia cinco soldados montados, usando as túnicas vermelhas do Condado, o que mesmo antes de alcançarmos a clareira os tornava muito visíveis. À medida que a nossa carroça sacudia em sua direção, um cavaleiro desmontou e começou a caminhar em torno da torre, olhando para o edifício de pedra como se fosse a coisa mais fascinante do mundo.

Cobden parou a carroça perto dos soldados cavalarianos.

— Este é o capitão Horrocks — disse Nowell a Barnes, acenando em direção a um homem robusto com o rosto corado e um pequeno bigode negro bem cuidado.

— Bom dia, chefe — disse Horrocks; então, virou-se para me olhar.

— Ora, esse é o garoto de que o Mestre Nowell esteve falando.

— Este é o rapaz — disse Barnes. — E outros iguais a ele estão no interior daquela torre.

— Não tenha receio — disse o capitão Horrocks. — Logo abriremos uma brecha naquela muralha. O canhão chegará a qualquer momento. É o maior do Condado e dará conta do serviço em um abrir e fechar de olhos! Esses marginais não tardarão a nos prestar contas.

Dito isso, o capitão fez o cavalo dar meia-volta e conduziu seus homens em um lento circuito da Torre Malkin. O magistrado e Barnes o acompanharam.

As horas seguintes transcorreram lentamente. Eu estava doente de aflição e prestes a me desesperar. Havia fracassado em socorrer minha família e precisava aceitar que ela provavelmente estava sendo torturada ou já morrera no interior da torre. Não havia esperança de Alice me alcançar agora, e logo eu estaria a caminho de Caster com os que conseguissem sobreviver ao bombardeio da torre. Que esperança teria de ser submetido a um julgamento justo?

No final da manhã, chegou um enorme canhão puxado por uma junta de seis grandes cavalos rurais. Era um comprido barril cilíndrico em cima de uma carreta com duas grandes rodas reforçadas com metal na borda. O canhão foi colocado em posição bem perto de nossa carroça, e os soldados logo desatrelaram os cavalos e conduziram os animais a alguma distância no arvoredo ao fundo. Em seguida, voltaram suas atenções para o canhão, usando alavanca e chave de catraca para levantar mais a boca da peça até se darem por satisfeitos. Então, encostaram os ombros nas rodas e empurraram a carreta de modo que o cano do canhão apontasse mais diretamente para a torre.

Barnes cavalgou em nossa direção.

— Desçam o garoto e levem a carroça para onde estão as outras — instruiu Cobden. — O capitão diz que os cavalos estão próximos demais. O barulho do canhão vai deixá-los enlouquecidos de susto.

Os dois oficiais de justiça me arrastaram e me fizeram sentar na relva, enquanto Cobden levava os cavalos e a carroça e seguia Barnes para se reunir aos outros.

Não tardou a chegar outra carroça, esta carregada de balas de canhão, duas grandes tinas de água e uma enorme pilha de pequenas bolsas de lona cheias de pólvora. Todos os artilheiros, exceto o sargento responsável, tiraram as jaquetas vermelhas, enrolaram as mangas e começaram a descarregar a carroça, empilhando a munição cuidadosamente para erguer pirâmides estáveis dos lados do canhão. Quando a primeira tina de água foi descarregada, o oficial à minha direita brincou:

— Trabalhinho de deixar a garganta seca, hein, rapazes?

— Isso é para limpar e resfriar o canhão! — falou alto um dos artilheiros, lançando-lhe um olhar causticante. — É um canhão para balas de dezoito libras, e sem a água não tardaria a superaquecer e explodir. Ora, você não iria querer que isso acontecesse, não é? Não sentado aí tão perto!

O oficial e o companheiro se entreolharam. Nenhum dos dois pareceu à vontade. Concluída a descarga, a carroça também foi levada para o abrigo das árvores e logo depois o capitão Horrocks e Nowell passaram por nós na mesma direção.

— Quando estiver pronto, sargento — gritou Horrocks para os artilheiros ao passar a cavalo —, atire quando quiser.

Mas aproveite a oportunidade para aperfeiçoar a sua perícia. Faça valer cada tiro. Muito provavelmente logo estaremos enfrentando um inimigo bem mais perigoso...

Assim que os homens saíram do campo de audição dos tiros, o oficial de justiça, indiferente ao seu diálogo anterior com o artilheiro, não pôde resistir e tornou a falar.

— Inimigo perigoso? Que quis dizer com isso?

— Realmente não é da nossa conta — disse o sargento com arrogância. — Mas já que você pergunta, há boatos de uma invasão ao sul do Condado. É provável que tenhamos uma batalha mais séria para travar do que esse pequeno sítio. Mas não diga uma palavra a ninguém ou corto a sua garganta e jogo você para alimentar os corvos. — O sargento deu as costas novamente. — Certo, rapazes. Carreguem o canhão! Vamos mostrar ao capitão o que somos capazes de fazer!

Um dos artilheiros ergueu um dos sacos de lona e empurrou-o na boca do canhão, enquanto o seu companheiro usava uma longa vara para socá-lo no fundo do cano. Outro apanhou uma bala de canhão na pilha mais próxima e a enfiou ali também, pronta para disparar.

O sargento se virou para nós e mais uma vez se dirigiu ao oficial de justiça à minha esquerda, aquele que havia se conservado em silêncio.

— Já ouviu um enorme canhão desses disparar? — perguntou.

O oficial balançou a cabeça.

— Pois bem, é alto suficiente para estourar os seus tímpanos. Você tem que tapá-los assim! — instruiu-o, levando as mãos abertas às orelhas. — Mas, se eu fosse você, recuaria mais ou menos uns cem passos. O rapaz não poderá proteger os ouvidos, não é? — Ele olhou para os meus pulsos, ainda presos e separados pela tábua de madeira.

— Um pouco de barulho não vai fazer diferença para ele. Não aonde vai. Assassinou um padre e vai ser enforcado antes de terminar o mês.

— Bom, nesse caso, não vai lhe fazer mal experimentar uma pequena amostra do inferno para ir se acostumando! — disse o sargento, olhando para mim com franco desagrado ao voltar empertigado para o canhão e dar a ordem para disparar. Um dos soldados acendeu a mecha que saía de cima do canhão e ficou bem longe dos companheiros. Ao baixar a chama, os artilheiros cobriram os ouvidos e os dois oficiais de justiça os imitaram.

O barulho do canhão ao disparar foi o de um trovão bem ao meu lado. A carreta saltou para trás uns quatro passos e a bala se projetou pelo ar em direção à torre, soltando um uivo de alma penada. Caiu no fosso, fazendo subir uma enorme coluna de água, ao mesmo tempo em que um grande bando de corvos alçava voo das árvores ao longe. Uma nuvem de fumaça pairou no ar em torno do canhão, e, quando os artilheiros retomaram a tarefa, era o mesmo que os observar através de um nevoeiro de novembro.

Primeiro eles ajustaram a altura, depois limparam o interior do cano com varas e esponjas que não paravam de mergulhar nas tinas de água. Por fim, dispararam outra vez. Desta vez, a trovada deu a impressão de soar mais alto, mas estranhamente eu já não ouvi a bala voar pelo ar. Nem a ouvi atingir a Torre Malkin. Mas vi que acertou a muralha bem na base, lançando destroços dentro do fosso.

Quanto tempo isso durou eu não saberia dizer. Em determinado momento, os oficiais de justiça conversaram brevemente. Eu via seus lábios moverem, mas não ouvia palavra alguma do que diziam. O barulho do canhão havia me ensurdecido. Eu só esperava que isso não fosse permanente. A fumaça pairava ao nosso redor agora e eu sentia um gosto acre no fundo da minha garganta. As pausas entre os tiros se tornaram cada vez mais espaçadas à medida que os artilheiros gastavam mais tempo usando esponjas no cano que, sem dúvida alguma, estava começando a superaquecer.

Finalmente, os oficiais de justiça devem ter se cansado de ficar tão perto do canhão. Eles me arrastaram para me pôr de pé e me fizeram recuar uns cem passos, conforme o sargento aconselhara. Depois disso, não foi tão ruim e, gradualmente, nos intervalos entre os disparos, percebi que a minha audição estava voltando. Eu ouvia o uivo do tiro ao atravessar o ar e o estalo da bola de ferro atingindo as pedras da Torre Malkin. Os artilheiros, sem dúvida, conheciam seu trabalho — cada tiro atingiu aproximadamente o mesmo ponto da muralha, mas eu ainda não vira evidência alguma de que estivesse se rompendo. Então, houve mais um atraso. Tinham acabado as balas de canhão, e a carroça que trazia um novo suprimento só chegou no fim da tarde. A essa altura, eu estava com sede e pedi a um dos oficiais de justiça um pouco da água que estavam servindo de uma jarra de pedra que um dos soldados trouxera.

— Claro, sirva-se, rapaz — caçoou ele. Naturalmente eu estava impossibilitado de erguer a jarra, e, quando me ajoelhei ao lado dela, pretendendo lamber gotas de água do gargalo, ele simplesmente afastou a jarra do meu alcance e me avisou que, se eu não voltasse a me sentar, ele me daria um soco.

Quando o sol se pôs, minha boca e garganta tinham rachado. Nowell já havia partido em direção a Read Hall. A luz em declínio havia interrompido o trabalho por aquele dia e, deixando um jovem artilheiro de sentinela guardando o canhão, os outros armaram uma fogueira entre as árvores e logo estavam ocupados em cozinhar o jantar. O capitão Horrocks também partira, sem dúvida para procurar uma cama confortável onde passar a noite, mas os cavalarianos tinham ficado para partilhar o jantar.

Os oficiais de justiça me arrastaram de volta às árvores, e nos sentamos com Barnes e Cobden, a alguma distância da fogueira em que os soldados cozinhavam. Eles se ocuparam em armar uma fogueira própria, mas não tinham o que cozinhar. Passado algum tempo, um dos soldados veio até nós e perguntou se estávamos com fome.

— Ficaríamos muito gratos se pudessem nos ceder um pouco de sua comida — disse Barnes. — Pensei que a esta hora tivéssemos terminado e eu estaria de volta a Read atacando o meu jantar.

— Aquela torre vai levar um pouco mais tempo do que pensamos — respondeu o soldado. — Mas não se preocupe, chegaremos lá. De perto se podem ver as rachaduras. Vamos romper a muralha antes do meio-dia de amanhã e então nos divertiremos um pouco.

Logo Barnes, Cobden e os oficiais estavam devorando pratos cheios de guisado de lebre. Piscando os olhos um para o outro, pousaram um prato na relva diante de mim.

— Coma, garoto — convidou Cobden, mas quando tentei me ajoelhar e chegar a boca para junto do prato, ele foi arrebatado e o conteúdo atirado ao fogo.

Todos riram, achando uma grande piada, e fiquei ali sentindo fome e sede, vendo a lebre salpicar gordura e queimar enquanto eles comiam. Estava escurecendo e as nuvens tinham gradualmente se avolumado na direção do poente. Eu não alimentava muita esperança de fugir escondido porque eles decidiram se revezar me vigiando e os soldados tinham sua própria sentinela a postos.

Meia hora mais tarde, Cobden estava de guarda enquanto os outros dormiam. Barnes roncava alto com a boca escancarada. Os dois oficiais de justiça tinham dormido no momento em que se esticaram na relva.

Nem me dei o trabalho de procurar dormir. A tábua presa aos meus pulsos me apertava e começava a doer, e minha cabeça estava revolvendo com todas as coisas que tinham acontecido — meus encontros com Wurmalde e Tibb, e o meu fracasso em salvar o pobre padre Stocks. E Cobden não tinha a menor intenção de me deixar escapar.

— Se eu tiver que ficar acordado, então você também ficará, garoto! — vociferou, chutando minhas pernas para enfatizar a ameaça.

Depois de algum tempo, porém, me pareceu que ele próprio estava encontrando dificuldade em se manter acordado. Não parava de bocejar e andar para lá e para cá, e voltar para me dar outro chute. Foi uma noite longa e desconfortável; então, mais ou menos uma hora antes do amanhecer, Cobden se sentou na relva com uma expressão vidrada no olhar; cabeceava antes de jogar a cabeça para trás e acordar, e todas as vezes olhava feio para mim, como se a culpa fosse inteiramente minha. Depois que isso ocorreu quatro ou cinco vezes, a cabeça caiu sobre o peito e ele começou a ressonar baixinho. Olhei para o lado do acampamento dos soldados. Eles estavam a alguma distância, de modo que eu não podia ter absoluta certeza, mas nenhum deles parecia estar se mexendo. Percebi que essa era a única oportunidade que eu talvez tivesse para fugir, mas esperei mais alguns minutos para me certificar de que Cobden estava ferrado no sono.

Por fim, muito lentamente, levantei receando fazer o menor barulho que fosse. Mas assim que fiquei de pé, para meu desânimo, vislumbrei alguma coisa se mover entre as árvores. Estava um pouco distante, mas alguma coisa cinza ou branca parecia oscilar. Então, vi outro movimento mais adiante para a esquerda. Agora eu tinha certeza, então me agachei junto ao chão. Os vultos se moviam em minha direção entre as árvores ao sul. Seriam mais soldados? Reforços? Mas não marchavam como soldados. Pareciam deslizar suavemente como fantasmas. Era quase como se estivessem flutuando.

Eu precisava fugir antes que eles chegassem. A tábua prendendo meus pulsos afetaria o meu equilíbrio e dificultaria correr, sem, no entanto, impossibilitar que o fizesse. Eu estava prestes a me arriscar, quando vislumbrei outro movimento e me virei para trás, constatando que estava completamente cercado. Vultos escuros convergiam para nós de todos os pontos cardeais. Estavam mais próximos agora, e eu podia ver que vestiam preto, cinza ou branco — mulheres de olhar brilhante e cabelos malcuidados e despenteados.

Era quase certo serem feiticeiras, mas de que conven? Supostamente, os Malkin estavam dentro da torre. Seriam os

Deane? Se houvesse luar, eu teria notado as armas que portavam mais cedo. Somente quando se aproximaram da fogueira, percebi que cada feiticeira estava levando uma longa faca na mão esquerda e alguma coisa mais, por ora não reconhecível, na direita.

Teriam vindo nos matar enquanto dormíamos? Com esse pensamento sombrio, compreendi que não poderia simplesmente correr para o arvoredo e deixar os meus captores enfrentar seus destinos. Tinham me tratado mal, mas não mereciam morrer assim. O chefe Barnes não estava trabalhando diretamente para Wurmalde e provavelmente apenas pensava estar cumprindo o seu dever. Se eu os acordasse, havia ainda uma chance de que, na confusão, eu pudesse fugir.

Cutuquei, então, Cobden com o meu pé. Quando não vi reação, chutei-o com mais força, novamente sem resultado. Mesmo quando me curvei e gritei seu nome ao ouvido, ele continuou a ressonar baixinho. Tentei o mesmo com Barnes, sem maior sucesso. Naquele momento, a verdade me ocorreu...

Tinham sido envenenados! Exatamente como acontecera com o coitado do padre Stocks em Read Hall. Mais uma vez, eu estava bem, porque não comera nada. Devia ter alguma coisa no guisado de lebre. Como fora parar ali eu não sabia, mas agora era tarde demais, porque a feiticeira mais próxima estava a menos de quinze passos de distância.

Enrijeci os músculos, pronto para disparar em uma corrida, escolhendo um espaço para a minha direita: uma abertura entre as árvores que não estava bloqueada por uma feiticeira. Então, uma voz chamou meu nome, uma voz que reconheci. Era a de Mab Mouldheel.

— Não precisa se apavorar, Tom. Não precisa correr. Estamos aqui para ajudá-lo. Viemos negociar...

Virei-me para observar Mab se dirigir para o adormecido Cobden. Ela ajoelhou e baixou a faca para o homem.

— Não! — protestei horrorizado pelo que ela estava prestes a fazer. Agora, pela primeira vez, via o que ela estava segurando na outra mão. Era uma pequena xícara de metal de cabo comprido, um cálice para coletar sangue. As Mouldheel eram feiticeiras que praticavam a magia de sangue. Iam colher o que precisavam.

— Não vamos matá-lo, Tom — disse Mab me dando um sorriso sinistro. — Não se preocupe. Só queremos um pouquinho do sangue deles, é só.

— Não, Mab! Derrame uma só gota de sangue e não haverá negociação entre nós. Acordo nenhum...

Mab hesitou e me olhou espantada.

— Que lhe importam, Tom? Eles o machucaram, não? E o teriam levado para enforcá-lo em Caster sem pensar duas vezes. E este aí pertence à Wurmalde! — disse ela, cuspindo em Cobden.

— Falo sério, Mab! — insistiu ele, olhando para as outras feiticeiras que vinham se aproximando para ouvir. Um segundo grupo estava se dirigindo ao acampamento dos soldados, empunhando as facas. — Talvez eu esteja disposto a negociar, mas derrame uma gota de sangue e jamais concordarei. Chame-as de volta. Diga-lhes para parar.

Mab se ergueu, seus olhos mal-humorados. Finalmente concordou.

— Está bem, Tom, só por você. — Ao ouvirem isso, as outras Mouldheel deram as costas aos soldados e lentamente voltaram a se reunir a nós.

Ocorreu-me que os homens aos meus pés poderiam estar agonizando por causa dos efeitos do veneno. As feiticeiras são peritas tanto em venenos quanto em antídotos; portanto, talvez ainda houvesse tempo de salvá-los.

— E tem mais uma coisa — disse eu a Mab. — Vocês envenenaram esses homens com aquele guisado. Deem a eles o antídoto antes que seja tarde demais...

Mab balançou a cabeça.

— Foi na água que pusemos o veneno e não no guisado, mas não vai matá-los. Só queríamos que dormissem enquanto colhíamos um pouco de sangue. Amanhã vão acordar com dor de cabeça, é só. Preciso que esses rapazes estejam tinindo pela manhã. Preciso que continuem a dar tudo que puderem para explodir um buraco naquela torre! Agora me siga, Tom. Alice está esperando mais adiante.

— Alice está com você? — perguntei, surpreso. Mab me dissera a mesma coisa quando me atraíra para longe da casa do padre Stocks. Então, sua intenção tinha sido matar Alice.

— Claro que está, Tom. Estivemos negociando. Vamos ter muito a fazer antes do amanhecer, se quisermos salvar aquela sua família.

— Eles estão mortos, Mab — falei tristemente, meus olhos começando a se encherem de lágrimas. — Estamos atrasados.

— Quem disse?

— Wurmalde ia mandar fazer isso, se eu não lhe entregasse as chaves até a meia-noite.

— Não confie *nela*, Tom — disse Mab, sem me dar atenção. — Eles ainda estão vivos. Eu os vi com o meu espelho. Não estão bem, não resta a menor dúvida; portanto, não vamos perder tempo. Mas você tem uma segunda chance, Tom. Estou aqui para ajudar.

Ela me deu as costas e se embrenhou de volta entre as árvores. Naquele dia, meus pensamentos tinham sido muito desanimadores. Nem me parecera possível que eu pudesse me salvar, muito menos a minha família. Mas agora eu estava livre e subitamente me senti invadir por nova esperança e otimismo. Havia realmente uma probabilidade de que Jack, Ellie e Mary ainda estivessem vivos; talvez pudéssemos negociar com Mab e fazê-la mostrar a entrada do túnel que levava às masmorras sob a Torre Malkin.

CAPÍTULO 13
O SEPULCRO

Alice nos esperava na entrada da Mata dos Corvos. Iluminada pela claridade da alvorada, estava sentada em um tronco podre, o meu bastão aos pés. Encarando-a com olhos vigilantes, desconfiados, estavam as irmãs de Mab, as gêmeas Beth e Jennet.

Quando me aproximei, Alice se levantou.

— Você está bem, Tom? — perguntou ansiosa. — Me deixe tirar essa coisa cruel de você...

Ela tirou minha chave especial do bolso do vestido e, em um instante, destrancou e ergueu a tábua pela articulação e a atirou ao chão. Fiquei ali parado, esfregando os pulsos para ativar a circulação, aliviado de me desvencilhar daquilo.

— Wurmalde matou o pobre padre Stocks e me acusou do crime — contei a ela. — Estavam me levando a Caster para me enforcar...

— Bem, não vão levar você a lugar algum agora. Está livre, Tom... — disse ela.

— Graças a mim — interrompeu Mab, dando-me um sorriso malicioso. — Fui eu, e não Alice, que o ajudou. Não se esqueça disso.

— Sei, obrigado. Eu agradeço por ter me libertado.

— Libertado para podermos negociar. Então, vamos ao que interessa...

Alice fez um muxoxo.

— Disse a Mab quais eram as condições, Tom, mas ela não quer me devolver meu cacho de cabelos. Um baú também não é suficiente para ela.

— Não confio em você, Alice Deane, nem até onde alcança a minha cusparada! — disse Mab, fazendo boca de desprezo. — Vocês dois e eu sozinha; por isso, estou segurando aquele cabelo até tudo terminar. Assim que obtiver o que quero, você o terá de volta. Mas um baú não é suficiente. Entregue-me as chaves dos três, e fechamos negócio. Em troca, levo vocês em segurança até as masmorras sob aquela torre lá adiante. Comigo ajudando, podemos salvar as vidas de sua família. Se eu não for com vocês, podem estar certos de que eles morrerão.

Mab parecia realmente decidida, e senti que não ia devolver o cacho de Alice até eu lhe entregar as chaves. O que significava que, no túnel, Alice ainda estaria sob o poder de Mab e, portanto, incapaz de me ajudar a dominá-la. Eu teria de fazer isso sozinho.

Meu pai me ensinara que um acordo é um acordo e que era errado voltar atrás, uma vez que desse a minha palavra. Ora, eu estava planejando fazer exatamente isso e achando complicado. Além do mais, ainda que ela tivesse agido por motivos pessoais, Mab acabara de me socorrer, o que significava que eu não era mais um prisioneiro prestes a ser levado a Caster e enforcado. Devia-lhe alguma coisa pelo favor, mas agora eu ia traí-la. Sentia-me culpado pelas duas razões, mas sabia que não tinha escolha. Precisava enganar Mab porque mais de uma vida dependia disso. Não pretendia entregar-lhe sequer um dos baús, mas tinha de ser astuto.

— Você pode ficar com dois baús, Mab. Dois, e mais nenhum. Essa é a minha melhor oferta...

Ela balançou a cabeça firmemente.

Suspirei e olhei para os meus pés, fingindo refletir demoradamente sobre a situação. Decorrido quase um minuto inteiro, encarei-a nos olhos.

— As vidas dos meus familiares correm perigo; por isso, não tenho escolha, tenho? Muito bem, pode ficar com os três baús.

Um sorriso se abriu no rosto de Mab de orelha a orelha.

— As chaves, então, e fechamos negócio — disse ela, estendendo a mão.

Foi a minha vez de balançar a cabeça.

— Se eu lhe der as chaves agora, que garantia terei de que nos guiará até as masmorras? Não faz diferença para você ficar em inferioridade numérica no túnel, faz? — disse eu, gesticulando em direção às outras feiticeiras que estavam observando e escutando cada palavra. — Depois que resgatarmos a minha família, você poderá ficar com as chaves. Nem um momento antes.

Mab me deu as costas, talvez para eu não ver os olhos nem ler a expressão em seu rosto. Tinha certeza de que ela me enganaria, se pudesse.

Por fim, virou-se novamente para me encarar.

— Negócio fechado, então — concordou. — Mas isto vai ser difícil. Precisamos não perder a presença de espírito para entrarmos vivos naquela torre! Vamos ter que agir juntos.

Quando nos preparávamos para iniciar a viagem, apanhei o meu bastão.

Mab amarrou a cara.

— Você não precisa desse pau malvado — disse. — É melhor deixá-lo para trás.

Eu sabia que ela não gostava de sorveira-brava e a considerava uma arma que eu podia usar contra ela, mas balancei a cabeça, decidido.

— O meu bastão vai comigo, ou o acordo está desfeito! — disse-lhe.

Alice e eu acompanhamos Mab em um lento contorno da torre no sentido anti-horário. Logo tínhamos deixado a Mata dos Corvos para trás, mas ainda mantínhamos a mesma distância aproximada da Torre Malkin, que estava sempre visível à nossa esquerda, recortada contra o céu que clareava.

Ao longe, à nossa direita, a enorme massa da serra de Pendle também era visível, e, de repente, pensei ter visto um clarão bem no topo; por isso, parei e olhei fixamente para lá. Mab e Alice seguiram a direção do meu olhar. Enquanto olhávamos, o clarão piscou antes de arder com firmeza de modo a ser visto a quilômetros ao redor.

— Parece que alguém fez uma fogueira bem no topo do morro — falei.

Havia serras especiais em todo o Condado, onde faróis eram, por vezes, acesos, o sinal passava de um pico a outro muito mais rápido do que um mensageiro montado seria capaz de cavalgar. Alguns até tomavam o nome de "Beacon Fell", como o que existe a oeste de Chipenden.

Mab me olhou de relance, deu um sorriso misterioso, virou a cabeça e continuou viagem. Sacudi os ombros para Alice e segui-a de muito perto. O sinal devia ser para alguém, pensei. Fiquei imaginando se teria alguma relação com os clãs de feiticeiras.

Depois de aproximadamente quinze minutos, Mab apontou para frente.

— Lá adiante é onde fica a entrada!

Estávamos nos aproximando daquilo a que meu pai teria chamado de "mata abandonada". Entendam, a maioria das matas é desbastada a intervalos de anos, o que significa que algumas mudas são cortadas e levadas para servir de lenha. Isso também ajuda a mata, pois lhe oferece luz e espaço para que as árvores restantes se desenvolvam, e tanto os humanos quanto as árvores se beneficiem. Mas ali entre as árvores adultas dessa mata — carvalhos, teixos e freixos — havia um denso emaranhado de mudas. A área não era tocada há muitos e longos anos, e me fez pensar na razão.

Então, quando chegamos à orla, de repente, vislumbrei pedras tumulares no mato rasteiro e percebi que as árvores e a vegetação escondiam um cemitério abandonado.

À primeira vista, parecia impenetrável, mas um caminho estreito levava a um matagal, e Mab entrou por ele sem ao menos olhar para trás. Isso me surpreendeu porque sabia que ela não podia pisar em solo consagrado. Devia ter sido desconsagrado, provavelmente por um bispo, e já não era um campo santo.

Segui Mab, tendo Alice nos meus calcanhares, e, momentos depois, divisei uma espécie de ruína à esquerda, coberta de musgos e liquens. Restavam apenas duas paredes em pé, e a parte mais alta não ultrapassava o meu ombro.

— O que é isso? — perguntei.

— O que ainda existe da velha igreja — respondeu Mab por cima do ombro. — A maioria das sepulturas foi escavada e os ossos levados para outro lugar e de novo enterrados. Pelo menos os que se podem encontrar...

Bem no centro do matagal, alcançamos uma clareira pontilhada de pedras tumulares. Umas tinham tombado horizontalmente, outras se inclinavam em ângulos precários, e havia buracos no solo onde os caixões foram desenterrados e removidos. Não tinham se dado o trabalho de tornar a aterrar as sepulturas, e agora elas eram ocos cheios de ervas e urtigas. E ali, entre as sepulturas, havia uma pequena construção de pedra. Uma espécie de figueira jovem furara o telhado ao crescer, separando as pedras, seus ramos formando um dossel de folhas. As paredes estavam cobertas de hera e a construção não tinha janelas, apenas uma porta de madeira podre.

— Que é isso? — perguntei. Era pequena demais para ser uma capela.

— É um sepul... — começou Alice.

— Ele perguntou a mim — interrompeu Mab. — É um sepulcro, Tom. Um lugar para guardar ossos acima do solo, construído no passado para uma família com mais dinheiro do que juízo. Tem seis prateleiras, e cada uma ainda é o lugar de descanso dos ossos dos mortos...

— Os ossos ainda estão aí? — perguntei, sem saber para que garota olhar. — Por que não os levaram com os demais?

— A família não queria que seus mortos fossem perturbados — disse Mab, encaminhando-se para a porta do sepulcro. — Mas eles já foram perturbados e serão outra vez.

Ela segurou a maçaneta, e, lenta e cuidadosamente, abriu a porta. Já estava escuro à sombra da figueira, mas, além da entrada, a escuridão era absoluta. Eu não trazia vela comigo nem estojo para fazer fogo com isca e pederneira, mas Mab meteu a mão no bolso esquerdo do vestido e tirou uma vela. Era feita de cera preta e, enquanto eu olhava, do pavio inesperadamente brotou uma chama.

— Poderemos ver o que estamos fazendo agora — disse, sorrindo mal-intencionada.

Segurando a vela no alto, Mab indicou o caminho para o sepulcro, a chama iluminando as lajes de pedra — as prateleiras que guardavam os restos dos mortos. Vi o que Mab quisera dizer ao afirmar que os mortos haviam sido perturbados. Alguns ossos tinham sido removidos das prateleiras e se achavam espalhados no chão.

Uma vez no interior do sepulcro, ela recuou e fechou a porta atrás de nós; a chama que piscava na corrente de vento fazia as órbitas do crânio mais próximo ganharem movimento com o jogo de sombras, e os ossos dos mortos pareciam tremer com vida artificial.

Assim que a porta foi fechada, senti uma friagem repentina e ouvi um leve gemido no canto ao fundo do sepulcro. Seria um fantasma ou uma sombra?

— Não há com o que se preocupar — disse Mab, caminhando em direção ao gemido agourento. — É a falecida Maggie, e ela não vai a lugar algum agora...

A velha feiticeira morta estava no canto, recostada na parede úmida. Argolas de metal enferrujadas prendiam seus tornozelos, todas interligadas a uma argola chumbada nas lajes de pedra. O metal era ferro, então não admirava que estivesse sofrendo. Maggie achava-se realmente encurralada.

— É cheiro de Deane que estou sentindo? — choramingou, sua voz tremendo com a dor.

— Lamento ver você nesse estado, Maggie — disse Alice, dirigindo-lhe a palavra. — Sou eu, Alice Deane...

— Ah! Me ajude, criança! — pediu Maggie. — A secura da minha boca é maior do que a dor nos meus ossos. Não suporto esses ferros. Me livre deste tormento!

— Na posso ajudar você, Maggie — respondeu Alice, chegando mais perto. — Gostaria de poder, mas há uma Mouldheel aqui. Tem um cacho dos meus cabelos, tem mesmo, por isso não posso fazer nada.

— Então, chegue mais perto, criança — crocitou Maggie.

Obedientemente, Alice se inclinou mais perto e a feiticeira morta cochichou alguma coisa em seu ouvido.

— Nada de cochichos! Nada de segredinhos aqui! Alice, fique longe de Maggie — avisou Mab.

Imediatamente, Alice se afastou, mas eu a conhecia o suficiente para notar uma mudança sutil em sua expressão; Maggie tinha murmurado algo importante que talvez nos ajudasse contra Mab.

— Certo! — continuou Mab. — Vamos logo. Me sigam. É bem apertado...

Ela se ajoelhou e engatinhou pela prateleira mais baixa à sua esquerda, perturbando o esqueleto que jazia ali. Durante alguns momentos, só pude ver seus pés descalços que, em seguida, desaparecerem de vista como o restante do seu corpo. Levara a vela, mergulhando no interior do sepulcro na escuridão.

Então, apertando o meu bastão, me arrastei pela laje de pedra fria, seguindo-a pelo espaço exíguo entre a pedra e a prateleira acima, sentindo os ossos sob o corpo enquanto fazia a travessia. Além da prateleira, os dedos de minha mão direita agarraram terra macia, e, vendo o brilho de uma luz em frente, me lancei de cabeça no túnel raso onde Mab nos aguardava. Ela estava de gatinhas — o teto era baixo demais para permitir que se levantasse.

Alice me havia dito que o único modo que os meus baús um dia deixariam a Torre Malkin seria pela grande porta tacheada de ferro, o mesmo modo com que haviam entrado, e uma olhada naquele espaço confinado confirmou isso. Então, o que era que Mab tinha esperança de obter? Mesmo que chegasse aos baús, seria impossível levá-los para fora por aquele caminho.

O meu problema era igual, mas, pelo menos, eu talvez fosse capaz de salvar minha família. E enquanto não entregasse as chaves, nenhuma feiticeira seria capaz de abrir os baús.

Depois que Alice se reuniu a nós no túnel, Mab não perdeu tempo e se distanciou ainda engatinhando enquanto a acompanhávamos do jeito melhor que podíamos. Eu havia topado com alguns túneis desde que me tornara aprendiz do Caça-feitiço, mas nunca nenhum tão apertado e claustrofóbico como esse. Não possuía escoras, e eu precisava fazer esforço para não pensar no grande peso de terra sobre nós. Se o túnel entrasse em colapso, ficaríamos presos no escuro: talvez fôssemos esmagados instantaneamente; talvez sofrêssemos uma morte lenta e apavorante por sufocação.

Perdi toda noção de tempo. Parecíamos estar engatinhando havia uma eternidade, mas por fim emergimos em uma câmara de terra suficientemente espaçosa para nos permitir ficar de pé. Por um momento, pensei que estávamos diretamente sob a torre, mas então vi outro túnel reto em frente. Ao contrário do que tínhamos acabado de atravessar, este era bastante grande para andarmos com o corpo aprumado e possuía fortes escoras de madeira para sustentar o teto.

— Bom — disse Mab —, só cheguei até aqui. Não cheira bem este túnel...

Assim dizendo, ela enfiou a cabeça no túnel e farejou alto, três vezes. Perguntei a mim mesmo se seria boa nisso. O Caça-feitiço, certa vez, me dissera que essa habilidade variava de feiticeira para feiticeira. Depois de dar uma rápida farejada, ela se afastou e estremeceu com um arrepio de horror.

— Aí tem uma coisa úmida e morta — disse. — Não me agrada nem um pouco esse túnel!

— Não seja fresca, garota! — Alice caçoou. — Deixe-me farejar o túnel também. Dois narizes são melhores do que um, não é mesmo?

— Certo, mas seja rápida — concordou Mab, espiando para o túnel, nervosa.

Alice não perdeu tempo. Deu uma cheirada e sorriu.

— Não há muito com que se preocupar aí. De úmido e morto podemos dar conta. Tom tem o bastão de sorveira-brava. Deve ser suficiente para mantê-lo longe de nós. Então, pode ir, Mab. Você mostra o caminho! Isto é, se não estiver apavorada demais. Pensei que os Mouldheel fossem feitos de matéria mais dura!

Por um momento, Mab encarou Alice e revirou a boca, mas entrou no túnel à frente. Apertei o meu bastão de sorveira-brava com força. Alguma coisa me dizia que ia precisar dele.

CAPÍTULO 14
O ESPECTRO

Se o guardião do túnel estava molhado e morto, então provavelmente era um espectro e, com certeza, haveria água no túnel. Eu já lera a respeito de espectros no bestiário do Caça-feitiço: costumavam ser raros no Condado, mas muito perigosos. Eram criados por feiticeiras que amarravam a alma de um marinheiro afogado ao seu cadáver por meio de magia negra. O corpo não se decompunha, mas inchava e se tornava extremamente forte. Eram, em geral, cegos, e seus olhos, devorados por peixes, mas tinham audição aguçada e eram capazes de localizar uma vítima em terra firme enquanto ainda submersos.

Eu estava prestes a seguir Mab, quando Alice fez um gesto com a mão para me sinalizar que eu devia ficar para trás e deixar que ela seguisse à frente. Entendi que Alice estava planejando alguma coisa, mas não sabia o quê. Então, deixei que Mab prosseguisse e desejei que soubesse o que estava fazendo.

Parecia que estávamos caminhando há séculos, mas, por fim, começamos a diminuir o passo antes de parar.

— Não gosto disso — Mab gritou para nós. — Tem água mais adiante. Cheira mal. Não parece nada seguro...

Apertei-me ao lado de Alice à minha frente para podermos ver por cima do ombro de Mab. Tinha esperado ver água corrente — talvez um riacho ou rio subterrâneo que ela não pudesse atravessar. Entretanto, o túnel alargava formando uma caverna oval, que encerrava um pequeno lago. A água quase atingia os lados da gruta, mas para a esquerda havia um caminho lamacento e estreito que descia até o lago. Parecia muito escorregadio.

O lago me preocupava. Era turvo, cor de lama, e apresentava marolas na superfície; algo que se poderia esperar em águas agitadas pelo vento. Mas estávamos sob a terra, e o ar era parado e calmo. E também tinha a sensação de que o lago era muito fundo. Haveria alguma coisa malfazeja rondando sob a superfície? Lembrei-me do que Mab farejara — "algo molhado e morto". Seria um espectro, conforme eu suspeitava?

— Não temos a noite toda, Mab — gritou Alice, animada. — Também não gosto muito do jeito disso; então, quanto mais cedo passarmos adiante melhor.

Parecendo mais do que um pouco nervosa, Mab transferiu a vela preta para a mão direita e pisou no caminho enlameado. Tinha dado apenas uns dois passos quando os pés descalços começaram a escorregar. Ela quase perdeu o equilíbrio e teve de usar o braço estendido para se firmar na parede. A vela piscou e quase apagou.

— Devagar se vai ao longe, garota! — disse Alice, a zombaria intensa em sua voz. — Não é uma boa ideia cair aí dentro. Você está precisando de um bom par de sapatos, sem a menor sombra de dúvida. Eu não gostaria da sensação de lama escorregadia entre os dedos dos pés. Faz os pés cheirarem pior do que nunca.

Mab se virou de novo para nós e seu lábio tornou a crispar de raiva. Estava prestes a encher os ouvidos de Alice com respostas malcriadas, quando aconteceu uma coisa que fez o meu coração saltar direto à boca.

Mais depressa do que eu poderia piscar, uma mão enorme, branca, inchada e exangue emergiu da água e agarrou o tornozelo direito de Mab. Imediatamente ela perdeu pé e, guinchando feito um leitãozinho, tombou de lado na lama, a parte inferior do corpo caindo e espalhando água. Ela começou a gritar de terror e, diante dos meus olhos, escorregava cada vez mais para o fundo do lago. Alice estava posicionada entre nós, ou eu teria estendido o meu bastão para Mab se agarrar nele. Permitir ao espectro levá-la seria horrível demais.

Mab ainda segurava a vela, mas estava agitando os braços e parecia certo que afundaria na água a qualquer momento. Se a vela apagasse, ficaríamos no escuro, impossibilitados de ver de onde vinha a ameaça. Como se lesse os meus pensamentos, ágil como um gato, Alice saltou para frente e arrebatou a vela da mão de Mab; então, recuou e observou-a ser arrastada para o fundo lentamente.

— Salve-a, Alice — gritei. — Ninguém merece morrer assim...

Alice pareceu relutante, mas, sacudindo os ombros, se inclinou para frente, agarrou Mab pelos cabelos e começou a puxá-la.

Mab gritou ainda mais alto — o socorro agora se tornava um cabo de guerra doloroso. Algo sob a superfície tentava arrastá-la para o fundo; Alice resistia e tentava puxá-la de volta. Mab deve ter sentido que estava sendo cortada ao meio.

— Empurre-o com o seu bastão, Tom! — gritou Alice. — Dê-lhe um bom cutucão e faça com que a solte.

Dei um passo para o caminho enlameado ao lado dela e mirei a ponta do meu bastão na água, procurando um alvo. Agora a água estava revolvendo lama, grandes ondas lambiam a borda do caminho e eu não enxergava nada. Só o que podia fazer era mirar algum ponto logo abaixo da posição provável dos pés de Mab. Cutuquei com força duas ou três vezes. Não adiantou, e percebi que Alice estava perdendo a batalha, a água já chegava quase aos braços de Mab.

Tentei outra vez. Continuei sem sorte. Então, na minha oitava ou talvez nona tentativa, fiz contato com alguma coisa. A água subiu, e repentinamente Mab estava livre, e Alice a puxava de volta ao caminho.

— Certo, Tom, ainda não terminamos. Aqui, tome a vela. Fique com o bastão pronto para a possibilidade de a coisa voltar!

Aceitei a vela e a segurei o mais alto que pude, fazendo-a iluminar toda a superfície do lago lamacento. Na mão esquerda, eu segurava o meu bastão de sorveira-brava, pronto para empurrar o espectro.

Alice inesperadamente deu uma chave de braço em Mab e, com a mão esquerda ainda enredada em seus cabelos, forçou-a a se ajoelhar, empurrando sua cabeça até quase tocar na água.

— Me dê o que me pertence! — gritou no ouvido esquerdo de Mab. — Devolva rápido, ou aquela coisa lá embaixo vai arrancar o seu nariz!

Por um momento, Mab resistiu, mas a água começou a subir como se alguma coisa grande estivesse nadando em direção à superfície.

— Leve-o! Leve-o — exclamou, o medo e o pânico na voz. — Está pendurado no meu pescoço!

Alice desfez a chave de braço e, ainda a prendendo pelos cabelos, usou a mão livre para arrancar alguma coisa de dentro do decote do seu vestido. Era um pedaço de barbante. Cortou-o com os dentes, puxou-o do pescoço de Mab e o estendeu para mim.

— Queime-o! — gritou ela.

Quando segurei a vela por baixo, vi que o barbante estava amarrado em uma trança de cabelos: o cacho de cabelos de Alice que a colocava sob o poder de Mab. A chama da vela encandeou o barbante, produzindo um clarão audível. Sentimos um leve odor de cabelos queimados, e então Alice deixou os restos incinerados caírem na água.

Feito isso, colocou Mab em pé com um puxão, agarrou seu braço e empurrou-a ao longo do caminho em direção ao lado mais afastado do lago. Segui-a com cautela, tentando não escorregar, vigiando a água, receoso. Enquanto eu olhava, uma coisa grande flutuou até a superfície. Nas sombras, próximo à parede mais distante, uma enorme cabeça emergiu, os cabelos atados e embaraçados no topo da cabeça, mas avolumando-se para os lados. O rosto era branco e inchado, as órbitas vazias e negras; quando o nariz emergiu, ele farejou alto como um cão de caça procurando a presa.

Mas instantes mais tarde, alcançamos a segurança do túnel, e o perigo imediato passou. Mab estava encharcada e suja de lama; toda a sua segurança anterior havia desaparecido. Contudo, desde que chegáramos a Pendle, nunca vira Alice mais feliz.

— Precisamos agradecer à falecida Maggie por isso! — disse Alice, dando-me um grande sorriso. — Ela cochichou o que eu precisava saber. Um espectro, era isso, e fácil de farejar. Sempre guarda aquele caminho. Treinaram-no bem, sim. Não tocaria em ninguém com sangue Malkin nas veias. Sou uma Deane de nome, mas metade Malkin. Foi por isso que o fiz caminhar mais atrás, Tom. Mab correu o maior perigo aqui.

— Não é legal ser enganada. Ainda assim, não estou me queixando muito. Desde que receba os meus baús.

— Consegui recuperar o meu cacho de cabelos; por isso, tampouco estou me queixando — disse Alice com um sorriso presunçoso. — E se você quiser aqueles baús, primeiro precisamos encontrar a família do Tom, sã e salva. Portanto, nada de truques, isto é, se você souber o que é bom para você!

— Não vou enganar Tom — disse Mab. — Por acaso, ele acabou de salvar minha vida golpeando o espectro daquele jeito. Não vou esquecer isso tão depressa.

— *Uuuu, por acaso, ele salvou minha vida* — imitou Alice. — Por acaso, eu também salvei, não que você tenha notado. E tornou a agarrar com força os cabelos de Mab e a obrigá-la a seguir à frente pelo túnel.

Senti pena de Mab. Não parecia haver necessidade de tratá-la com tanta grosseria, e disse isso a Alice.

Ela largou, relutante, os cabelos de Mab, e estava prestes a retrucar, quando a atenção de ambos foi desviada. Mais uns trinta passos nos levaram a uma porta de madeira encaixada na pedra. Pelo visto, tínhamos chegado a uma entrada da Torre Malkin.

Vimos um ferrolho preso por um cadeado. Dei a vela para Alice segurar, e ela puxou Mab para um lado enquanto eu segurava o ferrolho e o erguia devagar, tentando não fazer ruído algum. Mas quando puxei, a porta resistiu. Estava trancada — embora isso não fosse problema, uma vez que Andrew, o irmão do Caça-feitiço, era serralheiro. Alice prendeu a vela entre os dentes e me estendeu a minha chave especial. Apanhei-a, meti-a na fechadura, virei-a e tive a satisfação de sentir a fechadura ceder.

— Pronta? — murmurei, devolvendo a chave a Alice.

Ela assentiu.

— E, por favor, vamos parar de brigar, garotas. Façam pouco barulho até eu encontrar a minha família e estarmos fora daqui — falei.

— E eu tiver os meus baús — acrescentou Mab, mas Alice não lhe deu atenção, e tornei a erguer o ferrolho, abrindo lentamente a porta.

Dentro estava escuro como breu, mas exalava um forte fedor de decomposição que me fez ofegar. O ar estava contaminado pela morte.

Alice franziu o nariz, enojada, e aproximou a vela para abrir a porta. Diante de nós havia um corredor com portas de cela dos lados. Cada uma delas tinha uma portinhola de inspeção mais ou menos na altura da cabeça. Ao longe dava para ver algo que parecia uma sala bem mais ampla sem porta. Minha família estaria em uma dessas celas?

— Vigie Mab — disse eu a Alice. — Dê-me a vela, pois vou verificar as celas, uma a uma...

Na primeira cela, segurei a vela perto das grades da porta. Pareceu-me vazia. A segunda tinha um ocupante, um esqueleto coberto de teias de aranha e vestido com calças esfarrapadas e uma camisa muito puída, as pernas e braços presos a uma parede por correntes. Como teria morrido o prisioneiro? Fora simplesmente abandonado ali para morrer? Senti uma repentina friagem, e, enquanto olhava uma coluna, um fio de luz apareceu em cima do crânio do esqueleto e um rosto agoniado começou a se formar.

O rosto se contraiu e tentou falar, mas, em lugar de palavras, só pude ouvir um grito de tormento. O prisioneiro estava morto, mas não sabia, e ainda se sentia encurralado, sofrendo tanto quanto sofrera em seus últimos dias. Eu teria gostado de ajudá-lo, mas outras coisas eram mais urgentes. Quantos fantasmas ainda haveria ali que também precisavam ser libertados? Poderia me custar horas sem fim conversar com cada espírito atormentado e convencê-lo a fazer a travessia para o outro lado.

Usando a vela, conferi cada cela. Parecia que nenhuma delas era usada havia muito tempo. Eram dezesseis ao todo, e sete continham ossos. Quando cheguei ao fim do corredor, escutei muito atentamente. Só ouvi a água que pingava levemente; então, eu me virei e fiz sinal para Alice se aproximar. Esperei até que Mab emparelhasse com o meu ombro; nervoso, entrei na sala avistada de longe. A luz da vela não iluminava todos os cantos escuros daquele vasto espaço. A água pingava do teto nas lajes, e o ar dava a sensação de ser úmido e frio.

À primeira vista, ela pareceu deserta. Era uma ampla câmara circular de onde saía outro corredor idêntico ao que eu já examinara. Além disso, degraus curvos de pedra acompanhavam a parede da câmara e subiam até um alçapão, que devia dar acesso ao andar acima. Cinco grossas colunas cilíndricas sustentavam aquele teto alto, cada qual espetada de correntes e algemas. Reparei também em um braseiro cheio de cinzas frias e uma pesada mesa de madeira onde havia disposta uma variedade de pinças de metal e outros instrumentos.

— Aqui é onde torturam inimigos — disse Alice, sua voz ecoando no silêncio. Em seguida, cuspiu nas lajes. — Não faz bem a ninguém nascer em uma família como esta...

— É — disse Mab. — Quem sabe, Tom deva escolher seus amigos com mais cuidado. Se é uma feiticeira que deseja como amiga, Tom, há famílias melhores das quais escolher uma.

— Não sou feiticeira — disse Alice, e puxou os cabelos de Mab com força suficiente para fazê-la gritar.

— Parem — sibilei. — Querem que eles saibam que estamos aqui?

As garotas pareceram envergonhadas e pararam de brigar. Olhei ao meu redor e me arrepiei ao pensar o que devia ter ocorrido naquela câmara; ondas contínuas de frio deslizaram pela minha espinha. Muitos mortos que tinham sofrido ainda estavam presos ali.

Primeiro havia o outro corredor para investigar. Eu já tinha olhado dentro de dezesseis celas, mas precisava revistar todas; uma delas poderia estar prendendo minha família. Pelo que já vira das masmorras, eu agora temia o pior. Mas precisava saber.

— Preciso olhar cada uma das celas — disse a Alice. — Vai levar um tempinho, mas tem que ser feito...

Alice assentiu.

— Claro que sim, Tom. Mas levando em conta que só há uma vela, ficaremos por perto.

Mal Alice acabou de falar, ouvimos o som de uma risada vulgar no andar de cima — uma voz masculina, alta e rouca, seguida de uma estridente gargalhada feminina que terminou em tom de escárnio. Congelamos. Parecia estar vindo diretamente de cima do alçapão. Será que os Malkin estavam descendo às masmorras?

Para minha surpresa, porém, Mab interrompeu o nosso silêncio nervoso, sem mesmo se dar o trabalho de manter a voz baixa.

— Nem se preocupe — disse. — Eles não descem aqui, não agora, juro que não. Consultei o espelho. Você está perdendo tempo, Tom. É lá em cima que encontraremos sua família. — Ela fez um gesto indicando o andar superior.

— Por que devemos dar ouvidos a você? — sibilou Alice.

— Cristalomancia! Não viu aquele espectro no espelho, viu?

Simplesmente ignorei as briguinhas. Alice me dissera que Mab sempre cumpria a palavra dada. Talvez tivesse razão, mas eu precisava constatar pessoalmente e me parecia óbvio que havia feiticeiras no andar de cima. Então, com o coração pesado, comecei uma busca sistemática do segundo corredor, ainda nervoso ao pensar que aquele alçapão acima poderia se abrir a qualquer momento e os Malkin correrem escada abaixo para nos prender.

Muitas celas continham ossos, mas, afora uma ocasional ratazana, nada parecia vivo ali embaixo. Senti alívio quando terminei; então, olhei para a escada e fiquei imaginando o que haveria no andar seguinte.

Alice olhou rápido para a vela e depois com tristeza para mim, balançando a cabeça.

— Não me agrada lhe dizer isso, Tom, mas tem que ser dito. Não será fácil voltar, fugindo por esse túnel no escuro, será? Você não estará seguro passando pelo espectro. Vamos precisar sair em breve, antes que a vela se apague.

Alice tinha razão. A vela estava se consumindo. Logo estaríamos mergulhados na escuridão. Mas eu ainda não podia ir embora.

— Eu só gostaria de verificar o andar de cima. Uma espiadela e nos poremos a caminho.

— Então, faça isso depressa, Tom — disse Alice. — Os prisioneiros, às vezes, eram mantidos lá em cima e interrogados. Quando o interrogatório falhava, eram trazidos aqui embaixo para serem torturados e deixados apodrecer.

— Você deveria ter procurado lá em cima quando lhe falei — disse Mab. — Dessa forma, não teríamos perdido tanto tempo.

Sem lhe dar ouvidos, comecei a subir a escada. Alice me seguiu ainda mantendo Mab bem presa, embora tivesse soltado seus cabelos e lhe apertasse o braço. No alto da escada, ergui a mão e experimentei o alçapão. Não estava trancado, mas respirei fundo antes de começar a empurrá-lo muito devagar, apurando os ouvidos para a existência de sinais de perigo. E se as feiticeiras estivessem de tocaia em cima? Se me agarrassem assim que o alçapão abrisse?

Só quando escancarei o alçapão, pus a cabeça no espaço acima, erguendo lentamente a vela para iluminar a escuridão. Parecia não haver vida ali. Nem mesmo uma ratazana se mexia nas lajes úmidas. O interior da torre erguia-se para o alto, um cilindro oco com uma espiral formada por degraus estreitos subindo no sentido anti-horário e acompanhando a curva da parede de pedra. A intervalos havia celas com portas de madeira. O ar era úmido e eu via trechos molhados e riscos de lodo verde na parede; a água escorria do alto e se espalhava nas lajes à minha esquerda. Até mesmo a seção da torre acima de mim provavelmente ainda era subterrânea. Atravessei o alçapão e me dirigi à escada, fazendo sinal para Alice me seguir.

— Tenha paciência comigo, Alice. Serei o mais rápido que puder. Vou subir correndo e verificar cada porta. Se não estiverem lá, sairemos enquanto é possível...

— Se viemos até aqui, e nós viemos — disse Alice, sua voz ecoando no vasto espaço acima —, podemos ir até o fim. De qualquer modo, essas são as últimas celas. O próximo andar fica na superfície, os aposentos em que moram e onde guardam as provisões. Vá ver pessoalmente. Ficarei aqui e vigiarei Mab.

Antes que pudesse me mexer, ouvimos um estrépito distante, seguido de um ronco que parecia sacudir as paredes e as lajes sob os meus pés.

— Parece que estão bombardeando novamente a torre — disse Alice.

— Já? — perguntei, espantado que os soldados tivessem retomado o trabalho tão depressa.

— Começaram assim que clareou — disse Mab. — Um pouco mais cedo do que queríamos. Poderíamos ter tido mais tempo, mas a culpa é sua, Tom. Se você tivesse me deixado tirar o sangue deles, teriam dormido até mais tarde.

— Não ligue para ela, Tom — disse Alice. — É só garganta, não é? Suba a escada. Quanto mais cedo sairmos daqui, melhor!

Não precisei de maior encorajamento e iniciei a busca imediatamente. Mas, apesar da necessidade de me apressar, não corri. Os degraus eram estreitos, e, quanto mais alto eu subia, mais assustador me parecia o poço da escada à minha esquerda. Cheguei à primeira cela e espiei para dentro pela grade da abertura. Nada. Antes de chegar à segunda, ouvi outro estrondo, seguido por um ronco e uma vibração que percorreu os degraus de cima para baixo; o canhão fora disparado outra vez contra a torre.

A segunda cela também estava vazia, mas, então, à terceira porta, ouvi um ruído. Era uma criança chorando no escuro. Seria a pequena Mary?

— Ellie! Ellie! — chamei. — É você? Sou eu, Tom...

A criança parou de chorar e alguém se mexeu no interior da cela. Ouvi um farfalhar de saias e ruído de sapatos atravessando as lajes em direção à porta. Depois apareceu um rosto encostado às grades. Ergui a vela, mas por um momento não a reconheci. Os cabelos estavam embaraçados, o rosto dolorosamente magro, os olhos pisados e vermelhos por causa das lágrimas. Não havia, porém, dúvida.

Era Ellie.

CAPÍTULO 15
ÁGEIS COMO GATOS

— Ah! Tom! É você? É realmente você? — perguntou Ellie, e as lágrimas começaram a descer pelo seu rosto.

— Não se preocupe, Ellie — disse-lhe. — Tirarei você daí e logo estará a caminho de casa...

— Tom, eu gostaria que fosse tão fácil. — Os soluços faziam seus ombros sacudirem enquanto as lágrimas deslizavam para dentro de sua boca aberta. Porém, eu já lhe dera as costas e estava acenando para Alice subir a escada.

Ela veio rápido, empurrando Mab à frente, e não perdeu tempo em abrir a porta da cela. Quando entrei, iluminando a cela com a vela, Mary correu para a mãe, que a tomou nos braços. Ellie arregalou os olhos cheios de esperança para mim, mas recuou insegura quando Alice e Mab entraram na cela em seguida.

Então, vi Jack. Não havia cama na cela, somente um monte de palha suja no canto mais distante, onde estava deitado meu irmão. Os olhos muito abertos, ele parecia estar fixando o teto. Não piscava.

— Jack! Jack! — chamei, aproximando-me do lugar em que ele jazia. — Você está bem?

Mas é claro que ele não estava bem, e percebi isso no momento em que o vi. Ele não reagiu à minha voz. Seu corpo estava na cela, mas sua mente vagava longe.

— Jack não fala. Não me reconhece nem a Mary. Ele até precisa fazer força para engolir, e só o que posso fazer é umedecer seus lábios. Tem estado assim desde que deixamos o sítio...

A voz de Ellie faltou ao ser mais uma vez dominada pela emoção, e só me restou fixar nela meu olhar desamparado. Sentia que devia reconfortá-la de alguma maneira, mas ela era a mulher do meu irmão e eu a abraçara apenas duas vezes na vida: uma na comemoração logo depois de casarem; a outra quando saí de casa logo depois de Ellie se aterrorizar com a visita da feiticeira Mãe Malkin. Algo mudara entre nós desde aquele momento. Lembro-me de suas palavras de despedida, avisando-me que jamais visitasse o sítio durante as horas da noite.

Talvez esteja trazendo com você alguma coisa ruim, e não podemos correr o risco de acontecer nada de mal à nossa família.

E isso realmente acontecera. Os piores receios de Ellie tinham se concretizado. As feiticeiras de Pendle haviam atacado de surpresa o sítio por causa dos baús que mamãe deixara para mim.

Foi Alice que fez o que eu devia ter tentado. Ainda apertando o braço de Mab, ela se aproximou de Ellie e passou várias vezes a mão no ombro dela.

— Vai ficar tudo bem agora — disse baixinho. — É como o Tom diz, vamos poder sair daqui. Logo vocês estarão em casa, não se preocupe.

Ellie, porém, fugiu ao seu toque.

— Fique longe de mim e da minha filha! — gritou com o rosto contorcido de fúria.

— Foi você que começou tudo! Afaste-se de mim, sua feiticeirinha má! Acha que poderei voltar algum dia para casa? Nunca estaremos seguros lá. Como vou levar minha filhinha de volta? Elas sabem onde estamos! Podem nos encontrar sempre que quiserem!

Alice ficou triste, mas não deu resposta, simplesmente recuou para o meu lado.

— Não vai ser fácil descer essa escada com Jack, Tom, mas quanto mais cedo tentarmos, melhor.

Corri o olhar pela cela. Era uma visão lúgubre, úmida e fria, com água viscosa escorrendo pela parede do fundo. Não era tão horrível quanto a imagem descrita por Wurmalde, mas ser arrancado da segurança do seu sítio e ser trazido para cá deve ter sido horrível. Entretanto, algo ainda pior que isso havia atingido Jack.

Era porque tinha entrado no quarto de mamãe? Ela me alertara do perigo. Até mesmo o Caça-feitiço não poderia entrar lá sem ser afetado. E mais, Jack copiara minha chave — caso contrário, ele não poderia ter aberto a porta quando as feiticeiras o exigiram. Estaria, de alguma forma, pagando o preço disso também? Mas, com certeza, minha mãe não iria querer que Jack sofresse assim.

— Você pode fazer alguma coisa para ajudar Jack? — perguntei a Alice. Ela era boa no preparo de poções e, em geral, carregava uma bolsinha com uma seleção de plantas e ervas.

Alice me olhou hesitante.

— Trouxe alguma coisa comigo. Mas não terei como preparar uma infusão; portanto, só terá metade da eficácia. Aliás, nem tenho certeza de que surtirá efeito. Não terá, se foi o quarto de sua mãe que o deixou assim...

— Também não quero que ela ponha a mão em Jack — disse Ellie, olhando com desagrado para Alice. — Deixe-a longe dele, Tom. É o mínimo que você pode fazer!

— Alice pode ajudar. Ela realmente pode — insisti com Ellie. — Mamãe confiava nela...

Mab fez um muxoxo como se tivesse dúvidas quanto às habilidades de Alice, mas não lhe dei atenção, e Alice simplesmente a fuzilou com o olhar. Ela puxou, então, uma bolsinha de couro contendo ervas que guardava no bolso.

— Tem água? — perguntou a Ellie.

A princípio, pensei que Ellie não responderia; então, ela pareceu ter recuperado o bom-senso.

— Tem uma tigelinha ali no chão, mas contém pouquíssima água.

— Vigie essa aí! — recomendou Alice indicando Mab com a cabeça. Mas, aonde iria ela? Subir ao encontro das Malkin? Ou descer para os túneis? Mab não tinha chance alguma sozinha no escuro e sabia disso.

Alice se dirigiu à tigela, abriu a bolsa e tirou uma pequena porção de folha, que molhou na água, segurando-a para encharcá-la. Ouvi o som de tiros de canhão bombardeando mais uma vez a torre, antes de Alice finalmente se aproximar de Jack, abrir sua boca e empurrar o fragmento de folha para dentro.

— Ele pode engasgar! — exclamou Ellie.

Alice balançou a cabeça.

— Pequeno demais e agora mole para fazer isso. Vai se desfazer na boca, isso sim. Não acho que vá ajudar muito, mas fiz o melhor que pude. A vela vai se apagar daqui a pouco e, então, estaremos realmente encrencados.

Olhei para o toco de vela que piscava. Não duraria mais do que alguns minutos, se tanto.

— Vamos ter que tentar carregar Jack. Segure as pernas dele, Alice — sugeri, contornando-o para tentar suspendê-lo pelos braços.

Mas eu tinha sido otimista a respeito da vela. Naquele exato momento, ela se apagou.

Estava muito escuro na cela, mas, por um momento, ninguém se moveu nem falou. Então, Mary começou a chorar e ouvi Ellie sussurrando para a filha.

— Ainda não estamos perdidos — falei. — Sou capaz de ver muito bem no escuro. Portanto, irei na frente e descerei carregando Jack com Alice, como já falei. Exigirá esforço, mas podemos dar conta.

— Faz sentido. Vamos carregá-lo agora. Não adianta perder mais tempo.

Tentei parecer confiante, mas a escada era íngreme, sem proteção do lado até o fundo do poço. Mesmo que descêssemos a salvo, o espectro ainda guardava o túnel e seria difícil passar por ele com Jack, sem sermos molestados. Era melhor do que simplesmente esperar que as Malkin viessem e cortassem nossa garganta, mas não representava muita esperança.

Foi então que Mab falou na escuridão. Tinha me esquecido completamente dela por um momento.

— Não. Precisamos apenas esperar. Os artilheiros vão romper as paredes em breve, e as Malkin vão descer a escada e fugir pelos túneis. Uma vez que tenham passado, poderemos subir e sair pelo rombo feito na parede da torre.

Por um momento, não respondi, mas então os pelinhos na minha nuca se eriçaram. Mab teria visto isso? Era por ali que planejava tirar os baús da torre? Pelas paredes arrombadas? Fosse qual fosse a verdade, o que ela acabara de dizer fazia sentido. A primeira parte de sua ideia poderia dar certo, mas eu não imaginava como esperava escapar dos soldados e retirar os baús. E, se subíssemos a escada, pelo menos, eu acabaria no castelo de Caster, onde seria enforcado por um crime que não cometi.

— Seria melhor seguir as Malkin para baixo na hora em que estiverem fugindo — sugeri.

— Confie em mim! — disse Mab. — É mais seguro subir do que ser encurralado nos túneis com as Malkin. Levaremos sua família para um lugar seguro e receberei os baús; assim, ambos venceremos.

Quanto mais pensava, melhor o plano dela me parecia. Ellie, Jack e Mary certamente estariam melhor nas mãos dos soldados do que nas das feiticeiras. Nowell havia dito que todos que fossem apanhados no interior da torre seriam mandados para Caster, onde seriam julgados. Decerto, porém, eles entenderiam imediatamente que Jack e sua família eram as vítimas. Minha história seria confirmada. Se necessário, nosso vizinho, o sr. Wilkinson, seria convocado para testemunhar. Tinha visto o que acontecera.

Para Alice, talvez não fosse tão fácil. Ela era de Pendle e tinha sangue Malkin nas veias. Havia perigo de que o único daquela família a ser julgado fosse Alice. Quanto a mim, sabia o que esperar. Iria também para Caster, acusado de ter matado o pobre padre Stocks. Meu coração fraquejava diante dessa perspectiva. Não tinha testemunhas a meu favor, e Nowell acreditaria no que Wurmalde lhe dissesse.

Mas, pelo menos, os baús seriam confiscados por militares e não por feiticeiras, e, no final, minha família seria libertada para regressar ao sítio. Quanto a mim, tentei não pensar em um futuro longínquo.

Mary começara a chorar, e Ellie tentava tranquilizá-la, por mais difícil que fosse fazer isso no escuro, com o medo pesando no ar úmido.

— Acho que Mab tem razão, Ellie — falei, tentando parecer otimista. — A torre está sob o ataque dos soldados. Eles foram trazidos pelo magistrado local para salvar vocês das Malkin. A ideia de Mab talvez dê certo. Só o que precisamos fazer é ter paciência.

Intermitentemente, os tiros de canhão continuaram a bombardear a torre. Ninguém falava no escuro, mas a intervalos Jack soltava um leve gemido. Passado algum tempo, a criança parou de chorar e apenas dava um suspiro ocasional.

— Estamos só perdendo tempo — disse Alice com impaciência. — Vamos descer agora e retornar pelo túnel, antes que as Malkin apareçam.

— Que estupidez! — retrucou Mab. — No escuro? Carregando Jack e com uma criancinha com que se preocupar? Tudo bem que *você* fale... o espectro não estará perseguindo *você*. Olhem, já disse a vocês que vi tudo isso no espelho. Vocês Deane nunca escutam? Vi tudo. Vamos subir juntos em segurança e vou receber os meus baús.

Alice abafou uma risada de desprezo, mas não se deu o trabalho de continuar a discutir. Ambos sabíamos que, não importava o que acontecesse, Mab não iria receber os baús.

Deve ter transcorrido meia hora até os canhões finalmente pararem de atirar. Antes que eu pudesse mencionar o fato, Mab falou.

— Agora eles devem estar entrando pelo rombo na parede. Está acontecendo exatamente como eu disse. Logo as Malkin vão descer correndo a escada. Se vierem para cá, precisaremos lutar por nossas vidas...

Por consideração ao receio de Ellie pelo marido e pela filha, eu não teria dito isso. Mas Mab era insensível. Algumas Malkin poderiam receber ordens para matar seus prisioneiros. Se isso realmente tivesse acontecido, minha pergunta é quantos viriam. Pelo menos, tínhamos a surpresa do nosso lado. Havia mais de nós na cela do que eles esperavam.

— Mab tem razão — falei. — Tranque a cela pelo lado de dentro, Alice. Isso nos resguardará do elemento surpresa.

Alice sibilou entre os dentes, aborrecida com o meu apoio a Mab, mas um momento depois escutei-a girar a chave na fechadura e apertei o meu bastão com força. Imediatamente, em algum lugar no exterior da cela, ouvi uma porta se abrir, acompanhado de um murmúrio distante de vozes. Depois, passos no piso de pedra. Alguém vinha descendo — e não apenas uma pessoa: várias. Ecoavam vozes e também botas pesadas e a batida de sapatos de bico fino pelo poço da escada.

Ninguém falava na cela. Todos sabiam o perigo que corríamos. Estariam vindo buscar Jack, Ellie e Mary, ou simplesmente fugindo? Não teríamos chance alguma contra tantos, mas, embora parecesse inútil, eu não desistiria sem luta.

Os passos se tornaram mais próximos, e, momentos mais tarde, pela portinhola com barras, vislumbrei luz de velas e sombras de cabeças oscilando da direita para a esquerda, passando diante da porta à medida que as feiticeiras e os seguidores do clã saíam fugindo. Ouvi-os chegar ao pé da escada e começar a descer pelo alçapão, talvez duas dúzias deles ou mais. De repente, fez-se silêncio, e eu mal ousei desejar que tivessem ido embora. Talvez em sua pressa de fugir tivessem esquecido completamente seus prisioneiros?

— Dentro de alguns instantes elas voltarão — sussurrou Mab. — Precisamos estar preparados!

Foi então que ouvi uma voz de mulher ao longe. Não consegui entender as palavras, mas o tom era inconfundível, uma voz fria perpassada de crueldade. Meu coração esmoreceu quando alguém começou a subir em nossa direção refazendo seus passos.

Ao chegarem bem perto da porta, na escuridão da cela alguém fungou alto.

— Dois deles, é só — disse Alice, que acabara de farejar a confirmação do que Mab previra.

Em resposta, a voz de Mab cortou a escuridão.

— Dois deles, isso mesmo e um é só um homem. Não demorarei a dar jeito nele...

Dois conjuntos de passos se aproximaram; o clique de sapatos de bicos finos e o baque surdo de botas pesadas. Uma chave foi inserida na fechadura e do outro lado das grades uma voz de mulher falou.

— Deixe a criança comigo — disse ela. — É minha.

Quando a porta se abriu, ergui o meu bastão, pronto para defender Ellie e a família. O homem entrou segurando uma lanterna na mão direita e uma adaga na esquerda — tinha uma lâmina longa e afiada. Ao seu lado estava parada uma feiticeira de boca fina e inflexível e olhos que lembravam botões pretos costurados assimetricamente na testa.

Não tiveram tempo para demonstrar surpresa. Nem para respirar. Antes que pudessem reagir, antes mesmo que eu pudesse dar um passo à frente, Mab e Alice atacaram. Saltaram como gatos ágeis, garras de fora, sobre pássaros assustados que catavam vermes. Mas eles não eram pássaros e não podiam voar. Retiraram-se e, de repente, desapareceram escada abaixo, gritando ao cair. O ruído que fizeram ao bater no chão me fez estremecer.

A lanterna caíra na entrada da cela e a vela dentro ainda estava acesa. Mab a apanhou e ergueu sobre a escada, olhando para dentro do poço.

— Temos um pouco de luz para ver melhor. Isso deve facilitar as coisas.

Quando tornou a se virar para nós, estava sorrindo e seus olhos cintilavam de maldade.

— Eles não serão mais um transtorno. Nada melhor do que uma Malkin morta — disse ela, olhando rapidamente para Alice. — Hora de subir a escada...

Alice, ao contrário, estava tremendo e cruzara os braços sobre o estômago com força, como se estivesse prestes a vomitar.

Do alto veio um novo som, o atrito de alguma coisa metálica.

— Os soldadinhos estão dentro da torre agora — disse Mab. — Isso deve ser o ruído da ponte levadiça sendo baixada. Hora de subir, Tom...

— Eu ainda acho que devíamos descer e seguir as Malkin — disse Alice finalmente.

— Não, Alice. Vamos subir. Sinto que é a coisa certa a fazer — disse-lhe.

— Por que tomar o lado dela, Tom? Por que deixar que ela consiga tudo que quer de você? — protestou Alice.

— Vamos, Alice! Não estou tomando o lado de ninguém. Estou confiando nos meus instintos, como sempre recomenda meu mestre. Por favor, me ajude — pedi. — Me ajude a carregar Jack escada acima...

Por um momento, pensei que ela não ia me atender; então, ela tornou a entrar na cela para ajudar. Quando se inclinou para levantar Jack, vi que suas mãos estavam trêmulas.

— Leve meu bastão, Ellie — disse, estendendo-o em sua direção. — Posso precisar dele mais tarde.

Ellie parecia amedrontada e provavelmente estava em estado de choque, sua mente dando voltas com o que acabara de acontecer. Mas, ainda carregando a filha, ela aceitou o meu bastão, segurando-o firmemente na mão esquerda. Levantei Jack pelos ombros e Alice segurou-o pelas pernas. Ele era um peso morto. Estava bastante difícil erguê-lo, e muito pior seria subir a escada carregando-o. A subida foi difícil, e Ellie nos seguiu, mas sem protesto. A tarefa era penosa e, mais ou menos a cada vinte passos, precisávamos descansar. Mab estava se adiantando cada vez mais, e a luz da lanterna começava a ficar fraca.

— Mab! — gritei para ela. — Vá mais devagar. Não estamos conseguindo acompanhá-la!

Ela não me deu atenção e nem se deu o trabalho de olhar para trás. Eu temia que chegasse ao andar de cima e nos deixasse imersos na escuridão, naqueles degraus perigosos e estreitos. Mas meus temores se provaram infundados. As feiticeiras haviam trancado o alçapão superior ao passar, sem dúvida na esperança de retardar seus perseguidores. Mab estava sentada sob ele, de cara amarrada, esperando Alice usar a minha chave para destrancá-lo. Ainda assim, ela foi a primeira a passar e nós a seguimos o melhor que pudemos. Só depois de puxar Jack para cima e baixá-lo cuidadosamente no chão tive tempo de olhar ao meu redor.

Estávamos em uma comprida sala de teto baixo; a um canto havia sacos de batatas empilhados até o teto com um monte de nabos perto. Acima de outra pilha, desta vez de cenouras, havia presuntos salgados, pendurados no teto em fortes ganchos. A sala não estava escura e não precisávamos mais de lanternas. Um feixe de luz diurna iluminava o extremo oposto, onde Mab estava parada de costas para nós. Dirigi-me a ela, com Alice ao meu lado.

Mab estava em pé diante de uma porta aberta. Fascinada, contemplava algo no chão. Algo que fora deixado naquela sala de provisões.

Eram os três grandes baús que as feiticeiras tinham roubado de mim. Finalmente, Mab os alcançara — mas ainda não possuía as chaves.

CAPÍTULO 16
OS BAÚS DE MINHA MÃE

Olhei além dos baús e através da porta aberta para o dia muito claro e silencioso. O ar estava cheio de poeira em suspensão, mas onde se encontravam os soldados?

— Está quieto demais lá fora — disse.

Alice concordou.

—Vamos até lá ver — sugeriu.

Juntos, atravessamos uma sala ampla, a moradia atravancada dos Malkin. Havia lençóis sujos e sacos de dormir no chão, e, encostados às paredes, pilhas de ossos de animais e restos de refeições anteriores. Mas parte dos alimentos era fresca; pratos quebrados e comida intocada estavam espalhados sobre as lajotas do chão. Parecia que a parede fora arrombada enquanto os Malkin ainda estavam tomando o café da manhã, e eles tinham fugido, abandonando tudo.

O teto era muito alto, e havia mais degraus em espiral no interior da torre. Sentia-se o cheiro de fumaça de cozimento, mas isso mascarava outros fedores variados; corpos sujos, comida em decomposição, gente demais vivendo muito junto por tempo demais. Pedras tinham caído da parede, formando um monte, destruindo uma mesa e espalhando panelas e talheres, e por aquela brecha eu podia ver as árvores da Mata dos Corvos.

A brecha era estreita, mas suficientemente larga para deixar passar um homem. Os soldados tinham obviamente penetrado ali porque a enorme porta estava escancarada e a ponte levadiça baixada. E lá ao longe, muito além do fosso, eu podia vê-los — soldados em túnicas vermelhas, correndo pelo terreno como formigas. Estavam atrelando a carreta do canhão aos cavalos de carga, se preparando para ir embora, ao que parecia. Mas por que não teriam perseguido as Malkin? Teria sido bem fácil despedaçar o alçapão e descer aos níveis abaixo. Por que não teriam terminado o serviço depois de tanto trabalho? E onde estava Mestre Nowell, o magistrado?

Ouvi um ruído às minhas costas, as pisadas de pés descalços nas lajes frias, e, ao me virar, vi que Mab entrara na sala. Sorria triunfantemente.

— Não poderia ter sido melhor! Não nos limitamos a envenenar a água para poder libertá-lo — exultou ela, olhando direto para mim. — Havia outra razão. Não queríamos que aqueles artilheiros vissem o farol de Pendle a noite passada. Precisávamos que se pusessem a trabalhar hoje de manhã e abrissem um buraco na torre para podermos retirar os baús. E devem ter chegado ordens do quartel em Colne mandando-os regressar. Bom, terminou com eles agora; por isso, os soldadinhos podem correr para a guerra e conseguir ser mortos.

— Guerra? — quis saber. — Que guerra? Do que está falando?

— Uma guerra que vai mudar tudo! — disse Mab, triunfante. — Um invasor atravessou o canal e desembarcou no extremo sul. Embora seja muito longe, todos os condados têm que se unir e desempenhar o papel que lhes cabe. Vi tudo! Vi os faróis enviando a mensagem deles de um condado para outro, dando ordem para os soldados regressarem aos quartéis, o fogo parecendo saltar de cume em cume. Vi a guerra chegando. Consultei os espelhos. Mas, no fim, tudo era uma questão de tempo. Sou melhor do que Tibb, ah, se sou.

— Ah, pare de se gabar! — disse Alice, tentando diminuí-la. — Você não pode ver tudo. E não tem nem metade da inteligência que pensa ter. Não é capaz de ver o que está nos baús de Tom nem viu o caminho para penetrar a torre. Foi por isso que precisou torturar a pobre Maggie. Tampouco viu o aparecimento do espectro!

— Mas não me saí muito mal, não foi? Quer saber, você tem razão, eu poderia me sair bem melhor. Depende do ritual. Depende da noite em que é realizado. Depende do sangue de quem eu bebo — replicou Mab astutamente. — O da sobrinhazinha do Tom viria a calhar. Sirva-me o sangue dela no Lammas e eu poderei ver tudo. Tudo que quero ver. Agora me dê as chaves daqueles baús e deixarei vocês irem embora.

Enojado pelo que ela acabara de dizer, ergui o meu bastão. E o teria baixado com força em sua cabeça, mas ela simplesmente sorriu para mim descaradamente e apontou alguma coisa fora da grande porta de madeira. Meu olhar acompanhou seu dedo, e lá, além da ponte levadiça, vi uma coisa que fez o meu coração ir parar nas botas.

Os soldados de túnicas vermelhas tinham partido. Não havia mais cavalos de carga. Nem carreta para canhões.

Em lugar disso, vultos saíam da sombra das árvores e atravessavam a relva em tufos, em nossa direção. Outros estavam muito mais próximos da ponte levadiça — mulheres de vestidos longos e facas na mão. Mab tinha planejado tudo até os mínimos detalhes.

Os Malkin tinham fugido pelos túneis. Os soldados, partido para a guerra, deixando o serviço inacabado. E agora, as Mouldheel estavam vindo buscar os baús. Mab sempre pretendera retirá-los da torre dessa forma. Tinha consultado os espelhos suficientemente bem para vencer. O plano que Alice e eu tínhamos concebido tornara-se inútil. Mab fora mais inteligente do que nós, e agora não podíamos levar a melhor. Senti meu estômago embrulhar. Ellie e Jack seriam novamente prisioneiros — e a ameaça à filha deles era real. A expressão cruel no rosto de Mab comprovava isso.

— Pense bem, Tom — continuou ela. — Você é meu devedor. Eu poderia ter aguardado na mata com os outros, não é mesmo? Esperava em segurança os soldados partirem, como sabia que fariam. Em vez disso, arrisquei minha vida levando você à torre para poder salvar sua família. Vi o que ia acontecer. Que os Malkin teriam cortado suas gargantas ao escapar. Vi isso claramente como vejo o nariz em seu rosto; eu os vi entrarem na cela com suas facas. E ajudei você a salvá-los. Mas não fiz isso a troco de nada. Você sabe qual foi o nosso trato. Portanto, você me deve muito. Temos um acordo e quero que o respeite! Eu sempre cumpro a minha palavra e espero que faça o mesmo.

— Você é esperta demais para o seu próprio bem! — disse Alice, subitamente agarrando Mab pelo braço. — Mas ainda não terminou. Nem de longe. Vamos, Tom. Temos a lanterna. Podemos fugir, voltando pelos túneis subterrâneos!

Assim dizendo, ela obrigou Mab a entrar na sala de provisões e eu a segui de perto, as possibilidades rodopiando em minha cabeça. Os Malkin ainda estariam lá embaixo, mas se dirigindo para a entrada do sepulcro, e poderiam muito bem estar longe até chegarmos. Isso nos dava meia chance. Era melhor do que ficar ali, nas mãos das Mouldheel.

Ellie estava ajoelhada ao lado de Jack, que arquejava. Mary agarrava-se às saias da mãe, quase chorando.

— Depressa, Ellie, você terá que me ajudar — falei baixinho. — Há mais perigos à frente. Precisamos voltar aos túneis o mais depressa que pudermos. Você terá que me ajudar a carregar Jack.

Ellie ergueu os olhos para mim, sua expressão uma mescla de agonia e aturdimento.

— Não podemos movê-lo outra vez, Tom. Não aqui embaixo. É pedir demais. Ele está muito mal: não irá aguentar...

— Precisamos movê-lo, Ellie. Não temos opção.

Mab começou a dar risadas, mas Alice puxou seus cabelos com força.

Quando fui segurar Jack, Ellie balançou a cabeça e caiu sobre o peito do marido, usando o peso do seu corpo para me impedir de tentar erguê-lo. Desesperado, pensei em lhe contar a ameaça que pesava sobre sua filha. Era a única coisa que me ocorria para fazê-la se mexer.

Mas não disse nada. Já era tarde demais. As Mouldheel já estavam entrando na sala — no mínimo, umas doze delas, inclusive as irmãs de Mab, Beth e Jennet. O grupo formou um círculo à nossa volta, nos encarando com olhares frios, prontos para usar suas facas.

Alice me olhou, com expressão de puro desespero. Dei de ombros, desesperançado, e ela soltou Mab.

— Eu devia matá-la agora — disse Mab a Alice, quase cuspindo as palavras. — Mas um trato é um trato. Uma vez que os baús sejam abertos, você poderá ir com os outros. Agora, Tom, é com você...

Balancei a cabeça.

— Não farei isso, Mab. Os baús me pertencem.

Mab se curvou para frente, agarrou Mary pelo braço e arrastou-a para longe da mãe. Beth atirou uma faca para a irmã, que a aparou com agilidade e a empunhou mirando a garganta da criança. Quando a menininha começou a chorar, o rosto angustiado, Ellie correu para Mab, mas não conseguiu dar mais de dois passos antes de ser atirada ao chão e presa ali, um joelho em suas costas.

— Me dê as chaves ou tirarei a vida da criança, agora! — ordenou Mab.

Ergui meu bastão, medindo a distância entre nós. Sabia, no entanto, que não seria capaz de golpear suficientemente rápido. E se golpeasse? As outras cairiam sobre mim em segundos.

— Dê as chaves a elas, Tom! — gritou Ellie. — Por piedade, não deixe que machuquem Mary!

Eu tinha um dever com relação ao Condado, e por causa dessa responsabilidade eu já havia arriscado a vida da família de Ellie, recusando-as em ocasião anterior. Mas isso era demais. Mary agora gritava histericamente, mais transtornada com a aflição da mãe do que com a ameaça da faca. Mab ia matá-la diante dos meus olhos, e eu não podia suportar isso. Deixei o bastão cair de minhas mãos. Baixei a cabeça, invadido pelo desespero.

— Não a machuque, Mab — pedi. — Por favor, não a machuque. Não machuque nenhum deles. Deixe todos partirem e lhe darei as chaves...

Alice, Ellie e Mary foram retiradas da torre e escoltadas até as árvores distantes; duas feiticeiras carregaram Jack como um saco de batatas. Depois que concordara em entregar as chaves, Alice não voltou a falar. Seu rosto estava indecifrável. Eu não fazia ideia do que estaria pensando.

— Eles ficarão sob vigilância na mata — disse Mab. — Poderão partir quando os baús forem abertos, e nem um minuto antes. Mas você não vai à parte alguma. Vai ficar aqui, Tom. E vamos ficar muito bem sem Alice; aquela cruza de Malkin e Deane está nos estorvando. Muito bem, então, me dê as chaves e vamos começar...

Não discuti. Eu me sentia desamparado. A situação toda era um pesadelo do qual eu não conseguia sair. Tinha traído a confiança do Condado, do Caça-feitiço, da minha mãe. Com o coração pesado, tirei as chaves do pescoço e as entreguei a Mab. Ela foi até os baús e eu a segui, parando humildemente ao lado dela. Somente Beth e Jennet tinham permanecido na sala conosco, mas havia mais Mouldheel armadas do lado de fora, guardando a porta.

— Qual deles devo abrir primeiro? — perguntou Mab, sorrindo para mim de viés.

Dei de ombros.

— Três baús e três de nós — disse Beth às nossas costas. — Isso quer dizer um para cada uma. Escolha depressa, Mab; então, poderemos abrir os nossos. A próxima é a minha vez.

— Por que devo ser a última? — Jennet se queixou.

— Não se preocupe — replicou Beth. — Se eu escolher mal, talvez você fique com o melhor.

— Não! — sibilou Mab, virando para ficar de frente para as irmãs. — Os três baús pertencem a mim. Se tiverem sorte, talvez eu dê a cada uma um presente. Agora fiquem quietas e não estraguem a surpresa para mim. Trabalhei muito para obtê-los.

As gêmeas se acovardaram com o olhar hostil de Mab, que voltou sua atenção para os baús. De repente, ela ajoelhou e enfiou uma das chavinhas na fechadura do baú do meio. Experimentou a chave para um lado e outro, mas ela não conseguiu virar, e, com a testa enrugada demonstrando aborrecimento, experimentou o outro. Quando esse também não abriu, Jennet riu.

— A terceira vez deve dar certo, irmã! Não é o seu dia de sorte, hein?

Quando o terceiro baú não cedeu às chaves, Mab ficou de pé e me encarou com os olhos faiscando de cólera.

— São as chaves certas? — exigiu saber. — Se isso for um truque, você vai se arrepender muito!

— Tente uma das outras chaves — sugeri.

Mab tentou, mas o resultado foi o mesmo.

— Acha que sou burra? — gritou; então, sua expressão se tornou cruel e ela se virou para Jennet.

— Traga a criança aqui.

— Não! — falei. — Por favor, não faça isso, Mab. Experimente a outra chave. Talvez funcione...

A essa altura, eu estava ansioso e as palmas de minhas mãos começaram a transpirar. Já fora bastante ruim entregar as chaves. Mas se elas não abriam os baús, eu sabia que a vingança de Mab seria terrível e que ela começaria por machucar a criança. Qual era o problema? Eu me perguntava se os baús só abririam se *eu* segurasse a chave. Seria possível?

Mab tornou a se ajoelhar e tentou com a terceira chave. Os primeiros dois baús mais uma vez não quiseram abrir, mas, para meu alívio, a terceira chave finalmente girou. Ela ergueu a cabeça com um sorriso de triunfo, e então, lentamente, abriu a pesada tampa de madeira.

O baú estava cheio, mas do quê, exatamente, ainda não era possível ver. Um grande pedaço de tecido branco estava cuidadosamente dobrado por cima de tudo. Mab ergueu-o, e, quando ele se abriu, vi que era um vestido. Subitamente percebi que era um vestido de noiva. Seria de minha mãe? Parecia provável. Por que outra razão o guardaria em um baú?

— É grande demais para mim! — disse Mab com um sorriso afetado, segurando-o contra o corpo, a barra arrastando pelo chão. — Que acha, Tom? Pareço bem atraente, não?

Ela estava segurando o vestido de trás para frente, as costas viradas para mim. Com uma exclamação, deduzi a origem da carreira de botões que corria do pescoço à bainha. Não tive tempo de contá-los, mas vi o suficiente para suspeitar que fossem de osso. A última vez em que vira botões como aqueles estavam no vestido de Meg Skelton, a feiticeira lâmia que vivera com o Caça-feitiço em Anglezarke. Seria o vestido de casamento de minha mãe, abotoado com ossos como o vestido de uma feiticeira lâmia?

Mab atirou o vestido para Jennet.

— Presente para você, Jennet! — anunciou ela. — Vai caber em você, um dia! Só precisa ser paciente, nada mais.

Jennet apanhou-o, fechando a cara para manifestar seu desagrado.

— Não quero esse vestido velho! Fica para você, Beth — disse, alteando a voz e passando-o à gêmea.

A essa altura, Mab puxara um segundo item do baú. Era outra roupa. Mais uma vez, ela a ergueu na frente do corpo, verificando se era o seu manequim, ainda que fosse evidente que se tratava de uma camisa de homem.

Instantaneamente, adivinhei que era a camisa de papai — a que ele usara para proteger o corpo de minha mãe dos fortes raios de sol quando a encontrara amarrada a uma rocha com uma corrente de prata — a corrente que estivera comigo até Nowell tirá-la de mim. Ela guardara a camisa como lembrança do que ele fizera.

— Essa camisa velha mofada é o seu presente, Beth! — exclamou Mab, atirando-a na direção da irmã com uma risada zombeteira.

Naturalmente, era melhor do que ver Mary machucada, mas me doía assistir às coisas de minha mãe sendo tratadas daquele modo desrespeitoso. A vida de mamãe estava naquele baú, e eu tinha querido examinar as coisas dela calmamente, em vez de observar Mab manuseá-las sem cuidado. E Tibb acreditava que havia alguma coisa de grande importância ali. Alguma coisa que Mab poderia descobrir a qualquer momento.

Mab voltou sua atenção para o baú, seu olhar vagueando vorazmente pelo conteúdo. Havia frascos e garrafas lacradas, todas rotuladas. Seriam poções medicinais? Poderia haver ali alguma coisa que talvez ajudasse Jack? Havia muitos livros de diferentes formatos, todos encadernados em couro. Alguns pareciam diários, e me perguntei se mamãe os teria escrito. Um volume particularmente grande atraiu o meu olhar e me fez querer apanhá-lo. Seria um registro de sua vida com papai no sítio? Ou mesmo um relato de sua vida *antes* de se conhecerem?

Havia também três grandes bolsas de lona amarradas quase em cima com um barbante. Mab ergueu uma delas, e, quando a pousou no chão, ouvi distintamente o tilintar de moedas. Seus olhos se arregalaram e ela rapidamente desamarrou o barbante e mergulhou a mão na bolsa. Quando a retirou, vi o brilho do ouro: sua mão estava cheia de guinéus.

— Deve haver uma fortuna aqui! — disse Mab, os olhos quase saltando das órbitas tal era a cobiça.

Rapidamente, ela verificou as duas bolsas restantes; elas também estavam cheias de moedas de ouro — dinheiro suficiente para comprar muitas vezes o sítio de Jack. Nunca imaginara que mamãe ainda tivesse tanto dinheiro.

— É uma bolsa para cada uma! — exclamou Beth.

Desta vez, Mab não contradisse a irmã. Seu olhar tinha retornado ao baú.

— É bom ter dinheiro, mas aposto minha vida que há algo ainda melhor aqui. Serão esses livros? Podem conter muito conhecimento... feitiços e outras coisas. Wurmalde queria muito estes baús. Queria o poder de sua mãe. Então, aqui dentro, deve haver alguma coisa que vale a pena possuir!

Ela escolheu o maior dos livros, o que me havia intrigado, e retirou-o do malão, mas, quando o abriu a esmo em uma página, começou a franzir a testa. Ao folheá-lo, as rugas se aprofundaram.

— Está tudo em uma língua estrangeira! — exclamou. — Não consigo fazer pé nem cabeça do que está escrito. Você sabe ler isso, Tom? — perguntou ela, empurrando o livro para mim.

Eu sabia, antes de olhar, que não estaria em latim porque essa era uma língua que muitas feiticeiras conheciam. O livro era de mamãe e, muito naturalmente, estava em sua própria língua — o grego. A língua que mamãe me ensinara desde muito cedo.

— Não — disse, tentando parecer convincente. — Não consigo ver sentido algum...

Mas, naquele momento, um pequeno envelope caiu de dentro do livro, rodando até o chão. Mab se abaixou e o apanhou, estendendo-o para eu ver antes de abri-lo.

Para o meu filho mais novo, Thomas J. Ward

Ela fez uma careta para o envelope e atirou-o longe antes de desdobrar a carta. Franziu a testa uma segunda vez e estendeu-a para mim.

— Você não é suficientemente bom, Tom — disse ela com desdém. — Está enveredando por um mau caminho. Primeiro, não quer cumprir um acordo, e agora está dizendo mentiras. Não o julguei capaz disso. A carta está escrita na mesma língua do livro. Por que uma mãe escreveria ao filho em uma língua que ele não compreendesse? É melhor me contar o que diz. Do contrário, os outros não vão a lugar algum, exceto para o túmulo.

Aceitei a carta e comecei a lê-la, as palavras tão claras para mim como se estivessem escritas em minha própria língua.

Querido Tom,
Minha intenção é que este baú seja o primeiro a abrir com as chaves.
Os outros só podem ser abertos ao luar e somente por suas próprias mãos. Dentro deles dormem as minhas irmãs, e somente o beijo da lua pode acordá-las. Não tenha medo delas. Saberão que você tem o meu sangue e o protegerão, se necessário sacrificando as próprias vidas para que você viva.
Logo o mal encarnado caminhará pela face da Terra mais uma vez. Mas você é a materialização das minhas esperanças e, qualquer que seja o preço a curto prazo, tem a vontade e a força para terminar triunfando.
Seja fiel à sua consciência e siga seus instintos. Espero que um dia nos reencontremos, mas, o que quer que aconteça, lembre-se de que sempre terei orgulho de você.

Mamãe

AO LUAR

— Então! O que diz? — quis saber Mab.

Hesitei, mas eu estava pensando rápido. As irmãs de mamãe? Que espécie de irmãs dormiam em baús como aqueles? E há quanto tempo estavam ali? Desde que mamãe viera para o Condado e se casara com papai havia todos esses anos? Ela devia ter trazido as irmãs da Grécia quando viajara!

E eu vira algo bem parecido antes em Anglezarke. Lâmias. Havia dois tipos de feiticeiras lâmias: a doméstica e a ferina. As da primeira categoria eram como Meg Skelton, o verdadeiro amor do Caça-feitiço: iguais a uma mulher humana, a não ser por uma linha de escamas verdes e amarelas que corria de alto a baixo nas costas. O segundo tipo era semelhante à irmã de Meg, Márcia: corriam pelo chão sobre quatro membros, eram cobertas de escamas e bebiam sangue. Algumas eram até capazes de voar pequenas distâncias. Será que minha mãe era uma lâmia doméstica e benigna? Afinal, a Grécia era também a terra natal de Meg e Márcia. A ferina Márcia fora repatriada dentro de um ataúde para não aterrorizar os outros passageiros no navio — o Caça-feitiço usara uma poção para fazê-la dormir durante a viagem. Usara a mesma poção para fazer Meg dormir direto durante meses.

Então me lembrei de que minha mãe costumava subir ao seu quarto especial uma vez por mês. Ia sozinha, e nunca perguntei o que fazia lá. Conversava com suas irmãs e as fazia adormecer de alguma maneira? Eu tinha certeza de que deviam ser lâmias ferinas. Talvez as duas juntas fossem adversárias à altura de Mab e das outras Mouldheel.

— Anda, estou esperando! — disse Mab com rispidez. — Minha paciência está se esgotando depressa.

— Diz que os outros baús só podem ser abertos ao luar e que *eu* é que devo girar a chave.

— E o que contêm?

— Nenhuma alusão, Mab — menti. — Mas deve ser algo especial e mais valioso do que isso que já encontramos neste baú. Do contrário, não seria mais difícil de acessar.

Mab me olhou desconfiada; por isso, continuei falando para distraí-la.

— Que aconteceu com as outras caixas menores que estavam no quarto de minha mãe? — quis saber. — Havia uma quantidade de outras caixas, todas levadas pelas feiticeiras que atacaram o sítio.

— Ah, aquelas... Ouvi falar que estavam cheias de bobagens... broches baratos e enfeites, é só. As Malkin dividiram com o clã.

Balancei a cabeça com tristeza.

— Isso não está certo. Pertenciam a mim. Eu tinha o direito de vê-los.

— Sinta-se feliz de ainda estar vivo — disse Mab.

— Você deixará Alice e minha família partirem agora? — pressionei-a.

— Vou pensar no caso.

— Jack está doente, precisa de ajuda. Eles têm necessidade de um cavalo e de uma carroça para buscar um médico o mais rápido possível. Se ele morrer, nunca abrirei os baús para você. Vamos, Mab, cumpra a sua palavra. Você já recebeu um baú, e abrirei os outros dois hoje à noite, assim que a lua despontar. Por favor.

Mab me encarou nos olhos por um momento; então, ela se virou para as irmãs.

— Vão dizer às outras para deixarem a família partir.

Jennet e Beth hesitaram.

— Jack precisa daquela carroça, Mab. Ele não pode andar — insisti.

Mab assentiu.

— Então, ele vai ter a carroça. Trate de manter a sua palavra. Andem, é pra já! — ordenou com rispidez, virando-se para as irmãs. — E diga a eles para apressarem aqueles pedreiros!

— Pedreiros? — perguntei, quando Beth e Jennet se foram para fazer o que a irmã mandou.

— Pedreiros para consertar a parede. Os Malkin terminaram aqui. Essa torre passou a nos pertencer. Os tempos mudaram. Governamos Pendle agora!

* * *

Decorrida uma hora, chegara uma equipe de quatro pedreiros, que se ocupava em consertar a parede. Os homens pareciam nervosos, e era visível que estavam trabalhando sob coação. Obviamente queriam terminar o serviço o mais rápido possível, e demonstravam grande força, energia e destreza para recolocar as pesadas pedras no lugar.

Outros integrantes do clã receberam ordens de descer as escadas para tornar seguras as regiões inferiores da torre. Logo regressaram informando que, como era de se esperar, os Malkin haviam abandonado as masmorras e fugido pelo túnel. Mab deu ordens para os guardas permanecerem embaixo e vigiarem. Quando os Malkin descobrissem que os soldados haviam deixado as vizinhanças, tentariam voltar.

Antes de anoitecer, o rombo na muralha fora consertado, mas Mab tinha mais um serviço para os pedreiros. Ela os fez subir a escada estreita e carregar os dois baús pesados até as ameias da torre acima. Feito isso, eles foram embora depressa, e a ponte levadiça foi suspensa, prendendo-nos dentro da torre.

Além de Mab e as irmãs, havia mais dez feiticeiras, que completavam o número de integrantes do coven. Mas havia também quatro mulheres mais velhas, cuja função era cozinhar e fazer serviços para as demais. Prepararam uma sopa rala de batatas e cenouras, e, apesar de ter sido cozida por membros de um clã de feiticeiras, aceitei um prato. Temendo, porém, um veneno ou alguma poção que me colocasse sob o controle de Mab, verifiquei que fosse servida da mesma panela que todo mundo. Quando começaram a comer, mergulhei um pão na sopa.

Depois do jantar, eu teria gostado de começar a mexer no baú de mamãe, mas Mab não quis saber disso e me mandou ficar longe.

— Você se fartará desses baús antes de terminar — disse-me. — Meses é o que você vai gastar, para traduzir todos esses livros...

Pouco depois do pôr do sol, carregando uma lanterna, Mab me levou para as ameias, e Beth e Jennet me seguiram de perto. No topo da escada, entramos em outro quarto com soalho de madeira, em que estava instalado o mecanismo para controlar a ponte levadiça. Consistia em um cabrestante de madeira provido de um sistema de engrenagens e uma catraca presa a uma corrente. Girar a roda enrolaria nela a corrente e ergueria a ponte.

Mais adiante, saímos em ameias lajeadas, que ofereciam uma boa vista de todos os lados. A serra de Pendle se erguia bem acima das árvores da Mata dos Corvos, e, por causa da campina entre a torre e a orla das árvores circundantes, ninguém poderia se aproximar sem ser visto. Os artilheiros tinham partido para a guerra, e agora a torre estava nas mãos dos Mouldheel, teoricamente inexpugnável. Então, olhei para os baús. Elas mal sabiam o que as aguardava ali dentro.

À medida que escurecia, a lanterna parecia brilhar mais forte. Eu sabia que a lua já subira o horizonte, mas havia uma brisa forte soprando de oeste, impelindo nuvens de chuva pelo céu. Levaria um bom tempo até que o luar incidisse sobre os baús, se viesse a incidir.

— Parece que vai chover, Mab — disse-lhe. — Talvez tenhamos que esperar até amanhã à noite.

Mab farejou o ar e balançou a cabeça.

— A lua aparecerá logo. Até lá, esperaremos aqui em cima.

Olhei para a escuridão ao longe, escutando o distante murmúrio do vento através das árvores, pensando em tudo que havia ocorrido nos poucos dias desde que chegáramos a Pendle. Onde estava o Caça-feitiço agora? E o que ele poderia esperar fazer contra o poder dos clãs de feiticeiras? O coitado do padre Stocks estava morto, e meu mestre não podia ter esperanças de expulsar os Mouldheel da Torre Malkin sozinho, sem falar dos outros — principalmente os Malkin. E ele ainda não poderia saber da existência de Wurmalde, que era um verdadeiro enigma. Como ela se encaixava na complexa sociedade das feiticeiras de Pendle? Falara em se vingar de minha mãe, mas exatamente o quê ela estava tentando obter em Pendle?

Olhei de relance para Mab, que contemplava o céu noturno.

— Você se saiu bem, Mab. — Eu a elogiei, na esperança de conseguir que ela falasse para eu poder saber mais sobre o que enfrentávamos. — Você derrotou os Malkin. E, mesmo com a ajuda dos Deane, eles nunca serão capazes de expulsá-los desta torre. É de vocês para sempre agora.

— Há muito tempo que estava para acontecer — concordou Mab, olhando-me meio desconfiada. — Mas vi a minha chance e a concretizei. Com a sua ajuda, Tom. Formamos uma boa equipe, eu e você, não acha?

Não tinha muita certeza de onde ela queria chegar. Seguramente não podia estar caída por mim. Não por mim, um aprendiz de Caça-feitiço. Não, estava tentando usar fascinação e encantamento. Resolvi ignorá-la e mudar de assunto.

— Que sabe a respeito de Wurmalde? — perguntei.

— Wurmalde! — repetiu Mab, cuspindo nas lajes. — Ela não passa de uma intrusa. Uma metida é o que ela é, e a primeira com quem vão acontecer coisas ruins. Darei um jeito nela.

— Mas por que viria para cá, se não pertence a um dos clãs? O que está querendo?

— Ela é solitária. Não vem de um bom clã de feiticeiras; então, se liga a outros. E, por alguma razão, quer viver neste Condado, e reativou o poder das trevas para atingir você e sua mãe. Ela mencionou sua mãe; realmente parece odiá-la por alguma razão.

— Acho que se conheciam na Grécia — falei.

— Sua mãe é uma feiticeira? — Mab me perguntou sem rodeios.

— Claro que não — respondi, mas não estava me convencendo, muito menos a Mab. Poderes, poções, botões de ossos e agora duas "irmãs" lâmias ferinas. No íntimo, eu estava começando a acreditar que minha mãe era, na verdade, uma feiticeira lâmia, benigna, domesticada, mas ainda assim uma feiticeira.

— Tem certeza disso? — perguntou Mab. — Minha impressão é de que Wurmalde está muito interessada no poder dos baús de sua mãe, e sua mãe parece ter sido muito esperta em impedir que alguém os abrisse. Como poderia fazer isso, se não fosse uma feiticeira?

Não lhe dei atenção.

— Não se preocupe — brincou Mab. — Não há nada para se envergonhar no fato de ser parente de uma feiticeira.

— Minha mãe não é uma feiticeira — protestei.

— Pelo menos é o que você diz, queridinho — disse ela, deixando claro que não acreditava em nenhuma palavra que eu dissera. — Seja o que sua mãe for, é inimiga de Wurmalde, que quer os três covens reunidos no Lammas para ressuscitar o Velho Belzebu e destruir você e as esperanças de sua mãe, é o que acho. Mas não se preocupe, os Mouldheel não vão tomar parte nisso, não nós. Não, apesar de todas as tentativas que ela faz para nos convencer. Nós os deixamos para lá com seus delírios. É ir longe demais — disse, balançando a cabeça energicamente. — Arriscado demais.

Mab se calou, mas agora eu estava realmente curioso. Desejava saber o que queria dizer com esse longe demais.

— Arriscado? Como assim? — perguntei.

Foi Beth que respondeu pela irmã.

— Porque uma vez que se faz isso, não tem volta, e ele está no mundo para ficar. E talvez não se possa controlá-lo. Esse é o risco que se corre. Uma vez que o Velho Belzebu retorna ao mundo, não tem fim a maldade que poderá fazer. Ele tem ideias próprias, como tem! Se perdermos o controle sobre, ele poderá nos fazer sofrer também.

— Mas os Malkin e os Deane não sabem disso? — perguntei.

— Claro que sabem! — retorquiu Mab. — É por isso que querem que nos juntemos a elas. Primeiro, se os três clãs agirem juntos, há uma probabilidade maior de ressuscitar o Velho Belzebu, para começar. Então, se tivermos sucesso, com três covens agindo juntos, talvez possamos mantê-lo sob controle. Assim mesmo é arriscado, e os outros são tolos de se deixarem atrair pelas promessas de Wurmalde de obter maior poder e trevas. E por que eu deveria me unir a elas? Como já disse, os Mouldheel agora são o poder em Pendle, que os outros vão para o diabo!

Por um momento, fez-se silêncio, e nós dois contemplamos a escuridão, até que, de repente, a luz saiu de trás de uma nuvem. Era um fino crescente, uma lua minguante com as pontas viradas para oeste. A luz era pálida, mas banhou os baús, lançando sombras nas ameias.

Mab estendeu as chaves e apontou para o baú mais próximo.

— Cumpra a sua palavra, Tom — disse gentilmente. — Não vai se arrepender. Poderíamos levar uma boa vida aqui, você e eu.

Ela sorriu para mim e seus olhos cintilaram como estrelas, os cabelos reluziam com um brilho prateado fantasmagórico. Era apenas o luar, eu sabia, mas por um momento ela esteve radiante. Embora eu compreendesse exatamente o que estava tentando fazer, ainda assim eu sentia o poder que emanava. O encantamento e a fascinação estavam sendo usados contra mim: Mab estava tentando me amarrar à sua vontade. Não queria apenas que eu abrisse os baús; queria que eu o fizesse voluntária e alegremente.

Retribuí o sorriso e aceitei as chaves. Seus esforços foram desperdiçados. Eu estava, ao mesmo tempo, voluntária e alegremente disposto a abrir os dois baús. E ela estava prestes a ter a maior surpresa da sua vida.

Excetuando a chave maior, a que abria a porta do meu quarto no sítio, elas pareciam idênticas. Mas a segunda que eu experimentei abriu a fechadura com um estalido. Inspirei profundamente e levantei a tampa devagarinho. Dentro do baú, havia um volume grande dobrado. Estava embrulhado em um pedaço de pano e amarrado com barbante. Instintivamente, pousei minha mão na superfície superior, esperando sentir um movimento; então, me lembrei de que a criatura ali dentro dormiria até ser tocada pela luz da lua.

— Tem uma coisa grande aqui, Mab — anunciei. — Precisarei de ajuda para tirá-la para fora. Mas abrirei o outro baú primeiro e verei o que tem dentro...

Com ou sem a concordância de Mab, eu já estava tentando abrir o segundo baú. Se, de fato, elas fossem lâmias ferinas, certamente uma seria suficiente para despachar os Mouldheel. Mas eu queria que as duas acordassem para ter certeza absoluta. Levantei a segunda tampa...

— A mesma coisa nessa, Mab. Vamos tirar os dois para fora.

Mab não pareceu muito segura, mas Beth se curvou ansiosamente e erguemos o comprido e pesado embrulho do baú, depositando-o sobre as lajes. Estendido, era uma vez e meia o comprimento do meu próprio corpo. Jennet, não querendo ficar para trás, me ajudou com o segundo baú. Concluída a operação, sorri para Mab.

— Corte o barbante, Jennet — falei.

Jennet puxou a faca do cinto e fez o que lhe pedi, e comecei a abrir o pano. Tinha quase terminado, quando a catástrofe aconteceu!

A lua se escondeu atrás de uma nuvem.

Mab trouxe a lanterna para perto e segurou-a ao meu ombro. Meu coração esmoreceu, fazendo a minha confiança se evaporar. Hesitei na esperança de que a lua saísse novamente. As Mouldheel saberiam o que era uma lâmia. Talvez tivessem ouvido falar nelas, mas, felizmente, como não eram nativas do Condado, não as veriam em sua condição ferina. Mas, se adivinhassem corretamente, as duas criaturas dormentes estariam à mercê das três irmãs. Uma vez que usassem suas facas, o beijo da lua viria tarde demais.

—Anda logo, Tom! — ordenou Mab, impaciente. —Vamos ver o que temos aqui...

Ao perceber que eu não me mexia, ela abaixou e puxou o tecido, soltando imediatamente uma exclamação.

— Que é isso, então? Nunca vi nada igual antes! — exclamou.

Eu estivera cara a cara com Márcia, a irmã ferina de Meg Skelton. Lembrava-me bem do seu rosto cruel, branco e inchado, com sangue vivo escorrendo do queixo. Lembrava-me também da longa cabeleira oleosa, costas com escamas e quatro membros que terminavam em garras afiadas. Esta criatura era maior do que Márcia. Eu tinha certeza absoluta de que era uma lâmia ferina, mas não do tipo que apenas se arrastava pelo chão. Essa era do outro tipo, que eu nunca vira antes. O que podia voar distâncias pequenas. Tinha asas cobertas de penas negras dobradas às costas e também penas curtas na parte superior do corpo.

Além disso, havia quatro membros: as duas inferiores mais pesadas tinham garras letais, mas contrastando, os membros superiores assemelhavam-se bem mais a braços humanos, com mãos delicadas e unhas pouco mais compridas do que as de uma mulher. A criatura estava totalmente estendida com a face para baixo, mas tinha a cabeça virada para nós, de modo que metade do rosto era visível. O olho que se via estava fechado, mas as pálpebras não eram tão caídas como as de Márcia. De fato, me parecia que as feições eram atraentes, com uma espécie de beleza selvagem, embora houvesse bem mais do que uma sugestão de crueldade em torno da boca; a parte inferior do corpo da criatura estava coberta de escamas pretas, cada uma afinando na ponta como um fio de cabelo, o efeito geral me fazia pensar em um inseto.

Como já falei, as asas negras estavam dobradas às costas, e, onde se encontravam, havia algo mais claro por baixo. Suspeitei que, tal como alguns insetos, a lâmia tivesse asas duplas. Quatro asas ao todo, o par mais claro por dentro protegido pela carapaça defensiva das duas de fora.

Mab farejou alto três vezes.

— Morta, parece. Seca e morta. Mas não tem cheiro disso. Algo esquisito aqui. Um mistério. Elas estão apenas profundamente adormecidas?

— Deve haver uma razão para isso, Mab — comentei, desesperado para ganhar tempo. — É um enigma para mim também. Sem dúvida, teremos as respostas naqueles livros que encontramos no outro baú. Mas o meu palpite é que a outra seja igual. Que ambas se conheçam. Imagine como seria útil ter uma coisa dessas cumprindo suas ordens! Nada mal por uma troca por um pouco do seu sangue...

— Nem gostaria de pensar quanto sangue essa coisa aqui iria querer — disse Mab, me olhando em dúvida e afastando ligeiramente a lanterna para que o rosto da criatura ficasse mais uma vez na sombra. — Ponha as duas de volta nos baús — disse ela, olhando para as irmãs. — Anda logo, Beth. E você ajude sua irmã, Jennet. São horríveis e não gosto nada do jeito delas. Me sentirei bem melhor uma vez que sejam novamente trancadas.

Obedientemente, Beth agarrou a borda da lona, sem dúvida pretendendo enrolar a criatura antes de recolocá-la no baú.

Mas, neste momento, a lua saiu e instantaneamente o olho visível da lâmia se arregalou.

Pareceu olhar diretamente para mim antes de dar uma espécie de sacudida e se erguer lentamente nos quatro membros. As gêmeas soltaram gritos agudos de medo e correram de volta para o alçapão. Mab apenas recuou cautelosamente, puxando a faca do cinto e empunhando-a em posição.

A cabeça da lâmia virou para mim, permitindo-me ver os dois olhos. Em seguida, ela farejou ruidosamente antes de virar novamente para as três irmãs. A essa altura, Beth já estava descendo atabalhoadamente pela abertura do alçapão, Jennet logo atrás. A criatura se sacudiu muito deliberadamente, como um cão se livrando das gotas de água depois de sair de um rio, então olhou feio para Mab.

— Você não viu isso, viu, Mab? — gritei.

— Você sabia, não é? — ela acusou. — Você leu qual era o conteúdo dos baús, mas não me disse! Como pôde fazer isso, Tom? Como pôde me trair?

— Abri os baús. Cumpri com a minha palavra e espero que goste do que está vendo — disse em voz baixa, tentando controlar a minha raiva. — Como podia me acusar de traí-la, quando eu tinha sido forçado a fazer o que me mandava? — Comecei a tremer, lembrando como ela segurara a faca contra a garganta de Mary, e de repente minhas palavras saíram num ímpeto de raiva.

— Os três baús pertencem a mim! Essa é a verdade, e você sabe disso. E agora perdeu os baús e perdeu o controle desta torre também. Você não governou Pendle por muito tempo — comentei com sarcasmo, ouvindo minha própria voz enfeada pela zombaria. Instantaneamente me arrependi de ter esfregado sal na ferida. Não havia necessidade de falar nesse tom. Meu pai não teria gostado.

A lâmia deu um passo à frente e Mab deu dois passos apressados para trás.

— Você vai se arrepender disso — ameaçou, a voz baixa, mas cheia de veneno. — Eu gostava realmente de você, e agora você me desaponta. Com isso, não me deixa opção! Nenhuma opção. Nos juntaremos aos outros clãs e faremos o que Wurmalde quer. Ela quer ver você morto. Quer ferir sua mãe e transtornar seus planos. Quer impedi-lo de se tornar Caça-feitiço. E agora eu vou ajudá-la! Veremos se você vai gostar quando o Velho Belzebu perseguir você! Veremos como se sentirá quando o mandarmos atrás de você!

A lâmia tornou a avançar, seus movimentos vagarosos e deliberados, e o pânico animou o rosto de Mab. Ela soltou um grito de terror e deixou cair tanto a faca quanto a lanterna, antes de descer correndo pelo alçapão atrás das irmãs.

Sem perder tempo, adiantei-me, apanhei a faca caída e a usei para cortar o barbante que amarrava o outro volume comprido antes de abrir apressado o saco de lona e permitir que o luar recaísse na criatura ali dentro. Momentos depois, as duas lâmias estavam completamente despertas. Encararam-me longamente, mas eu não soube ler a expressão em seus olhos. De repente me senti muito nervoso, minha boca secando. E se elas não me reconhecessem? E se minha mãe estivesse enganada?

Seriam realmente minhas tias? Irmãs de minha mãe? Lembro da minha tia Martha, do lado de papai, uma bondosa senhora de idade com as bochechas rosadas e um sorriso fácil. Estava morta agora, mas eu me recordava dela com carinho.

Essas criaturas não podiam ser muito diferentes! E, sim, eu tinha que admitir: isso significava que minha mãe devia ser uma lâmia também.

Que acontecera? Seria possível que as irmãs de minha mãe tivessem se mantido ferinas, enquanto ela lentamente assumira uma forma doméstica, benigna e boa? Minha mãe tinha forma humana quando papai a encontrou. Ele fora um marinheiro cujo navio estava aportado na Grécia. Quando a encontrara amarrada com uma corrente de prata, a mão dela também tinha sido pregada na rocha. Quem fizera aquilo e por quê? Teria alguma relação com Wurmalde?

Mais tarde, minha mãe levara papai com ela para uma casa com um jardim murado. Viveram felizes por um tempo, até que, algumas noites, as irmãs de mamãe vieram visitá-la. Então, compreendi que o meu primeiro palpite estava errado. Meu pai dissera que elas eram altas e de aspecto feroz. Pareciam zangadas com ele. Ele achava que era essa a razão por que mamãe insistira que deixassem a Grécia e se radicassem no Condado — para fugir das irmãs.

No entanto, sem que ele soubesse, elas devem ter sido colocadas naqueles baús quando ainda eram domésticas. Então, lentamente, devem ter reassumido a forma ferina porque foram privadas do contato humano, dormentes durante anos. Tudo parecia apontar para tal explicação. Lembrava-me de outra coisa que mamãe, certa vez, me dissera:

Nenhum de nós é inteiramente bom nem inteiramente mau, somos um meio-termo. Porém, há um momento na vida em que damos um passo decisivo ou na direção da luz ou na direção das trevas... talvez, por causa de alguém especial que conhecemos. Pelo que seu pai fez por mim, dei um passo na direção certa e é por isso que hoje estou aqui.

Minha mãe nem sempre teria sido boa? O encontro com papai a mudara? Enquanto minha cabeça revolvia esses pensamentos, as duas lâmias deram as costas e rumaram para o alçapão aberto, descendo por ele uma de cada vez. Segui-as mais lentamente; primeiro, apanhei a lanterna que Mab descartara. Desci para a sala de madeira que abrigava o mecanismo de baixar a ponte levadiça e espiei pelo segundo alçapão para a ampla área de moradia abaixo.

Os gritos enchiam o ar, mas eles vinham da sala de provisões para a qual as Mouldheel tinham fugido; sem dúvida, estavam tentando escapar, subindo pelo outro alçapão para a primeira divisão da torre abaixo da superfície. Comecei a descer a escada espiral em direção ao solo.

Na altura em que finalmente alcancei o andar térreo, os gritos e berros estavam distantes, desaparecendo a cada segundo. Mas havia um rasto de sangue que ia de uma das mesas próxima à parede à sala de provisões. Perguntei-me qual das feiticeiras era a vítima e me encaminhei para a porta lentamente, relutando em deparar com o que poderia encontrar ali.

No entanto, vi que a sala de provisões já estava vazia. Atravessei-a e espiei pelo alçapão. Estava escuro, mas, ao longe, eu podia divisar o movimento das luzes das lanternas nas paredes à medida que as Mouldheel fugiam pela escada espiral e o vasto espaço ecoava com gritos indistintos. Ergui a minha própria lanterna e espiei para baixo. O rasto de sangue continuava além do alçapão. O olho de uma lâmia cintilou, refletindo a luz. Ela estava arrastando alguma coisa pela escada. Era um corpo. Eu não conseguia ver o rosto — apenas as pernas e os pés descalços que gradualmente desapareciam embaixo.

As Mouldheel pertenciam às trevas, mas eu sentia pena da vítima morta. E não me sentia bem por ter traído Mab, embora o tivesse feito pelo bem do Condado. Mas, e se ela estivesse certa? Se realmente escapasse das lâmias e se unisse aos outros clãs para me fazer raiva? Eu teria posto a mim mesmo e à minha família e a todo o Condado em perigo ainda maior.

Fechei o alçapão e me afastei, nauseado. Eu o teria fechado, se pudesse, mas Alice ainda tinha em seu poder a minha chave especial. Eu confiava em minha mãe. Sabia que nada tinha a recear das lâmias. Eram da família, e eu o seu sangue corria nas minhas veias. Ainda assim, eu não as queria por perto. Ainda não estava preparado para aceitar quem eu era.

CAPÍTULO 18
JAMES, O FERREIRO

Foi uma longa noite. Tentei dormir, na esperança de esquecer por algum tempo tudo que acontecera, mas foi inútil, e finalmente tornei a subir nas ameias e esperei o sol nascer.

A torre me parecia bastante segura. A ponte levadiça estava erguida, o rombo na parede fora reparado e as duas lâmias impediriam tanto as Mouldheel quanto as Malkin de voltarem pelos túneis e subir à torre. Mas eu precisava saber onde estava Jack.

Se ao menos eu pudesse trazê-lo e a família para a segurança da torre... E uma das poções no primeiro baú talvez pudesse fazê-lo melhorar. Eu queria também ver o Caça-feitiço — alertá-lo com relação a Wurmalde e lhe contar tudo que acontecera; mas ainda com maior urgência eu precisava falar com Alice. Ela sabia onde eu estava, e, se lhe chegassem as notícias do que acontecera, talvez retornasse à torre. E seria capaz de examinar as poções e talvez decidir qual usar. Era perigoso lá fora, e a minha coragem fraquejava, mas eu sabia que, se Alice não voltasse à torre até o dia seguinte, então eu teria que ir procurá-la.

O sol nasceu e subiu pelo céu claro, sem vestígios de nuvens. A manhã foi passando, mas, exceto pelos corvos e o vislumbre ocasional de veados ou lebres, a clareira entre as árvores e a torre permanecia deserta de vida. De certa forma, como dizia a quadrinha, eu era "o rei do castelo". Mas isso não significava nada. Eu me sentia solitário e apavorado, e não via como a vida, um dia, haveria de voltar à normalidade. O Magistrado Nowell retornaria finalmente e exigiria que eu me entregasse? Se eu me recusasse, ele traria o chefe de polícia e sitiaria novamente a torre?

À tarde, meu apetite voltou e desci outra vez à área de moradia. A lareira ainda fumegava; então, aticei as brasas e comecei a assar batatas com casca para o meu café da manhã. Comi-as diretamente do fogo, muito quentes para segurá-las mais de um segundo de cada vez.

Queimei um pouco a boca, mas elas estavam deliciosas e a dor valeu a pena. Fez-me consciente do pouco que tinha comido desde que chegara a Pendle.

Encontrei meu bastão de sorveira-brava em um canto e me sentei por algum tempo, segurando-o sobre o joelho. Por alguma razão, isso fez com que me sentisse melhor. Pensei na corrente de prata que fora confiscada por Nowell. Eu a queria de volta — precisava dela no meu ofício. Mas, pelo menos, os baús de mamãe tinham sido devolvidos ao meu poder. Eu ainda me sentia deprimido e tomado de medo, mas decidi que, depois de anoitecer, eu precisaria sair e procurar Alice ou o Caça-feitiço. Sob o manto da escuridão, eu teria maior chance de evitar uma captura — quer por parte das feiticeiras, quer pelo chefe de polícia e seus homens. Eu não poderia usar a ponte levadiça: uma vez que a baixasse e saísse da torre, não haveria ninguém ali para levantá-la, e qualquer feiticeira poderia facilmente entrar. Portanto, teria que usar os túneis e me arriscar a encontrar o espectro. Uma vez decidido isso, empurrei mais algumas batatas na lareira para o meu jantar e subi às ameias para verificar as condições do terreno.

Esperei e observei, reunindo coragem à medida que o sol afundava em direção ao horizonte. Mais ou menos meia hora depois, vislumbrei um movimento entre as árvores. Três pessoas saíram da mata e começaram a caminhar em direção à ponte levadiça. Meu coração saltou de esperança. Uma era o Caça-feitiço, visivelmente identificável pelo bastão e a capa. Carregava dois sacos e caminhava decidido, um andar que eu sempre poderia reconhecer a distância.

A pessoa à sua esquerda era Alice — não havia dúvida —, mas, a princípio, não reconheci o outro companheiro, que transportava alguma coisa sobre o ombro. Ele era um homem corpulento, e, à medida que foi chegando mais perto, senti que havia alguma coisa familiar no seu andar: o modo com que seus ombros balançavam ao caminhar. Então, subitamente, eu o reconheci.

Era o meu irmão James!

Eu não via James fazia quase três anos, e ele mudara muito. Ao se aproximar, vi que o ofício de ferreiro o deixara musculoso e seus ombros estavam mais largos. Seus cabelos tinham recuado um pouco da testa, mas seu rosto brilhava de saúde e ele parecia no auge do seu vigor. E vinha carregando um enorme malho de ferreiro.

Acenei freneticamente da torre. Alice me viu primeiro e retribuiu o aceno. Eu a vi dizer alguma coisa a James, e ele imediatamente sorriu e também acenou. Mas o Caça-feitiço apenas continuou a andar de rosto sério. Por fim, os três pararam diante do fosso que rodeava a ponte erguida.

— Anda logo, rapaz! — gritou o Caça-feitiço para o alto, fazendo gestos impacientes com o bastão. — Não demore! Não temos o dia inteiro! Baixe essa ponte e nos deixe entrar!

Isso provou ser mais fácil dizer do que fazer. A boa notícia era que o pesado cabrestante, que parecia exigir duas pessoas para operá-lo, e não apenas uma, tinha um sistema de trava. O que significava que, ao rodá-lo soltando as correntes, o peso da ponte não acionava a roda mais do que um oitavo de volta por vez até a trava impedir a roda de girar. Do contrário, ela teria girado descontroladamente, fraturando meus braços ou até pior.

Baixar a ponte foi apenas metade da batalha. Em seguida, tive de abrir uma grande porta enferrujada com tachas de reforço. Mas, assim que puxei para trás os pesados ferrolhos, a porta começou a remoer nas dobradiças. Momentos depois, James a levantou por completo, jogou o martelo no chão e me abraçou com um aperto tão forte que receei que as minhas costelas pudessem quebrar.

— Que bom ver você, Tom! É realmente bom. Eu me perguntava se algum dia o reveria — disse ele, segurando-me afastado do corpo e me dando um largo sorriso. James arranjara uma fratura feia em um acidente no sítio e o nariz agora se achatava contra o rosto, emprestando-lhe uma aparência marota. Era um rosto que tinha "caráter", como costumava dizer meu pai, e nunca estivera mais feliz em me ver.

— Haverá tempo para conversar mais tarde — disse o Caça-feitiço, entrando na torre com Alice nos calcanhares. — Mas, primeiro, as prioridades, James. Feche e tranque aquela porta e levante aquela ponte. Então, poderemos relaxar um pouco. Bem, o que temos aqui...?

Ele parou para examinar o rasto de sangue no chão que levava à sala de provisões e ergueu as sobrancelhas.

— É sangue das Mouldheel. As irmãs de mamãe estavam em dois dos baús. São lâmias ferinas...

O Caça-feitiço assentiu, mas não pareceu surpreso. Teria sabido todo esse tempo? Comecei a imaginar.

— Bem, chegaram a nós notícias de que as Mouldheel tinham fugido pelos túneis subterrâneos logo depois das Malkin, mas não sabíamos a razão. Então, isso explica. Onde estão as lâmias agora?

— Lá embaixo — respondi, fazendo um gesto com o polegar.

James tinha fechado a grande porta de madeira e encaixado os ferrolhos.

— O mecanismo da ponte é lá em cima, Tom? — perguntou ele, apontando para cima.

— Pelo alçapão e à esquerda — respondi, e, lançando-me um breve sorriso, ele correu escada acima de dois em dois degraus.

— Você está bem, Tom? — indagou Alice. — Buscamos ajuda para Jack e viemos para cá o mais rápido possível.

— Eu me sinto melhor agora que vocês três estão aqui, mas passei alguns momentos de pavor, para dizer o mínimo. Como está Jack?

— A salvo por ora. Ele, Ellie e Mary estão em boas mãos. Fiz a minha parte também, por via das dúvidas. Preparei outra poção. Ele ainda está inconsciente, mas a respiração melhorou muito e as bochechas recuperaram um pouco de cor. Fisicamente, parece muito mais forte.

— Onde está? Em Downham?

— Não, Tom. Era longe demais para levá-lo e eu queria voltar aqui e ver se podia ajudar você. Jack está em Roughlee com uma das minhas tias...

Olhei para Alice com desânimo e surpresa. Roughlee era a aldeia dos Deane.

— Uma Deane! Você deixou a minha família com uma Deane?

Olhei para o meu mestre, mas ele simplesmente ergueu a sobrancelhas.

— A tia Agnes não é como o resto. Ela não é nada má. Sempre nos demos bem, sempre. O segundo nome dela é Sowerbutts, e, no passado, ela morou em Whalley, mas, quando o marido morreu, voltou para Roughlee. Não frequenta ninguém. O chalé dela é fora da aldeia, e nenhum dos outros jamais saberá que sua família está lá. Confie em mim, Tom. Foi o melhor que pude fazer. Vai dar certo.

Não fiquei satisfeito, mas, quando Alice acabou de falar, ouvi o som do cabrestante girando e da ponte sendo erguida. Aguardamos em silêncio até James descer outra vez a escada.

— Temos muito que contar um ao outro; portanto, vamos nos sentar — disse o Caça-feitiço. — Ali perto da lareira parece um lugar tão bom quanto qualquer outro.

Ele apanhou uma cadeira e puxou-a para junto do fogo. James fez o mesmo, mas Alice e eu nos sentamos no chão, do outro lado da lareira.

— Não me incomodaria de comer uma daquelas batatas, Tom — disse Alice. — Não sinto um cheiro tão bom há dias!

— Aquelas vão ficar prontas daqui a pouco e assarei mais algumas...

— Já experimentei sua cozinha antes; por isso, não tenho certeza de que seja uma boa ideia — disse o Caça-feitiço secamente, fazendo sua piada costumeira. Apesar disso, eu sabia que ele gostaria de uma batata assada. Então, fui à sala de provisões e voltei com uma braçada de batatas, que comecei a empurrar nas brasas da lareira com um pau.

— Enquanto você andou se metendo em encrenca séria, eu estive muito ocupado — disse o Caça-feitiço. — Tenho a minha própria maneira de investigar as coisas e sempre há uma ou duas pessoas que não têm medo de falar e contar a verdade.

"Parece que desde o último Halloween, emissárias das Deane, gradualmente, começaram a atacar a aldeia de Downham para semear sua maldade e aterrorizar as pessoas de bem. A maioria dos aldeões se sentiu aterrorizada demais para alertar o padre Stocks, que, fora os roubos no cemitério, não fazia ideia da deterioração que as coisas tinham atingido até ali. O medo é um sentimento horrível. Quem pode culpá-los quando seus filhos são ameaçados? Quando seus carneiros definham diante dos seus olhos e sua sobrevivência está ameaçada? No fim do verão, a aldeia inteira teria pertencido àquele clã. Como você bem sabe, rapaz, gosto de trabalhar sozinho, isto é, à exceção do meu aprendiz, mas não era hora.

"Tentei fazer com que os homens entrassem em ação, mas estava tendo dificuldades. Você sabe que a maioria das pessoas teme o nosso ofício, e os aldeões estavam nervosos demais até para me abrir as portas de suas casas. Então, o seu irmão James chegou e, depois de primeiro falar de homem para homem com Matt Finley, o ferreiro de Downham, ele conseguiu fazê-los compreender o sério perigo que estavam correndo. Por fim, alguns aldeões se reuniram para apoiá-lo. Vou lhe poupar os detalhes: expulsamos os Deane completamente, raiz e galhos, e eles não voltarão por muito tempo, se é que algum dia o farão."

Olhei pra Alice, mas ela não demonstrou reação alguma ao ouvir o relato sobre os Deane.

— Em consequência disso tudo — continuou meu mestre —, recebi o seu bilhete muito tarde, rapaz. Tarde demais para ajudar. Viajamos para Read e nos encontramos com Alice, que estivera nos aguardando fora do laund. Juntos, viemos para a Mata dos Corvos. Coitado do padre Stocks — disse, balançando a cabeça tristemente. — Foi um bom aprendiz e um amigo leal. Não merecia morrer daquele modo...

— Sinto muito, sr. Gregory, não havia nada que eu pudesse fazer para salvá-lo. Tibb bebeu o sangue dele, mas Wurmalde o matou com uma faca... — A lembrança do padre Stocks jazendo assassinado na cama retornou de tal forma vívida que quase engasguei com as palavras. — Ela age como a dona da casa, além de controlar Mestre Nowell. Wurmalde me acusou do assassinato, e ele acredita em tudo que a mulher lhe diz, e ia me mandar para a forca em Caster assim que a torre fosse arrombada. Deve estar me perseguindo outra vez. E quem vai acreditar em mim? — perguntei mais amedrontado a cada segundo, só de pensar que ainda podia ser levado para o castelo de Caster.

— Acalme-se, rapaz. O enforcamento é a menor de suas preocupações. Corre o boato de que Mestre Nowell e o chefe de polícia Barnes desapareceram. Suspeito que nenhum dos dois estará em condições de formalizar uma acusação.

De repente me lembrei do que Wurmalde me havia dito na cela em Read Hall.

— Wurmalde disse que Nowell estaria morto dentro de alguns dias e que o distrito inteiro estaria em poder delas.

— A primeira afirmação talvez seja verdadeira — disse o Caça-feitiço —, mas não a segunda. Esta nossa terra pode estar em guerra, mas ainda temos uma batalha pessoal ou duas a travar. Ainda não terminou, de modo algum: não enquanto ainda me restar vida no corpo. Provavelmente é tarde demais para salvar o magistrado, mas ainda podemos cuidar de Wurmalde... seja ela quem for...

— Ela é uma velha inimiga de minha mãe, como lhe disse em minha carta. É a força por trás do que pretendem realizar no Lammas. Ela quer destruir todo o bem pelo qual minha mãe lutou. Quer me matar, me impedir de me tornar Caça-feitiço, e então mergulhar o Condado nas trevas. Essa é a razão pela qual queria os baús da mamãe. Provavelmente pensa que eles contêm a fonte do poder de minha mãe. E é ideia dela ressuscitar o Maligno. Mab se recusara a aderir aos outros clãs, mas, pouco antes do seu clã e ela própria serem corridos da torre pelas lâmias, se enraiveceu e disse que ia se reunir aos Malkin e aos Deane; que ia ajudar Wurmalde.

O Caça-feitiço coçou a barba, pensativo.

— Parece que pagamos um alto preço por expulsá-los da torre. Manter os clãs separados é o nosso principal objetivo; portanto, esses baús nos custaram caro. Parece-me que Wurmalde é a chave disso tudo. Uma vez que acertemos as contas com ela, temos meia chance de desmontar o esquema todo. Os clãs de feiticeiras sempre se atacaram violentamente. Com a ida dela tudo volta ao normal. Faltam apenas três dias para o Lammas; então, não temos muito tempo a perder. Precisamos levar a luta até ela. Atacaremos onde e quando menos esperar.

"Depois, quer se ganhe quer se perca, voltaremos nossa atenção para o sabá das feiticeiras e tentaremos impedir a cerimônia. James finalmente convenceu os aldeões de Downham de que os futuros de suas famílias dependiam de nos ajudar; então, eles prometeram dar uma mãozinha. Estavam se sentindo valentes na hora, tínhamos acabado de expulsar os Deane, mas se passaram alguns dias desde então e, refletindo sobre o perigo, talvez tenham arrefecido o seu comprometimento, embora eu esteja certo de que alguns manterão suas promessas. Então, rapaz — disse o Caça-feitiço, olhando para as brasas e esfregando as mãos —, "onde estão aquelas batatas assadas? Estou com uma fome de lobo; por isso, talvez seja melhor arriscar comer uma."

As novas ainda não estavam prontas, mas usei um pau para puxar das brasas uma das que eu assara para mim mesmo. Apanhei-a e atirei-a para o meu mestre. Ele a aparou com agilidade, e tentei não sorrir muito, quando começou a jogá-la de uma das mãos para a outra, tentando impedir que os dedos se queimassem.

E, apesar de todas as coisas ruins que aconteceram, pude sorrir. Já tinha recebido mais de uma notícia boa. Ellie e a filha estavam a salvo, e Jack, se não se recuperara, parecia estar melhorando. E eu, talvez, não fosse levado para Caster.

Uma coisa, porém, eu não havia contado ao Caça-feitiço. Sabendo que ele não acreditava em profecias, só iria se aborrecer. Minha mãe dissera em sua carta que o mal encarnado logo caminharia pela face da Terra. Com isso ela se referia ao Maligno. Mamãe acertara antes. Se estivesse certa desta vez, então não conseguiríamos dissolver o sabá de Lammas, e deixaríamos o Diabo solto no mundo.

Não tardou a escurecer lá fora, e, enquanto comíamos à luz e ao calor da lareira, me senti melhor do que em muitos dias. Pelo menos, minha mãe havia equilibrado suas palavras sombrias com otimismo. Eu não sabia onde encontraria forças para fazer frente ao Diabo, mas precisava confiar naquilo em que ela acreditava.

Mais ou menos uma hora depois, resolvemos que devíamos descansar um pouco; com tudo que acontecera e a agitação de rever James, Alice e o Caça-feitiço, eu sabia que não seria capaz de adormecer; por isso, me ofereci para fazer a vigia. De todo modo, era melhor ficar alerta caso as duas lâmias aparecessem por ali farejando. Estava confiante que James e eu não seríamos incluídos no cardápio, mas não tinha tanta certeza quanto aos demais. A princípio, foi minha intenção contar a James que elas eram tias dele, mas, quanto mais pensava, menos me parecia uma boa ideia. Apesar de ter passado mais de ano e meio treinando para ser Caça-feitiço, ainda achava difícil lidar com a ideia de que as duas criaturas eram, de fato, irmãs de minha mãe. Seria muito mais difícil para James. Pensando bem, a não ser que se provasse absolutamente necessário, resolvi esconder dele.

O Caça-feitiço e Alice logo ferraram em um sono profundo, mas, depois de algum tempo, James se levantou, levou um dedo aos lábios e apontou para a parede oposta à lareira, onde estava o baú de mamãe, e eu o acompanhei.

— Não consigo dormir, Tom. Estava me perguntando se você gostaria de conversar um pouco.

— Claro que sim, James. É realmente bom rever você. Lamento que as coisas sejam assim. Não paro de pensar que seja minha culpa. Ter me tornado aprendiz de Caça-feitiço simplesmente parece atrair encrencas. Ellie e Jack se preocuparam o tempo todo que uma coisa dessas pudesse acontecer...

James balançou a cabeça.

— Há mais coisas a considerar. Muitas mais. Mamãe queria que você conseguisse esse emprego. Queria mais que tudo no mundo. Foi o que me disse no enterro de papai. E outra coisa. Ela me puxou de lado e disse que o mal estava se espalhando no mundo e que teríamos que combatê-lo. Ela me pediu que, quando chegasse a hora, eu voltasse ao sítio e desse o meu apoio a Jack e à família. E concordei.

— Você quer dizer, morar lá? — perguntei.

James confirmou.

— Por que não? Não tenho laços verdadeiros em Ormskirk. Havia uma garota de quem gostei, mas, no fim, o namoro não foi adiante. Ela se casou com um sitiante local o ano passado e me senti magoado por algum tempo, mas é preciso continuar a vida. Eu poderia dar uma ajudinha a Jack no sítio quando as coisas estivessem movimentadas. Cheguei a pensar que poderíamos montar uma forja atrás do celeiro.

— Você receberia algum serviço, mas não o suficiente para viver — disse-lhe. — Há *dois* ferreiros trabalhando em Topley agora. Todos recorrem a eles.

— Pensei, talvez, em tentar produzir *ale* como ocupação secundária também. Foi assim que o sítio do papai ganhou o seu nome original.

Isso era verdade. No passado, muito antes de mamãe o comprar para papai, o sítio era conhecido por Sítio do Cervejeiro e tinha fornecido *ale* para os sítios e aldeias locais.

— Mas você não conhece nada de produção de cerveja! — protestei.

— Não, mas conheço uma boa cerveja *ale* quando a experimento! — replicou James com um sorriso. — Poderia aprender, não? Quem sabe o que podemos realizar quando nos empenhamos em alguma coisa. Que é, Tom? Você não parece feliz com a ideia de me ver de volta e morando em casa. É isso?

— Não, James, não é. Fico preocupado, só isso. As feiticeiras de Pendle agora sabem onde é o sítio. O que quer que façamos aqui, não será o fim. Nunca findará. Não quero ver outro irmão inutilizado.

— Bem, era o que mamãe queria e é o que vou fazer. Acho que a hora de que ela falava já chegou; se há alguma espécie de ameaça permanente, então acho que eu devia ficar ao lado do meu irmão e da família. De todo modo, talvez leve um bom tempo até Jack recuperar completamente suas forças. É minha obrigação, é assim que vejo a coisa; portanto, já me decidi.

Assenti e sorri. Eu conhecia tudo a respeito de obrigações e sabia a que meu irmão se referia.

James apontou para o baú de mamãe.

— Que foi que você encontrou aí dentro? Valeu todo o aborrecimento? — perguntou.

— Acho que sim, James. A história da vida de mamãe está dentro do baú, mas pode levar algum tempo para você entender tudo. E talvez haja alguma coisa muito poderosa, alguma coisa que possamos usar no combate às trevas. Há uma quantidade de livros pessoais, e alguns parecem diários; relatos de quando éramos crianças. Há dinheiro também. Você gostaria de dar uma espiada?

— Ah, sim, por favor, Tom, eu realmente gostaria — disse James pressurosamente; então, levantei a tampa.

Quando ele arregalou os olhos para o conteúdo do baú, tirei uma das bolsas com dinheiro e desamarrei o barbante antes de apanhar uma mão cheia de guinéus.

—Tem uma fortuna aí, Tom! — exclamou ele. — O dinheiro esteve em casa todos esses anos?

— Deve ter estado. E as outras duas bolsas estão cheias de guinéus também. Devíamos dividir o dinheiro em sete partes, ele pertence a todos os filhos de mamãe, e não só a mim. A sua parte poderia pagar o custo da forja e manter o lobo faminto longe de sua porta até você estar bem estabelecido.

— É muita generosidade sua, Tom — disse James parecendo em dúvida e balançando a cabeça —, mas se fosse isso que a mamãe queria, ela teria dividido o dinheiro entre nós pessoalmente. Não, o fato de que está no baú, junto com todas as outras coisas que serão úteis a você no seu ofício, significa que você poderá precisar dele para outra finalidade. Algo mais importante...

Isso não tinha me ocorrido. Havia uma razão para tudo que mamãe fazia. Isso merecia maior reflexão.

James apanhou o maior dos livros encadernados, o que atraíra a minha atenção quando abri o baú pela primeira vez. Ele o abriu em uma página mais no início.

— Que é isso? — perguntou ele, parecendo intrigado. — Parece a caligrafia de mamãe, mas não consigo fazer pé nem cabeça. Está escrito em uma língua estrangeira.

— É a língua de mamãe, grego.

— Claro, Tom. Eu não estava raciocinando. Mas ela ensinou a língua a *você*, não foi? Por que não teria ensinado a mim? Por um momento, ele pareceu se entristecer, mas então seu rosto se iluminou. Imagino que foi por causa do ofício que queria que você seguisse, Tom. Mamãe tinha uma boa razão para tudo e sempre fazia as coisas visando ao melhor. Será que você poderia ler um pouquinho do livro para mim? Você se importaria? Só umas palavrinhas...

Assim dizendo, ele me estendeu o livro, ainda aberto na página original que ele escolhera a esmo. Corri os olhos pela página rapidamente.

— É o diário de mamãe, James — disse-lhe, antes de lê-la em voz alta, traduzindo do alto da página.

Ontem dei à luz um menino bonito e saudável. Vamos chamá-lo de James, um nome tradicional do Condado que seu pai escolheu. Mas o meu nome secreto para ele será Hefesto, o deus da forja. Porque vejo o reflexo dela em seus olhos, do mesmo modo que vejo o malho em sua mão. Nunca me senti mais feliz. Como desejaria ser mãe de criancinhas para sempre. Que tristeza que tenham de crescer e fazer o que precisa ser feito.

Parei de ler e James me olhou perplexo.

— E eu me tornei ferreiro! — exclamou. — É quase como se ela tivesse escolhido isso desde o meu nascimento...

— Talvez ela tenha escolhido, James. Papai negociou o seu aprendizado, mas talvez mamãe tenha escolhido o seu ofício. Foi isso quase certamente que aconteceu no meu caso.

Havia ainda uma coisa que não fiz questão de mencionar. Mas talvez, com o tempo, James viesse percebê-la sozinho.

O modo com que ele escolhera a página que se referia diretamente ao seu nascimento e nome. Era quase como se mamãe tivesse estendido o braço de onde estava e feito com que de escolhesse aquela página. Este era o livro que também me havia atraído; o livro de onde a carta tinha caído, dizendo-me o que eu precisava saber sobre o conteúdo dos outros dois baús.

Se assim fosse, isso me fazia compreender como mamãe era poderosa. Ela impedira as feiticeiras de abrir os baús, e agora eles estavam em nossas mãos e protegidos por suas irmãs lâmias. Pensar nisso fez-me sentir mais otimista. Os perigos que me aguardavam eram enormes, mas com uma mãe como essa me apoiando e meu mestre ao meu lado, talvez as coisas todas, no final, dessem certo.

CAPÍTULO 19
AGNES SOWERBUTTS

De manhã, Alice preparou para nós um bom desjejum, fazendo o melhor possível com os ingredientes de que dispunha. Eu a ajudei limpando a louça, descascando e cortando batatas, cenouras e nabos. Cozinhamos também um dos presuntos, depois de Alice cheirá-lo cuidadosamente para verificar se não fora envenenado.

— Aproveite o máximo, rapaz — disse o Caça-feitiço, enquanto eu devorava o fumegante cozido. — É a última refeição completa que comeremos por algum tempo. Depois disso, faremos jejum e nos prepararemos para enfrentar as trevas!

Meu mestre ainda não havia esboçado seus planos para o dia, mas eu estava mais ligado a um assunto que me mantivera acordado boa parte da noite.

— Estou preocupado com a minha família — disse a ele. — Não podemos ir a Roughlee e trazê-los para cá? Deve haver alguma coisa nos baús de minha mãe que possamos usar para curar o Jack...

O Caça-feitiço assentiu pensativo.

— É, me parece uma boa ideia. É melhor tirá-los do território dos Deane. Será perigoso, mas, com a garota servindo de guia, tenho certeza de que se sairá bem.

— Será ótimo, Tom — concordou Alice. — Não se preocupe, eles estão bem: vamos trazê-los para cá sãos e salvos em umas duas horas. E tenho certeza de que haverá alguma coisa no baú para ajudar seu irmão.

— E enquanto vocês estão fazendo isso — disse o Caça-feitiço —, James e eu vamos fazer outra visita a Downham. O tempo está ficando curto e me parece que seria bom reunir alguns homens da aldeia e trazê-los para cá, para se refugiarem na torre. Estaremos posicionados melhor para atacar quando surgir a necessidade. E a caminho ficaremos atentos para localizar Wurmalde e a jovem Mab. A primeira precisa ser amarrada e retirada de circulação. A segunda já deve ter se acalmado um pouco e talvez ouça a voz da razão.

Depois do café da manhã, tirei uma camisa limpa da minha mochila e descartei a que tinha manchas de sangue, feliz de finalmente me livrar dela, com as lembranças terríveis que evocava a morte do pobre padre Stocks. Menos de uma hora mais tarde, estávamos a caminho. Sem ninguém para erguer a ponte levadiça depois de partirmos, tivemos de usar o túnel. O Caça-feitiço tomou a dianteira, segurando uma lanterna; Alice fechou a fila, iluminando com a outra os degraus atrás. À medida que descíamos, podíamos constatar tudo estava silencioso e deserto, e reparei que os corpos da feiticeira e de seu companheiro tinham sido retirados do pé da escada. Mas, assim que atravessamos o alçapão inferior, senti uma presença. As lanternas não revelaram nada, e o único som era o eco dos nossos passos. Mas o hall circular era amplo e havia numerosas sombras escuras além dos pilares; quando deixamos para trás a escada, os pelos da minha nuca começaram a se eriçar.

— Que temos aqui? — perguntou o Caça-feitiço, apontando para o pilar mais distante.

O meu mestre rumou para lá, empunhando o bastão preparado, a lanterna erguida. Eu ia ao seu lado com o meu próprio bastão na mão esquerda, Alice e James logo atrás.

Na base do pilar havia um balde de madeira, e alguma coisa pingava dentro dele sem parar. Avancei mais um passo e vi que continha sangue e que se enchia lentamente enquanto observávamos.

Olhando pra o alto, vi várias correntes penduradas no teto escuro bem acima; correntes que, sem dúvida, tinham sido usadas para prender prisioneiros enquanto eram torturados ou deixados para morrer de fome. Agora, aquelas correntes tinham novo uso. Presos a elas a intervalos até o teto escuro havia pequenos animais: ratos, fuinhas, lebres, arminhos e um ou dois esquilos. Alguns estavam presos pelas caudas, outros pelas pernas, mas todos pendurados de cabeça para baixo. Tinham sido mortos e seu sangue estava escorrendo para dentro do balde. Aquilo me lembrou uma forca de guarda-caça: animais mortos pregados a uma cerca, ao mesmo tempo como aviso e como uma mostra dos animais caçados.

— É uma visão macabra — disse o Caça-feitiço, balançando a cabeça. — Mas devemos ser gratos por pequenas graças. Podia haver pessoas penduradas aí...

— Por que as lâmias fizeram isso? — perguntei.

O Caça-feitiço balançou a cabeça.

— Quando eu descobrir, rapaz, anotarei no meu caderno. É novidade para mim. Nunca lidei com esse tipo de lâmia alada antes; por isso, tenho muito que aprender. Talvez seja apenas uma maneira de coletar o sangue de uma porção de pequenos animais e transformá-los em uma refeição mais satisfatória. Ou talvez seja algo que só faz sentido para lâmias ferinas. Ano a ano cresce o nosso acervo de conhecimentos, mas precisamos nos antecipar, rapaz, e nem sempre esperar respostas imediatas. Talvez um dia você finalmente tenha uma chance de ler os cadernos de sua mãe e encontrar lá as respostas. Enfim, vamos prosseguir. Não temos tempo a perder.

Quando tínhamos acabado de falar, ouvimos um leve arranhão que vinha de algum lugar acima. Olhei nervoso e ouvi o clique do Caça-feitiço projetando a lâmina para fora do recesso em seu bastão. Enquanto eu olhava, uma sombra escura desceu o pilar em direção ao arco de luz iluminado pelas lanternas. Era uma das lâmias ferinas.

A criatura descera de cabeça para baixo. Suas asas estavam fechadas às costas, e seu corpo, na sombra. Apenas sua cabeça estava claramente iluminada. O Caça-feitiço empunhou a lâmina na direção da lâmia, e James deu um passo à frente e ergueu o seu pesado malho, pronto para atacar. A lâmia reagiu escancarando a boca e sibilando, deixando à mostra dentes brancos afiados como navalhas.

Baixei o meu bastão e dei um leve toque nos ombros do Caça-feitiço e de James.

— Está tudo bem. Ela não vai me machucar — falei, colocando-me entre eles e me aproximando dela.

Minha mãe disse que as criaturas me protegeriam mesmo ao custo das próprias vidas, e eu tinha a impressão de que

James também estaria seguro. Eram o Caça-feitiço e Alice que me preocupavam. Eu não queria que ela os atacasse. Nem que alguém a matasse em autodefesa.

— Cuidado, Tom — pediu Alice às minhas costas. — Não gosto do jeito dela. Coisa feia e perigosa. Não confie nela, por favor...

— É, a garota tem razão. Não baixe a guarda, rapaz. Não chegue muito perto — alertou o Caça-feitiço.

Apesar dos avisos, dei mais um passo à frente. Havia marcas de arranhões na coluna de pedra, feitos pelas garras afiadas da criatura. Seus olhos estavam fixos diretamente nos meus.

— Está tudo bem — disse a ela, mantendo a minha voz calma. — Essas pessoas são minhas amigas. Por favor, não as machuque. Apenas guarde-as como guarda a mim, permitindo que entrem e saiam livremente. — Sorri, então.

Por uns dois momentos não houve resposta, até que os olhos cruéis se abriram um pouquinho e os lábios se entreabriram bem pouco. Foi mais uma careta do que um sorriso. Então, por baixo do corpo, um dos quatro membros se ergueu em direção a mim, as unhas chegaram a menos de um palmo do meu rosto. Pensei que fosse me tocar, mas, sem sombra de dúvida, ela balançou a cabeça concordando e, conservando os olhos fixos nos meus, subiu depressa a coluna e se perdeu na escuridão.

Ouvi James soltar um grande suspiro de alívio às minhas costas.

— Não gostaria de ter o seu ofício por nada neste mundo! — exclamou.

— Não o culpo por isso — disse o Caça-feitiço —, mas alguém tem que se ocupar dele. Enfim, vamos logo andando...

Alice tomou a dianteira, erguendo a lanterna no alto, e entrou no corredor entre as celas. De cada lado havia mortos em tormento. Eu sentia sua angústia, ouvia suas vozes suplicantes. James, não sendo o sétimo filho de um sétimo filho, não conseguia ouvir nada, mas eu estava ansioso para prosseguir depressa túnel afora e deixar toda a dor para trás. Antes, porém, de alcançarmos a porta de madeira que levava ao túnel externo, o Caça-feitiço pousou a mão no meu ombro e parou.

— Isto é terrível, rapaz — disse baixinho. — Há espíritos atormentados aqui. Um número maior, preso junto em um único lugar, do que jamais encontrei antes. Não posso deixá-los assim...

— Espíritos? Que espíritos? — perguntou James, olhando nervosamente ao redor.

— Espíritos daqueles que morreram aqui — disse-lhe. — Não precisa se preocupar com eles, mas estão sofrendo e precisam ser libertados.

— E é o meu dever cuidar deles agora — disse o Caça-feitiço. — Receio que vá levar algum tempo. Olhe, James, prossiga para Downham. Você não precisa de mim. Na verdade, talvez ache mais fácil reagrupar os aldeões, se eu não estiver presente. Durma lá e traga tantos quanto puder amanhã. Não tente usar o túnel, não acho que ajudará a encorajar os aldeões a atravessar esse túnel. Venha direto para a torre, e baixaremos a ponte levadiça. E, outra coisa, eu não mencionaria a morte do coitado do padre Stocks. Será um verdadeiro golpe para a aldeia, não fará bem ao moral dos homens. E quanto a vocês dois, ele olhou para Alice e para mim, um de cada vez, partam logo para Roughlee e tragam Jack, Ellie e a criança para ficarem em segurança aqui. Espero ver vocês novamente dentro de algumas horas, no máximo.

Achei que seria melhor, então, deixarmos uma lanterna com o Caça-feitiço enquanto ele se preparava para a longa tarefa de encaminhar os mortos angustiados da Torre Malkin para a luz. Caminhamos pelo túnel, Alice à frente e James às minhas costas. Logo chegamos ao lago, e Alice avançou preocupada, segurando a lanterna no alto. Um repentino fedor de podridão assaltou minhas narinas. Inquietei-me. A água tinha estado revolta na minha visita anterior, mas desta vez estava parada e calma, refletindo a luz da lanterna e a cabeça e os ombros de Alice como um espelho. Então vi o porquê.

O espectro já não guardava o túnel. Vários pedaços dele flutuavam na água. A cabeça estava perto da parede mais distante. Um braço enorme encalhara junto à margem, os dedos grossos e exangues pousados no caminho lamacento como se tentasse usar as garras para sair da água.

Alice apontou para o caminho. Havia pegadas nele — mas não eram humanas. Tinham sido feitas por uma das lâmias ferinas.

— Ela desimpediu o caminho para você, Tom. E, a não ser que muito me engane, tampouco vamos ter feiticeiras com que nos preocupar.

Alice provavelmente tinha razão, mas, quando contornamos o lago, a minha inquietação retornou. O espectro fora visivelmente destruído, mas eu tinha a estranha sensação de que estava sendo observado.

Rapidamente passamos pelo lago, pisando em dedos inchados, e prosseguimos até chegarmos à câmara de terra. Depois de nos demorarmos ali alguns momentos, procurando ouvir sinais de perigo, entramos na parte baixa no fim do túnel, o que nos obrigou a andar de gatinhas. Avançando de rastos, tivemos dificuldade, mas por fim nos espremos pela prateleira de ossos e desembocamos no sepulcro. Quando me desvencilhei, Alice estava sacudindo a poeira. Ela segurava a lanterna longe do corpo e eu corri os olhos pelas argolas de ferro no canto. A falecida Maggie havia sumido, provavelmente libertada pela família na fuga.

Apagamos a lanterna, e Alice deixou-a junto à porta do sepulcro, prevendo um uso futuro. No exterior, dissemos um rápido adeus a James, que rumou para Downham ao norte. Momentos mais tarde, estávamos andando entre as árvores na direção de Roughlee, um vento forte dobrando as mudas novas, o cheiro de um iminente temporal de verão impregnando o ar.

Durante algum tempo, caminhamos em silêncio. O céu escureceu, começou a chover e eu estava ficando cada vez mais inquieto. Apesar de confiar no julgamento de Alice, quanto mais pensava no que fizera, mais me parecia a extrema loucura ter deixado minha família com uma Deane.

— Essa sua tia, você tem certeza de que se pode confiar nela? — perguntei. — Deve fazer muitos anos desde a última vez que vocês estiveram juntas. Ela pode ter mudado muito de lá pra cá. Talvez tenha caído sob a influência do resto da família?

— Não tem com o que se preocupar, Tom. Juro a você. Agnes Sowerbutts nunca praticou feitiçaria até o marido morrer. E agora ela é o que as pessoas por aqui chamam de "sábia". Ela ajuda os aldeões e mantém distância do resto do clã Deane.

Senti-me melhor ouvindo isso. Pelo jeito, essa Agnes era o que o Caça-feitiço teria denominado benevolente e usava seu poder para ajudar os outros. Quando avistamos a casa dela, as coisas pareceram até mais promissoras. Era um chalé de sitiante, isolado, de um único andar, ao pé de uma encosta, à margem de uma trilha estreita; para o sudeste, no mínimo a mais de um quilômetro, fumaça de chaminé da aldeia subia em meio às árvores.

— Você espera aqui, Tom — sugeriu Alice. — Vou até lá ver se está tudo bem.

Observei Alice descer o morro. A essa altura, as nuvens escuras haviam baixado e a chuva aumentava de intensidade — então, vesti o capuz de minha capa. A porta do chalé abriu antes de Alice alcançá-la e a garota falou com alguém que permaneceu fora de vista na entrada. Então, virando-se, ela me fez sinal para descer o declive. Quando cheguei à porta, ela já entrara, mas então uma voz me chamou do chalé.

— Entre e saia da chuva, e feche a porta!

Fiz o que me mandavam. Era uma voz de mulher, um tanto brusca, mas também dotada de uma mescla de bondade e autoridade. Alguns passos me levaram a uma sala de estar apertada com um fogo baixo ardendo na lareira e uma chaleira quase fervendo na prateleira do fundo. Havia também uma cadeira de balanço e uma mesa na qual se via uma única vela apagada — que eu reparei com interesse e algum alívio, era feita de cera de abelha e não da cera preta preferida pelas feiticeiras malevolentes.

A sala era acolhedora — e, de alguma forma, mais iluminada do que a minúscula janela da frente teria permitido supor. Havia muitos armários, e fileiras e mais fileiras de prateleiras de madeira cheias de todo tipo de frascos e vasilhames de formas esquisitas. Cada um trazia um rótulo em que havia mais palavras em latim. Sem dúvida, eu estava na presença de uma curandeira.

Alice estava secando os cabelos com uma toalha. Agnes Sowerbutts, parada ao lado, chegava apenas ao ombro da sobrinha, mas era tão larga quanto Alice era alta, com um sorriso caloroso que fazia a pessoa se sentir bem-vinda em sua casa.

— Que prazer conhecê-lo, Tommy — disse ela me estendendo outra toalha. — Seque-se para evitar pegar um resfriado. Alice me falou muito de você.

Assenti, agradeci-lhe a toalha e retribuí com esforço o sorriso por educação. Não gostava realmente de ser chamado de "Tommy", mas não parecia valer a pena reclamar. Sequei meu rosto, apreensivo por não ver sinal algum de Ellie, Jack e Mary.

— Onde está a minha família? — perguntei. — Está bem?

Agnes se aproximou e me deu palmadinhas no braço para me animar.

— Sua família está segura no quarto ao lado, Tommy. Está dormindo tranquilamente. Gostaria de vê-la?

Assenti, e ela abriu uma porta e me fez entrar em um quarto onde havia uma grande cama de casal. E três pessoas deitadas de barriga para cima sobre as cobertas: Jack e Ellie com a criança entre os dois. Tinham os olhos fechados, e, por um momento, correu um arrepio por minha espinha e temi o pior. Nem conseguia ouvi-los respirar.

— Não tem por que se preocupar, Tom — disse Alice, entrando no quarto atrás de mim. — Agnes lhes deu uma poção forte. Os três caíram em um sono profundo para poder recuperar as forças.

— Não fui capaz de curar o seu irmão, é triste reconhecer — disse Agnes, balançando a cabeça. — Mas ele está mais forte agora, e deve poder andar quando acordar. Não posso, no entanto, dar jeito em sua mente. Está uma confusão. Ele não sabe se está indo ou vindo, pobre Jack.

— Ele vai ficar bom, Tom — disse Alice, atravessando o quarto e apertando minha mão para me convencer. — Assim que voltarmos, examinarei o conteúdo do baú de sua mãe. Com certeza, haverá alguma coisa para pôr a cabeça dele em ordem.

Alice teve boa intenção, mas ainda assim não me senti muito melhor. Comecei a me perguntar se meu irmão, algum dia, se recuperaria completamente. Retornamos à sala de estar, e Agnes preparou para nós um chá fortificante de ervas. Tinha um gosto amargo, mas ela me garantiu que nos faria bem e nos daria forças para o que viéssemos enfrentar no futuro. Agnes me disse que a minha família acordaria naturalmente dentro da próxima hora e que deveria estar suficientemente forte para regressar a pé à Torre Malkin.

— Alguma novidade para nos contar? — perguntou Alice, tomando um pequeno gole de sua bebida.

— A família não me conta muita coisa — disse Agnes. — Ela não me incomoda e eu não a incomodo, mas observo as coisas por minha iniciativa. Tem havido muita atividade nos últimos dias. Estão se preparando para o Lammas. Mais membros do clã Malkin vieram ontem visitar do que tenho visto em todos os domingos de um mês. Estiveram feiticeiras Mouldheel também: uma coisa de que nunca ouvi falar na vida.

Alice, de repente, deu risadas, um leve toque de zombaria em sua voz.

— Aposto que eles todos não passaram pela sua janela; então, como sabe disso?

Agnes corou ligeiramente. Primeiro, pensei que tivesse se ofendido, mas logo percebi que era vergonha.

— Uma mulher velha como eu precisa de alguma agitação, não? Não tem graça espiar pela janela e ver campos de carneiros balindo e árvores sacudidas pelo vento. O que faço é a melhor coisa depois da bisbilhotice. Impede que eu me sinta solitária demais.

Alice sorriu para mim e apertou meu braço afetuosamente.

— A tia Agnes gosta de usar um espelho, assim pode ver o que está ocorrendo no mundo. Você faria isso para nós, tia? — Ela sorriu para a velha senhora. — É importante. Precisamos ver o que as Mouldheel estão aprontando. Ainda melhor, gostaríamos de ver Mab Mouldheel. Pode encontrá-la para nós?

Por um momento, Agnes não respondeu, mas depois fez um leve aceno de cabeça e se encaminhou para o canto mais distante da sala. Ali, mexeu em um armário e tirou um espelho. Não era muito grande, não media mais que trinta centímetros de altura por quinze de largura, mas estava emoldurado em latão e montado sobre uma base pesada. Ela colocou o espelho sobre a mesa e a vela à sua esquerda. Então, puxou uma cadeira e se sentou diante do espelho.

— Feche as cortinas, Alice! — mandou Agnes, estendendo a mão para a vela.

Alice fez o que a tia lhe pediu, e as pesadas cortinas mergulharam a sala na penumbra. No momento em que a mão de

Agnes se fechou em torno da vela, ela se acendeu. Eu confiava no julgamento de Alice, mas de repente comecei a suspeitar que Agnes fosse um pouco mais do que uma simples curandeira. Uma mulher sábia não usava espelhos e velas. O Caça-feitiço não ficaria feliz, mas, por outro lado, Alice muitas vezes fazia coisas que ele não aprovava. Eu só esperava que, como Alice, ela sempre usasse os seus poderes para o bem em vez de servir às trevas.

Por um momento, baixou um silêncio em que eu ouvia a chuva fustigar a janela. Então, quando Agnes começou a murmurar baixinho, Alice e eu nos pusemos às costas dela de pé para poder olhar sobre seus ombros no espelho que começou quase imediatamente a embaciar.

A mão direita de Alice apertou a minha esquerda.

— É boa com espelhos a Agnes — ela cochichou no meu ouvido. — Até ganha das Mouldheel.

Uma série de imagens passou pelo espelho: o interior de um chalé atravancado; uma velha sentada em uma cadeira acariciando um gato preto sobre os joelhos; o que me pareceu o altar de uma capela em ruínas. Então, o espelho escureceu e Agnes começou a se balançar de um lado para o outro, as palavras rolando de sua boca cada vez mais depressa, o suor começando a porejar em sua testa.

O espelho clareou um pouco, mas só pudemos ver nuvens passando rápido e depois o que lembravam ramos açoitados pelo vento. Parecia estranho. Como estava fazendo aquilo? Onde estava o outro espelho? Parecia que estávamos olhando do chão para cima. Então, duas pessoas apareceram. Estavam distorcidas e imensas. Era como se formigas olhassem para gigantes. Uma figura estava descalça; a outra usava um vestido longo. Mesmo antes de a imagem se tornar nítida e eu poder ver seus rostos, eu sabia quem eram.

Mab falava animadamente com Wurmalde, que tinha a mão pousada em seu ombro. Mab parou de falar, e as duas sorriram e assentiram. Subitamente, a imagem começou a mudar. Era como se uma nuvem escura estivesse se deslocando pelo espelho a partir da esquerda, e percebi que o nosso ponto de observação fora obscurecido pela barra das saias de Wurmalde. Então, vislumbrei um dos sapatos de bico fino da feiticeira e, ao lado, um pé nu, três dedos com unhas afiadas e cruéis. Ela estava novamente escondendo Tibb sob as saias.

A imagem desapareceu e o espelho foi escurecendo, mas víramos o suficiente. Parecia que as Mouldheel estavam prestes a se juntarem aos outros clãs. Agnes soprou a vela e se pôs de pé, demonstrando cansaço. Depois de abrir as cortinas, ela se virou e balançou a cabeça.

— Aquela ferinha maligna me dá arrepios.

— O mundo seria um lugar melhor sem ela.

— Sem Wurmalde também — disse Alice.

— Como fez isso? — perguntei a Agnes. — Pensei que tinha que haver dois espelhos...

— Depende da força da feiticeira — respondeu Alice, falando pela tia. A água também serve. Pode estar em uma bacia, ou se estiver realmente calmo, até em um laguinho. Tia Agnes foi, de fato, inteligente e habilidosa. Wurmalde e Mab estavam paradas na borda de uma grande poça; então, usou-a.

Ao ouvir essas palavras, um arrepio correu pela minha espinha, e mentalmente revi aquele escuro lago subterrâneo, com os pedaços do espectro flutuando imóveis, a superfície como um espelho. E lembrei-me do meu desassossego.

— Senti uma friagem quando passamos por aquele lago subterrâneo. Como se eu estivesse sendo observado. Alguém poderia estar usando-o como espelho para nos ver passar?

Agnes assentiu e seus olhos ficaram pensativos.

— Isso é possível, Tommy. E, se realmente aconteceu, elas saberão que você deixou a segurança da torre e estarão de tocaia quando você voltar.

— Então, vamos regressar pelo outro lado — sugeri. — O Caça-feitiço ainda está dentro da Torre Malkin e poderá baixar a ponte levadiça para nós. Atravessaremos a mata em linha reta até lá. Elas não estão esperando por isso.

— É uma possibilidade — disse Alice, em dúvida. — Mas elas poderiam estar nos esperando na Mata dos Corvos também, e, por isso, teremos que gritar para o Caça-feitiço nos deixar entrar. Ainda assim, teríamos uma chance melhor. Principalmente se fizermos a volta mais longa e nos aproximarmos pelo norte.

— Há, porém, outro problema — falei. — O Caça-feitiço estará ocupado horas a fio libertando os mortos nas masmorras. Por isso, não nos ouvirá. Teremos que esperar para poder voltar. Esperar até escurecer...

— Sintam-se mais do que bem-vindos para ficar aqui até lá. Que tal um pouco de caldo para aquecer as entranhas? Sua família sentirá fome quando acordar. Farei caldo para todos nós.

Enquanto Agnes preparava a comida, ouvimos um choro fraco no quarto ao lado. A pequena Mary havia acordado. Quase imediatamente ouvi Ellie tentando fazê-la calar; por isso, bati de leve na porta e entrei. Minha cunhada acalentava a filha, e Jack estava sentado na beira da cama perto da porta, com a cabeça nas mãos. Nem olhou quando entrei.

— Você está se sentindo melhor, Ellie? — perguntei. — E como está Jack?

Ellie esboçou um sorriso.

— Muito melhor, obrigada, e Jack parece mais forte também. Ainda não falou, mas olhe só para ele: está suficientemente bom para se sentar. É uma grande melhora.

Jack ainda estava na mesma posição e não registrara minha presença, mas tentei me animar porque não queria assustar Ellie.

— Ótima notícia — disse-lhe. — De todo jeito, vamos levar vocês de volta para a Torre Malkin, onde estarão seguros.

Ao ouvir minhas palavras, a preocupação apareceu momentaneamente em seu rosto.

— Não é tão ruim assim — falei, tentando tranquilizá-la. — Está em nossas mãos agora e perfeitamente segura.

— Tinha esperanças de nunca mais ver aquele lugar sinistro — comentou ela.

— É para o seu bem, Ellie. Vocês estarão sãos e salvos lá até podermos levá-los para o sítio. Antes que você se dê conta, tudo voltará ao normal.

— Gostaria de pensar assim, Tom, mas a verdade é que não tenho muita esperança. Tudo que sempre quis foi ser uma boa esposa para Jack e ter a minha própria família para amar. Mas o que aconteceu estragou tudo. Não vejo as coisas voltarem a ser como eram. Simplesmente terei que aparentar coragem para o bem da pobre Mary.

Naquele instante, Jack se levantou e veio arrastando os pés na minha direção com uma expressão intrigada no rosto.

— Que ótimo ver você de pé, Jack! — exclamei, estendendo os braços para cumprimentá-lo. O velho Jack teria me apertado num abraço de urso de quase quebrar minhas costelas em sua exuberância, mas meu irmão estava longe da recuperação total. Ele parou a uns três passos de distância, e sua boca apenas abriu e fechou algumas vezes; então, balançou a cabeça, perplexo. Parecia bastante firme nos pés, mas as palavras o tinham abandonado. Eu simplesmente desejava que Alice fosse capaz de encontrar alguma coisa no baú de minha mãe que o ajudasse.

Logo depois do pôr do sol, agradecemos a Agnes Sowerbutts e nos pusemos a caminho, a chuva forte tendo cedido lugar a uma garoa.

Alice e eu estávamos andando à frente, mas o nosso passo não era muito rápido. A chuva finalmente parara de todo, mas havia uma nuvem volumosa e estava bem escuro, o que pelo menos dificultava que alguém de tocaia nos visse. A pequena Mary estava nervosa e se agarrava o tempo todo na mãe, que precisava parar para tranquilizá-la. Jack caminhava devagar como se tivesse todo o tempo do mundo, mas tropeçava nas coisas e, num dado ponto do caminho, caiu por cima de uma tora de madeira, fazendo barulho suficiente para chamar a atenção de todas as feiticeiras de Pendle.

O nosso plano era nos manter a leste, passando distante da Mata dos Corvos pela direita. A primeira parte correu bem, mas, ao contorná-la para nos aproximarmos da torre diretamente do norte, comecei a ficar cada vez mais inquieto. Eu sentia que havia alguma coisa lá no escuro. A princípio, desejei que estivesse imaginando coisas, mas o vento fragmentava as nuvens, o céu se tornava a cada minuto mais claro. Por fim, a lua encontrou um espaço entre as nuvens, e a área toda foi iluminada por um fraco luar prateado. Quando olhei por cima do ombro, cheguei a ver vultos distantes antes de uma nuvem maior novamente nos mergulhar na escuridão.

— Elas vêm logo atrás de nós e estão se aproximando — disse a Alice, mantendo a voz baixa para não alarmar os outros.

— Feiticeiras. Um bando delas! — concordou Alice. — Alguns homens também.

Tínhamos nos embrenhado pela Mata dos Corvos e avançávamos rapidamente em direção a um riacho encachoeirado, mais perto a cada passo. Eu ouvia a água correr e sibilar como se fervesse sobre as pedras.

— Estaremos seguros se conseguirmos atravessar — gritei.

Por sorte, o barranco era baixo, e firmei Ellie quando ela se apressou a atravessar, carregando Mary. A água mal chegava aos nossos joelhos, mas as pedras eram muito escorregadias sob os pés. Jack teve muita dificuldade e caiu duas vezes, a segunda quase chegando ao outro lado; subiu, então, se arrastando pelo barranco lamacento, sem se queixar. Tínhamos todos alcançado a margem oposta, e eu sentia alívio que o perigo imediato tivesse passado. As feiticeiras jamais conseguiriam atravessar. Mas, nesse momento, a lua reapareceu brevemente e vi algo que me encheu de desânimo. Quase vinte metros à nossa direita havia uma represa de bruxas, uma pesada tábua de madeira suspensa sobre as águas. Sustentada por cordas que corriam sobre roldanas até puxadores postos de cada lado do riacho, a tábua estava encaixada entre dois postes com sulcos para colocá-la em posição quando fosse baixada.

Tínhamos ganhado um tempinho, mas não seria suficiente. Levaria aos nossos inimigos apenas alguns momentos para pôr a represa em posição e interromper o fluxo de água. Uma vez que atravessassem, eles nos alcançariam muito antes de chegarmos à torre.

— Há uma maneira de detê-los, Tom — berrou Alice. — Não é um caso perdido. Venha comigo!

Ela correu para a represa de bruxas. A luz irregular da lua iluminou a cena brevemente e Alice apontou para a água sob a tábua. Vi o que me pareceu ser uma grossa linha escura correndo em linha reta de uma margem a outra.

— É um sulco, Tom — gritou Alice. — Os homens do clã afastam as pedras e abrem uma vala no leito do riacho. Depois eles a revestem de madeira e vedam para não deixar a água passar. Se pusermos algumas pedras de volta, eles não poderão baixar a ponte inteiramente.

Valia a pena tentar; desci, então, o barranco com Alice e entrei na água. Em teoria era fácil. Só era preciso encontrar algumas pedras e colocá-las na vala. Na prática, era muito difícil. Estava escuro e, na primeira tentativa, mergulhei os braços até acima dos cotovelos na água fria, mas meus dedos não conseguiram agarrar nada. A primeira pedra que encontrei estava profundamente encravada no leito e não queria se deslocar. A segunda era menor, mas ainda assim pesada demais para erguê-la, e meus dedos escorregavam. Na terceira tentativa, encontrei uma pedra um pouco maior do que o meu punho. Alice estava mais adiantada e já repusera duas pedras do nosso lado do rio.

— Pronto, Tom! Coloque uma junto à minha. Não precisará de muitas...

A essa altura, eu podia ouvir a respiração arquejante e as pisadas rápidas no chão molhado. Mais um esforço e encontrei outra pedra — era duas vezes o tamanho do meu punho — e joguei-a na água na direção da vala, apoiando o meu ombro na borda inferior da tábua erguida para me ajudar a mirar no escuro. Mas os nossos perseguidores estavam muito próximos agora. Quando a lua reapareceu, vislumbrei um vulto masculino e corpulento estendendo a mão para o puxador.

Encontrei mais uma pedra, e acabara de conseguir largá-la na vala quando ouvi a roda girar: a borda tinha acabado de descer com um ronco surdo. Eu ia procurar mais uma, mas Alice me segurou pelo braço.

— Venha, Tom. Já chega! Não vamos conseguir completar a vedação e a água vai continuar a correr...

Então, acompanhei Alice na subida do barranco; corremos para o lugar em que Jack, Ellie e Mary nos aguardavam e os conduzimos por entre as árvores. Fizéramos o suficiente? Alice teria razão?

Ellie parecia exausta a essa altura e se arrastava a passo de lesma, ainda segurando a filha ao peito. Precisamos andar mais rápido. Muito mais rápido.

— Me dê a Mary — insistiu Alice, estendendo os braços para a criança.

Por um momento, pensei que Ellie fosse recusar, mas ela agradeceu com a cabeça e entregou a criança.

Com o ruído surdo da tábua desaparecendo aos poucos às nossas costas, continuamos a caminhar até alcançarmos a clareira. A torre ergueu-se à nossa frente. Estávamos quase salvos.

Quando chegamos a distância de um grito da torre, minhas esperanças subiram às alturas: ouvi o atrito do metal no interior, e, enquanto aguardava, a lua saiu outra vez e a ponte levadiça começou a descer com o clangor de correntes. Preocupado com o nosso atraso, o Caça-feitiço devia estar vigiando das ameias e notara a nossa aproximação.

Mas, ao chegarmos à beira do fosso, ouvi um grito gutural às nossas costas. Olhei para trás na direção das árvores e minhas esperanças despencaram mais rápido do que a última pedra que deixei cair no rio. Havia vultos escuros correndo pela relva em nossa direção. Afinal, as feiticeiras deviam ter atravessado o riacho.

— Devíamos ter usado mais pedras — disse com amargura.

— Não, Tom, fizemos o suficiente — disse Alice, devolvendo Mary a Ellie. — Não são feiticeiras, mas é quase tão ruim. Homens do clã, é o que são. Havia, pelo menos, meia dúzia deles correndo para nós, homens enfurecidos, com o olhar desnorteado, brandindo longas facas, as lâminas refulgindo prateadas ao luar. Mas a ponte fora baixada e recuamos sobre ela, Alice e eu assumindo uma posição defensiva em sua borda, mantendo os outros entre nós e a porta reforçada com tachas de ferro. O Caça-feitiço estaria descendo a escada agora, o mais rápido de que seria capaz. Mas os nossos inimigos estavam quase em cima de nós.

Podia ouvir meu mestre puxar os pesados ferrolhos, mas será que o faria em tempo? Ellie soltou um grito atrás de mim e, então, ouvi o ruído da grande porta girando nas dobradiças. Ergui o bastão para me defender, na esperança de desviar a faca que arqueava em direção à minha cabeça. Mais alguém, no entanto, estava ao meu lado agora. Era o Caça-feitiço, e, pelo canto do olho, vi seu bastão espetar, buscando meu assaltante. O homem gritou e caiu de lado no fosso com um fantástico deslocamento de água.

— Para dentro! — gritou o Caça-feitiço. — Para dentro todos vocês!

Ele estava resistindo, quando outros dois correram para nós, ombro a ombro. Não queria deixá-lo enfrentar os homens sozinho, mas ele me empurrou com tanta força na direção da porta que tropecei e quase caí. Nesse momento, a lua se escondeu por trás de uma nuvem, e mais uma vez mergulhamos na escuridão. Sem pensar, obedeci, alcançando a porta nos calcanhares de Alice. Ouvi outro grito de dor e olhei para trás. Alguém parecia ter caído, e houve mais um baque na água. Seria o Caça-feitiço? Eles o teriam derrubado na água. Então, um vulto escuro veio correndo para a porta, mas, mesmo antes de eu erguer o meu bastão para me defender, vi que era o meu mestre.

Ele entrou aos tropeços, xingou, atirou o seu bastão no chão e encostou o ombro contra a porta. Alice e eu o ajudamos, e conseguimos fechá-la em tempo de evitar o objeto pesado que colidiu contra ela. O Caça-feitiço correu os ferrolhos com força. Os nossos inimigos chegaram tarde demais.

— Subam e ergam a ponte levadiça — ordenou o Caça-feitiço. — Os dois! Mexam-se!

Alice e eu corremos escada acima e, juntos, começamos a girar o cabrestante. Embaixo, podíamos ouvir gritos de fúria e o estrépito de metal enquanto os inimigos golpeavam inutilmente a porta. Era uma tarefa pesada, mas, empurrando os ombros com força para vencer a resistência da roda, continuamos a girar o cabrestante, e, pouco a pouco, erguemos a ponte. Segundos antes de levantá-la completamente contra a porta, os golpes barulhentos do lado de fora cessaram e ouvimos baques distantes na água à medida que os nossos inimigos se atiravam no fosso. Ou faziam isso ou seriam esmagados entre a pesada ponte de madeira e a enorme porta.

Depois disso, estávamos seguros. Seguros, ao menos, por algum tempo. O Caça-feitiço, Alice e eu discutimos o que acontecera, enquanto Ellie tentava deixar Mary e Jack confortáveis. Estávamos todos fatigados, e, antes que transcorresse uma hora, já estávamos nos acomodando para passar a noite, mais uma vez dormindo no chão, enrolados em cobertores sujos. Eu estava exausto, e logo mergulhei em um sono sem sonhos, mas acordei durante a noite ouvindo alguém soluçando ali perto. Parecia Ellie.

— Você está bem, Ellie? — perguntei baixinho no escuro.

Quase imediatamente o choro cessou, mas ela não respondeu. Depois disso, levei muito tempo para voltar a adormecer. Comecei a imaginar o que o amanhã me reservava. O tempo estava se esgotando. Dentro de dois dias seria o Lammas. Perdêramos um dia inteiro trazendo Jack de volta à torre, o que me dava certeza de que a prioridade do Caça-feitiço no dia seguinte seria acertar contas com Wurmalde. Se não a encontrássemos e detivéssemos as feiticeiras, então o mal encarnado caminharia entre nós e não seria apenas Ellie a chorar para chamar o sono.

CAPÍTULO 20
O FIM DE UM INIMIGO

Quando acordamos, o Caça-feitiço só me deixou beber água e mordiscar um pedaço de queijo do Condado. Eu tinha acertado. Íamos partir para enfrentar Wurmalde de uma vez para sempre. Ela não sentiria o cheiro da nossa aproximação, mas havia uma chance de que Tibb pudesse sentir. Nesse caso, estaríamos caminhando para uma armadilha, mas tínhamos de nos arriscar.

Mesmo antes de chegar a Read Hall haveria perigo. As feiticeiras quase certamente estariam vigiando a torre da orla da clareira, e, ao primeiro ruído da ponte levadiça baixando, elas atacariam: mais uma vez teríamos de usar o túnel. E, naturalmente, elas estariam usando um espelho para vigiar o lago subterrâneo e saber se havíamos deixado a torre. Poderiam até estar nos esperando nas moitas do velho cemitério, prontas para nos emboscar. Contudo, apesar dos riscos, o Caça-feitiço estava decidido a investir contra Wurmalde, a quem ele considerava o cerne maligno que ameaçava o Condado.

Ele apanhou a pedra de amolar na bolsa e ouvi um clique quando ele soltou a lâmina na ponta do bastão e começou a afiá-la.

— Então, rapaz — disse com aspereza. — Temos um trabalho a fazer. Devemos amarrar Wurmalde e colocá-la onde não possa mais fazer mal. E, se alguém se meter em nosso caminho...

Ele fez uma pausa, testando o fio da lâmina com o dedo, e, quando me olhou, seus dedos pareciam duros e ferozes; então, olhou para Alice.

— Você fica aqui, garota, e cuide do Jack. Imagino que terá força suficiente para baixar a ponte levadiça quando James voltar com os aldeões?

— Se Tom conseguiu, eu também consigo — disse com um sorriso atrevido —, e, nesse meio-tempo, verei se encontro alguma coisa no baú que ajude Jack.

Embaixo, nas masmorras sob a torre, tinha havido uma mudança na atmosfera; uma mudança para melhor. O Caça-feitiço realizara o seu ofício; os mortos haviam abandonado seus ossos e agora estavam em paz.

Das duas lâmias não havia sinal. Ergui a minha vela no alto para ver se os animais mortos ainda estavam presos nas correntes, mas seus corpos dessecados já não pingavam sangue. Prosseguimos cautelosamente pelo túnel e chegamos ao pequeno lago, onde os pedaços do espectro ainda flutuavam. A superfície da água parecia um espelho, e, mais uma vez, tive a forte sensação de ser observado. A única coisa que mudara era o fedor, que agora estava mais forte que nunca. Tanto o

Caça-feitiço quanto eu cobrimos a boca e o nariz com as mãos, e tentamos não respirar até ultrapassarmos a água fétida.

Finalmente, tivemos que andar de quatro, o Caça-feitiço ainda na dianteira, resmungando. Não foi fácil, mas, por fim, nos projetamos para dentro do sepulcro. Quando desci, o Caça-feitiço estava sacudindo a poeira e o mofo de sua capa.

— Meus ossos velhos não gostaram muito disso — queixou-se. — Será bom sairmos para o ar fresco.

— Elas tinham uma feiticeira morta presa aqui — disse ao Caça-feitiço, apontando para as argolas de ferro a um canto.

— O nome dela era Maggie, e ela foi líder do clã Malkin. As Mouldheel a torturaram para descobrir a entrada do túnel. Agora está livre outra vez...

— Que força ainda lhe restava? — perguntou o Caça-feitiço.

— Não tanto quanto a velha Mãe Malkin, mas era bastante forte. Percorria quilômetros, a partir do Vale das Feiticeiras, para caçar.

— O que quer que aconteça nos próximos dias, ainda restarão anos de trabalho no futuro para Pendle ficar definitivamente limpa — disse o Caça-feitiço, balançando a cabeça, deprimido.

Apaguei a vela com um sopro e a coloquei junto à lanterna que Alice tinha deixado para trás em nossa última visita.

— Traz aquela lanterna, como precaução, rapaz — ordenou o Caça-feitiço. — Talvez tenhamos de revistar os porões de Read Hall.

À medida que avançamos pelas moitas do cemitério abandonado, as nuvens de chuva iam se acumulando no alto, e um forte vento soprava de oeste. Não tínhamos dado mais de doze passos quando vimos as feiticeiras que, de fato, estavam emboscadas. Havia três delas, todos mortas. A relva em volta estava suja de sangue, os corpos cobertos de moscas. Ao contrário do Caça-feitiço, não cheguei muito perto, mas, mesmo a distância, parecia ter sido serviço das lâmias. Mais uma vez, elas haviam desimpedido o caminho.

Pouco mais de uma hora depois nos acercávamos de Read Hall. Não me agradava entrar novamente em uma casa onde Tibb havia me aterrorizado e Wurmalde me acusara de assassinato — e também onde, sem dúvida, o corpo do pobre padre Stocks ainda jazia sobre os lençóis, a faca enterrada no peito; mas isso precisava ser feito.

Certamente, estávamos indo ao encontro do perigo. Ambos, Tibb e a poderosa Wurmalde, talvez estivessem nos aguardando; isto sem mencionar os criados e, possivelmente, outras feiticeiras dos clãs. Mas, ao chegarmos mais perto, logo se tornou evidente que alguma coisa estava muito errada. A porta da frente se abria e fechava ao vento.

— Bom, rapaz — disse o Caça-feitiço —, como eles a deixaram aberta para nós, por que não usá-la?

Nós nos dirigimos à porta da frente e entramos. Eu já ia fechar a porta ao passar quando meu mestre pôs a mão no meu ombro e balançou a cabeça. Ficamos absolutamente imóveis e escutamos muito atentamente. Afora o ruído da porta e o lamento do vento lá fora, a casa estava silenciosa. O Caça-feitiço ergueu os olhos para a escadaria.

— Vamos deixar a porta continuar a bater — murmurou ele ao meu ouvido. — Mudar o mínimo detalhe poderia alertar alguém aí dentro. Está sossegado demais; por isso, desconfio que os criados fugiram da casa. Vamos começar a revistar os aposentos do térreo.

A sala de jantar estava vazia, parecia que ninguém havia estado na cozinha há dias — vimos muita louça suja na pia e o cheiro de comida podre era insuportável. Apesar da luz matinal, Read Hall estava na penumbra e havia cantos escuros onde qualquer coisa podia estar emboscada. Eu não parava de pensar em Tibb. A criatura ainda estaria em algum lugar por ali?

O último aposento que revistamos foi o escritório. Assim que entramos, senti o cheiro de morte. Um cadáver estava emborcado entre as estantes.

— Acenda a lanterna — ordenou o Caça-feitiço. — Vamos olhar com mais atenção...

Ficou claro que o cadáver era Nowell. Sua camisa estava em tiras, quase arrancada do corpo, coberta de sangue seco, e havia outro tanto do corpo à porta mais distante que se encontrava aberta. Ao redor dele, livros espalhados. O Caça-feitiço ergueu o olhar para a prateleira mais alta, de onde evidentemente eles tinham caído, antes de se ajoelhar e virar o magistrado morto de barriga para cima. Seus olhos estavam esgazeados, o rosto contorcido de terror.

— Parece que Tibb o matou — disse o Caça-feitiço, correndo novamente o olhar pela prateleira mais alta. — Sem dúvida, estava aí em cima e caiu sobre os ombros dele quando Nowell passou embaixo. A criatura talvez ainda esteja na casa — acrescentou, apontando para o rasto.

Ele abriu a porta. Do outro lado o rasto de sangue percorria os estreitos degraus de pedra que se perdiam na escuridão. Meu mestre desceu, empunhando o bastão, enquanto eu seguia logo atrás, erguendo no alto a lanterna. Vimo-nos à entrada de uma pequena adega. Ao longo da parede à direita havia porta-garrafas bem estocados. O chão de pedra estava limpo e varrido, e o rasto de sangue seco continuava até o canto mais distante, onde Tibb se encontrava deitado de cara para baixo.

Era ainda menor do que eu me lembrava quando me observara do teto — não era maior do que um cão de porte médio. Suas pernas estavam metidas sob a grossa pelagem negra do corpo, empastada de sangue seco. Mas, mesmo pequeno, eu sabia que Tibb era incrivelmente forte. O padre Stocks fora impotente para repeli-lo e ele assassinara Nowell. As duas vítimas ainda estavam no vigor da vida.

O Caça-feitiço se aproximou de Tibb com cautela e ouvi um estalido quando ele projetou para fora a faca na ponta do bastão. Ao ouvir o som, Tibb esticou os braços, desnudou as garras e ergueu a cabeça, virando para cima o seu lado esquerdo a fim de nos encarar. Foi a cabeça dele que me fez sentir certo arrepio de horror espinha abaixo. Era completamente calva e lisa, e os olhos, frios como os de um peixe morto, a boca aberta deixava à mostra dentes finos como agulhas. Por um momento, esperei que Tibb saltasse no Caça-feitiço, mas, em lugar disso, a criatura soltou um gemido de aflição.

— *Vocês chegaram tarde demais* — disse Tibb. — *Minha senhora me abandonou, deixando-me morrer sozinho. Tantas coisas eu vi. Tantas. Mas não vi a minha própria morte. Esta é a última coisa que se vê.*

— É — disse o Caça-feitiço, preparando a faca. — Tenho a sua vida em minhas mãos...

Mas Tibb riu com amargura.

— Não — sibilou. — *Estou morrendo, mesmo enquanto o senhor está falando. Minha senhora nunca me disse o pouco tempo de vida que eu teria.*

Nove breves semanas do nascimento à velhice e à morte. Foi só o que tive. Como isso pode ser certo? Agora me falta até a força para erguer meu corpo desse chão frio. Então, poupe as suas energias, velho. Você precisa delas para si mesmo. Resta-lhe pouquíssimo tempo também. Mas o garoto ao seu lado pode continuar o seu maldito trabalho. Isto é, se ele sobreviver à lua nova...

— Onde está Wurmalde agora? — quis saber o Caça-feitiço.

— Foi-se! Foi-se! Foi-se para um lugar onde nunca a encontrará. Não até ser tarde demais. Em breve, minha senhora convocará o Maligno ao mundo pelo portal das trevas. Durante dois dias, ele cumprirá suas ordens. Feito isso, escolherá o próprio caminho. Sabe que tarefa ela lhe deu? Que preço o Maligno precisa pagar pelo que lhe dará minha senhora?

O Caça-feitiço suspirou enfastiado, mas não se deu o trabalho de responder. Vi suas mãos tremerem no bastão. Estava se preparando para liquidar a criatura.

— A morte desse garoto é a tarefa. Ele deve morrer porque é filho da mãe dele. Filho de nossa inimiga. No passado, em uma terra distante, ela era imortal como a minha senhora e usava o poder das trevas. Mas vacilou. Apesar dos muitos alertas, ela buscou a luz. Então, foi amarrada a um rochedo onde a abandonaram para morrer; foi abandonada lá para ser destruída pelo sol, o próprio símbolo da luz a que ela desejava servir. Mas, por azar, um ser humano a salvou. Um tolo a libertou de suas correntes...

— Meu pai não era nenhum tolo! — interrompi. — Era bom e generoso, e não podia suportar vê-la sofrer. Ele não permitiria que ninguém sofresse daquele modo.

— Seria melhor para você, garoto, se ele tivesse continuado seu caminho sem parar. Porque, então, você nunca teria nascido. Nunca teria vivido a sua vida breve e fútil! Mas você acha que, simplesmente por ter sido salva, ela sofreu uma mudança permanente? Longe disso. Por algum tempo, ela se sentiu atormentada, sem saber que caminho tomar, oscilando entre as trevas e a luz. Os velhos hábitos custam a morrer, e gradualmente as trevas a atraíram de volta. Deram-lhe uma segunda chance e ordenaram que ela liquidasse quem a salvou, mas ela rezou, desobedeceu e se voltou mais uma vez para a luz. Aqueles que servem à luz são duros consigo mesmos. Para compensar o que fizera, ela se impôs uma cruel penitência: abriu mão de sua imortalidade. Mas isso foi só a metade. Ela optou por entregar a juventude, a melhor parte de sua vida deploravelmente curta ao seu salvador. Ela se entregou a um homem mortal, um marinheiro comum, e quis lhe dar sete filhos.

— Sete filhos que a amavam! — exclamei. — Ela estava feliz. Ela estava satisfeita...

— Feliz! Feliz! Você acha que a felicidade ocorre tão facilmente? Imagine o que deve ter sido para alguém em nível outrora tão elevado servir a um homem mortal e seus filhos, o mau cheiro do terreiro do sítio sempre em suas narinas. Partilhar sua cama enquanto a carne dele envelhecia com a idade. Aturar o tédio da rotina diária. Ela se arrependia da decisão, mas finalmente a morte dele a libertou, pondo um fim à sua penitência autoimposta, e agora ela regressou à própria terra.

— Não — falei. — Não foi nada assim! Ela amava meu pai...

— Amor — debochou Tibb. — Amor é uma ilusão que prende os mortais aos seus destinos. E agora sua mãe arriscou tudo na possibilidade de destruir o que a minha senhora preza. Ela quer destruir as trevas e criou você para ser sua arma. Então, nunca se pode permitir que você chegue a ser homem. Precisamos pôr fim em você.

— E — disse o Caça-feitiço erguendo o bastão —, e agora está na hora de pôr fim em você...

— Tenha piedade — suplicou Tibb. — Preciso de mais um pouco de tempo. Me deixe morrer em paz...

— Que piedade você demonstrou com Mestre Nowell? — interpelou-o o Caça-feitiço. — Então, a mesma que demonstrou para com ele demonstrarei com você...

Virei-me de costas quando o Caça-feitiço golpeou para baixo com a faca. Tibb deu um grito curto que se transformou em um guincho de porco. Houve uma breve fungadela e, em seguida, o silêncio. Ainda sem olhar para a criatura, caminhei atrás de meu mestre escada acima e voltei ao escritório.

— O cadáver de Nowell terá que permanecer insepulto por um tempo — disse o Caça-feitiço, balançando a cabeça com tristeza. — Com certeza, o pobre padre Stocks ainda está lá em cima, e talvez nunca descubramos o que aconteceu com o chefe de polícia Barnes. Quanto a Wurmalde, pelo que aquela criatura acabou de dizer, ela poderia estar em qualquer lugar, e não temos tempo para procurar às cegas. Precisamos, ainda, enfrentar os covens de feiticeiras; então, vamos pensar em voltar para a torre. James não deve demorar a chegar com os homens de Downham. Não podemos enfrentar as feiticeiras sozinhos. Precisamos reunir um pequeno exército e nos organizar. O tempo está ficando curto.

O Caça-feitiço parou ao lado da escrivaninha de Nowell. Não estava trancada, e, então, ele começou a revistar as gavetas. Em instantes, tinha na mão a minha corrente de prata.

— Tome aqui, rapaz — disse ele, atirando-a para mim. — Sem dúvida, você vai precisar disso e não vai demorar.

Deixamos Read Hall e partimos sob um pesado aguaceiro para a Torre Malkin, as coisas que Tibb dissera dando voltas e mais voltas na minha mente.

Molhados e amarfanhados, fizemos a viagem pelos túneis sem reveses; então, quando nos preparávamos para subir a escada espiral que levava à torre, eu me virei para o Caça-feitiço, querendo desabafar.

— Você acha que o que Tibb disse era verdade?

— A que partes você está se referindo, rapaz? — perguntou o Caça-feitiço asperamente. — A criatura pertencia às trevas e isso faz com que *qualquer coisa* que fale seja duvidosa, para dizer o mínimo. Como você bem sabe, as trevas enganam sempre que isso lhes dá vantagem. Ele disse que estava morrendo, mas como eu podia ter certeza de que era esse o caso? Por isso, tive que matá-lo. Talvez pareça cruel, mas era o meu dever. Não tive escolha.

— Eu me refiro à parte sobre a minha mãe que, no passado, foi como Wurmalde, imortal? Como as irmãs de minha mãe são lâmias, pensei que ela fosse igual.

— E com certeza é, rapaz. Mas o que essa imortalidade significa, de fato? O mundo em si, um dia, chegará ao fim. Talvez até as estrelas se extingam. Não, eu não acredito que alguma coisa viva para sempre neste mundo, e nada que tenha juízo quererá isso. Mas as lâmias vivem por longo tempo. Sob a forma humana podem parecer envelhecer, mas, uma vez ferinas, tornam-se novamente jovens. Poderiam ter muitas vidas sob a forma humana, e cada vez parecerem uma mulher jovem. Um dia, talvez descubramos o que aquela criatura quis dizer. Talvez tenha mentido. Talvez não. Tal como disse sua mãe, as respostas estão naqueles baús, e um dia, se tudo correr bem, talvez você tenha uma chance de examiná-los direito.

— Mas, e quanto ao Maligno atravessar o portal? Afinal, o que é um portal?

— É uma espécie de portão invisível. Um esgarçamento entre este mundo e os lugares onde criaturas como o Maligno habitam. Por meio de magia negra, as feiticeiras tentarão abri-lo e permitir que o Maligno passe. Teremos de fazer todo o possível para impedir isso — disse o Caça-feitiço, sua voz ecoando pelas escadas. — Precisamos dissolver o sabá do Lammas e interromper o ritual. Naturalmente, é muito mais fácil falar do que fazer. Mas, mesmo que fracassemos, sua mãe tomou providências. É por isso que lhe deixou aquele quarto.

— Mas eu teria tempo de chegar lá, se o Maligno recebeu ordens para me caçar e me matar? É um longo caminho para chegar em casa...

— As coisas libertas no mundo, em geral, levam tempo para recuperar a inteligência e ganhar poder. Lembra-se de como o Flagelo de Priestown ficou desorientado por um tempo? Uma vez solto em um mundo mais amplo, ele enfraqueceu primeiro e aumentou gradualmente o seu poder. Bem, eu desconfio que esse ente a quem chamam de Maligno pode passar pelo mesmo problema. Você teria algum tempo; quanto, é impossível dizer. Mas, se eu mandar, vá para casa o mais cedo que puder e se refugie naquele seu quarto.

— Tem mais uma coisa que Tibb disse que me incomoda — falei. — Uma coisa que disse quando o vi pela primeira vez. Ele disse que minha mãe estava cantando uma ode, uma canção ao bode, e que eu estava no meio. Que poderia significar?

— Você deveria ter sido capaz de concluir sozinho, rapaz. Na língua de sua mãe, a palavra "tragos" significa bode. E "oide" significa ode ou história. Portanto, uma ode ao bode é uma tragédia. É de onde nos veio essa palavra. E, se você está no centro dela, Tibb está dizendo que sua vida será trágica: inútil e condenada ao fracasso. Mas é melhor olhar para o lado positivo e encarar tudo isso com uma pitada de sal. Diariamente tomamos decisões que moldam as nossas vidas. Ainda não consigo aceitar a ideia de que alguma coisa seja predeterminada. Por mais poderosas que as trevas se tornem, precisamos acreditar que, de algum modo, nós as venceremos. Olhe para o alto, rapaz! O que vê?

— Degraus que levam à parte superior da torre...

— É, rapaz, degraus, e uma porção deles! Mas vamos subir, certo? Cansados como sinto os meus velhos ossos, vamos subir cada um desses degraus até chegarmos ao andar de cima e à luz que nos espera. Esse é o sentido da vida. Portanto, vamos! Vamos prosseguir!

Assim dizendo, o Caça-feitiço subiu à frente a escada espiral, e eu o acompanhei de perto. Para o alto, em direção à luz.

CAPÍTULO 21
DE VOLTA A DOWNHAM

Havia boas notícias nos aguardando na torre quando regressamos. Alice encontrara alguma coisa que ela, de fato, pensava que, enfim, pudesse curar Jack.

— Fez com que dormisse outra vez profundamente, fez sim — explicou ela. — Mas essa poção cura a mente em vez de agir sobre o corpo. Estava tudo anotado nos cadernos de sua mãe; como fazer a mistura, a quantidade de cada erva. Tudo. E os ingredientes estavam dentro do baú, cada um deles etiquetado.

— Não sei como lhe agradecer — disse Ellie, sorrindo calorosamente para Alice.

— Não é a mim que precisa agradecer, é à mãe de Tom. Leva anos para aprender tudo que existe naquele baú — continuou Alice. — Comparado a isso, Lizzie Ossuda não sabia nada.

Jack continuou a dormir até o fim da tarde, e as duas estavam se sentindo realmente otimistas, pois, não demoraria muito, veriam o antigo Jack acordar. Então, recebemos as más notícias.

James regressou. Mas regressou sozinho. Os aldeões de Downham estavam amedrontados demais para ajudar.

— Fiz o máximo que pude — disse James, abatido —, mas não havia nada mais que eu pudesse fazer. A coragem que tinham os abandonou. O próprio Matt Finley, o ferreiro, se recusou a deixar Downham.

O Caça-feitiço balançou a cabeça tristemente.

— Bom, se eles não querem vir a nós, então simplesmente teremos que ir a eles. Mas não estou otimista, James. Você conseguiu convencê-los da última vez e me senti confiante de que seria capaz de fazê-lo novamente. Mas teremos de tentar. Amanhã à noite é o sabá do Lammas e precisamos acabar com a festa a qualquer custo. Sem dúvida, Wurmalde estará com as outras feiticeiras, e acho que será a minha melhor oportunidade de encontrá-la e amarrá-la.

Assim, logo depois de escurecer, nos preparamos para retornar a Downham. Íamos deixar Ellie, Jack e Mary na torre, onde ficariam seguros.

— Bom — disse o Caça-feitiço, olhando para James, Alice e para mim, um de cada vez —, gostaria que houvesse uma maneira mais fácil. Mas tem de ser feito. Só desejo que todos saiam ilesos do que nos espera. Aconteça o que acontecer, temos uma coisa a nosso favor. Esta torre agora está em nosso poder, e os baús e seus conteúdos estão seguros. Pelo menos, isso nós conseguimos.

Meu mestre tinha razão. Agora, as lâmias controlavam a Torre Malkin. Se a sorte ajudasse, logo eu poderia retornar e examinar os baús de mamãe demoradamente. Mas, primeiro, quem sabe com a ajuda dos aldeões de Downham, tínhamos de enfrentar os clãs de feiticeiras e dispersar o seu sabá antes de poderem concluir o ritual.

Então, partimos da torre, usando mais uma vez os túneis. À medida que caminhávamos para o norte, o vento entrava de oeste e sentíamos uma friagem no ar. Em Downham, passamos o restante da noite no chalé do padre Stocks, aproveitando algumas horas de sono enquanto podíamos.

Acordando ao findar a noite para pegar o pessoal antes de começar o dia de trabalho, não perdemos tempo e visitamos cada casa da aldeia, tentando desesperadamente reunir um exército. Acompanhei Alice, batendo nos chalés dos arredores e dos sítios mais próximos, ao mesmo tempo em que o Caça-feitiço e James se concentravam no centro.

Chegamos ao primeiro chalé em tempo de encontrar o ocupante saindo à luz cinzenta do amanhecer. Era um agricultor, estremunhado e rabugento, esfregando os olhos remelentos para dissipar o sono ante a perspectiva de um longo e duro dia de trabalho à frente. Mesmo antes de falar, eu sabia que ele nos daria pouca atenção.

— Vai haver uma reunião ao anoitecer na igreja — disse-lhe. — Todos os homens da aldeia estão convidados. É para planejar o modo de enfrentar a ameaça das feiticeiras. Teremos de resolver o problema hoje à noite...

Os sapatos de bico fino de Alice não ajudaram. Os olhos do homem olharam desconfiados dos sapatos para o meu bastão e a capa. Senti que ele não gostou da aparência de nenhum de nós.

— E quem está convocando essa reunião? — interpelou-me.

Pensei rápido. Eu podia usar o nome de James. A essa altura, a maioria já o conheceria, mas tinham recusado o seu apelo recente. O homem já parecia bastante nervoso e, se eu mencionasse o Caça-feitiço, provavelmente o apavoraria de vez. A mentira escapou dos meus lábios antes mesmo que eu pudesse pensar.

— O padre Stocks...

O homem assentiu reconhecendo o nome.

— Farei tudo para estar lá. Mas não posso prometer: tenho um dia de muito trabalho à frente. — Dizendo isso, ele bateu a porta, me deu as costas e começou a subir o morro.

Virei-me para Alice e balancei a cabeça.

— Não me sinto bem mentindo — disse.

— Não adianta pensar assim — replicou ela. — Com certeza, fez o que devia. Se o padre ainda estivesse vivo, *estaria* convocando essa reunião. Qual é a diferença? Só a estamos convocando por ele, nada mais.

Concordei hesitante, mas, a partir daquele momento, ficou estabelecido um padrão, e, em cada oportunidade subsequente, usei o nome do padre Stocks. Era difícil avaliar quantos provavelmente compareceriam à reunião, mas não me sentia otimista. A verdade era que alguns sequer se incomodavam de atender as portas, outros murmuravam desculpas, e um velho até se enfureceu.

— O que gente como você está fazendo em nossa aldeia? É o que quero saber! — exclamou ele, cuspindo em direção aos sapatos de Alice. — Já estivemos infestados de feiticeiras no passado, mas isso não vai mais acontecer! Some da minha vista, projeto de feiticeira!

Alice recebeu o insulto com calma; simplesmente demos as costas e seguimos o nosso caminho. O Caça-feitiço e James tinham obtido pouco mais sucesso do que nós. Meu irmão disse que tudo dependia do ferreiro. Ele parecia em dúvida, mas, se decidisse a favor de agir, então muitos outros seguiriam sua liderança. Quando contei ao Caça-feitiço a minha mentira, ele não fez comentário, simplesmente acenou registrando.

O resto do dia passamos aguardando ansiosos. O tempo estava se esgotando. Os aldeões apareceriam em número suficiente para nos dar uma chance? Se aparecessem, seríamos capazes de convencê-los a agir? Por outro lado, teríamos tempo bastante para correr à serra de Pendle e acabar com os rituais do Lammas? Enquanto esses pensamentos davam voltas na minha cabeça, de repente me lembrei de outra coisa: 3 de agosto, dois dias após o Lammas, seria o meu aniversário.

Lembrei-me das comemorações que costumávamos fazer no sítio. Quando alguém da nossa família fazia aniversário, mamãe sempre assava um bolo especial. Eu me distanciara muito daqueles tempos felizes. Como podia sequer pensar além do perigo que enfrentaríamos quando a noite caísse? Parecia inútil esperar demais desta vida. Uma felicidade assim pertencia ao meu curto período como criança, e agora ele estava encerrado.

Quando o sol se pôs, esperamos pacientemente na estreita igreja de nave única. Apanhamos velas na minúscula sacristia e as colocamos sobre o altar em castiçais de metal, de cada lado da porta.

Muito antes de o primeiro aldeão entrar nervoso na igreja e se sentar em um banco próximo ao fundo, o céu havia escurecido até assumir a cor do carvão de Horshaw. O primeiro visitante era um homem velhusco que caminhava mancando — ele combinava mais com o descanso dos ossos cansados ao pé da lareira do que com uma subida arriscada à serra de Pendle para travar uma batalha cheia de perigos. Outros se seguiram, sozinhos ou aos pares, mas, mesmo depois de ter passado quase meia hora, não havia mais do que uma dúzia deles. Cada homem tirou o boné ao entrar. Dois dos mais corajosos acenaram com a cabeça para James, mas, sem exceção, todos evitaram olhar para o Caça-feitiço. Eu percebia seu extremo desconforto. Os homens tinham rostos assustados, alguns visivelmente tremiam apesar do ar morno e demonstravam estar prontos para fugir em vez de lutar. Parecia-me que, ao primeiro sinal de feiticeiras, eles se dispersariam a correr.

Então, quando tudo parecia perdido, ouvimos um murmúrio de vozes do lado de fora que vinham do escuro, e um homem corpulento, vestindo um gibão de couro, entrou na igreja acompanhado de, pelo menos, outras duas dúzias de aldeões. Imaginei que era Matt Finley, o ferreiro. Por respeito à santidade da igreja, ele tirou o chapéu, e, ao sentar no banco da frente, bateu a cabeça para James e o Caça-feitiço, um de cada vez. Tínhamos estado em pé à esquerda do pequeno altar, perto da parede, mas, quando todos os recém-chegados já haviam se acomodado, o Caça-feitiço fez sinal ao meu irmão, que se adiantou e se postou de frente para a nave.

— Realmente apreciamos que todos aqui tenham gastado tempo e se abalado para vir nos ouvir hoje à noite — começou James. — A última coisa que queremos é que corram perigo, mas precisamos desesperadamente de sua ajuda e não a pediríamos se fosse possível fazermos sozinhos o que é preciso. Um mal terrível ameaça a todos nós. Antes da meia-noite, haverá feiticeiras no alto da serra de Pendle. Feiticeiras que planejam soltar um grande malfeitor no mundo. Precisamos detê-las.

— Se não me engano, já há feiticeiras lá em cima do morro — disse o ferreiro. — Acabaram de acender um farol que pode ser visto a quilômetros de distância.

Ao ouvir essas palavras, o rosto do Caça-feitiço se contraiu de preocupação; ele balançou a cabeça e se adiantou para se postar ao lado de James.

— Há um importante trabalho a fazer hoje à noite, rapazes — disse ele. — O tempo é curto. Aquele farol lá em cima sinaliza que elas já começaram o seu serviço nefasto. Informa a vocês, suas famílias e a todos que lhe são caros da ameaça. As feiticeiras pensam que dominam toda a terra agora. Insatisfeitas por se esconderem em vales remotos, elas exibem sua maldade do cume da serra de Pendle! Se não as detivermos, as trevas cairão sobre esta terra. Nenhum de nós estará seguro: nem os fortes nem os fracos; nem os adultos nem as crianças. Nem voltaremos a dormir despreocupados em nossas camas. O mundo todo se tornará um lugar de perigo, peste e fome, e o próprio Maligno caminhará pelas estradas e atalhos do nosso Condado, enquanto as feiticeiras governarão o mundo e atacarão nossas crianças. Precisamos tornar esta terra segura!

— *Nossa* aldeia está segura agora! — disse ríspido o ferreiro. — E lutamos muito para fazer dela um lugar seguro. E não é só isso: se preciso fosse, lutaríamos novamente para conservá-la assim. Mas por que deveríamos arriscar nossas vidas para fazer o serviço que é dever de outros? Onde estão os homens de Roughlee, Bareleigh e Goldshaw Booth? Por que *eles* não expulsam o câncer que vive em seu meio? Por que temos nós que fazer isso?

— Porque os homens direitos que sobraram nessas aldeias são pouquíssimos — respondeu o Caça-feitiço. — O mal enterrou suas garras ali fundo demais e as feridas deixadas infeccionaram. Aqueles que odeiam as Trevas podem, no passado, ter lutado e vencido. Agora, os clãs de feiticeiras dominam e, em sua maioria, as pessoas de bem foram embora para outros lugares, ou morreram nas masmorras sob a Torre Malkin. Então, esta é a sua chance, talvez a última que jamais terão, de combater as Trevas.

O Caça-feitiço fez uma pausa e sobreveio o silêncio. Vi que muitos reunidos ali estavam pensando seriamente no que ele acabara de dizer. Foi então que uma voz vociferou, indignada, no fundo da igreja.

— Onde está o padre Stocks? Pensei que *ele* tivesse convocado a reunião. Esta é a única razão por que vim!

Era o agricultor do primeiro chalé que eu visitara com Alice. O primeiro homem a quem eu mentira. Ouviram-se murmúrios no fundo da igreja. Parecia que outros sentiam o mesmo.

— Não íamos lhes dizer isso para não acabar com o restinho de sua coragem — disse o Caça-feitiço. — Mas agora tem de ser dito. Um bom amigo desta aldeia morreu nas mãos da feiticeira que é a principal instigadora de toda essa confusão. Um amigo que fez mais do que ninguém para manter vocês e suas famílias seguras. Falo do padre Stocks, o padre de sua paróquia. E agora falo em nome dele, pedindo sua ajuda.

À menção do nome do padre Stocks, todas as velas da igreja piscaram juntas e quase se apagaram. A porta se fechou; no entanto, não havia vento nem explicação terrena para o ocorrido. Ouviram-se exclamações da congregação, e Finley, o ferreiro, pôs a cabeça nas mãos como se orasse. Senti um arrepio, mas o momento passou e as velas tornaram a arder com firmeza mais uma vez. O Caça-feitiço aguardou alguns segundos para permitir que as notícias chocantes fossem assimiladas antes de continuar.

— Então, estou suplicando a vocês agora. Se não quiserem fazer isso em seu benefício, que o façam pelo pobre padre Stocks. Paguem a dívida que têm com um homem que deu a vida lutando contra as trevas. A feiticeira que o matou a sangue-frio, quando ele estava deitado desamparado na cama, chama-se Wurmalde, uma feiticeira que cobiça até os ossos dos seus entes queridos que faleceram. Uma feiticeira que, se tivesse metade de uma chance, beberia o sangue de seus filhos. Portanto, lutem por eles e pelos filhos dos seus filhos. Façam isso agora! Lutem enquanto ainda podem. Antes que seja tarde demais. Ou isso, ou terminem como os coitados nas aldeias para o sul...

Matt Finley, o ferreiro, ergueu a cabeça e olhou com firmeza para o Caça-feitiço.

— Que quer que façamos? — perguntou.

— As feiticeiras podem farejar a aproximação do perigo e saberão que estamos a caminho — replicou o Caça-feitiço, encarando o ferreiro nos olhos —; então, não há necessidade de segredo. Uma vez que nos aproximemos, façam todo o barulho que quiserem. Na realidade, quanto mais, melhor. Entendam, elas nem sempre são muito precisas quando calculam números. Vocês são suficientes para tornar a ameaça séria, mas precisamos parecer ainda mais numerosos do que somos. Elas não saberão quantos de nós há e poderemos aproveitar a vantagem. Além de armas, precisaremos de archotes.

— O que enfrentaremos lá em cima? — perguntou Finley.

— A maioria dos homens aqui tem famílias para sustentar. Nós precisamos saber qual é a nossa probabilidade de voltar inteiros.

— Quanto aos números não posso ter certeza — admitiu o Caça-feitiço. — Haverá, no mínimo, duas ou três para cada um de nós, mas isso não é uma preocupação porque há uma boa chance de a maioria de vocês sequer precisar atacar. Minha intenção é destruir o que estão tentando fazer e correr com elas do morro para oeste. Na confusão, cuidarei de Wurmalde, e seus planos malignos não se realizarão.

"Sugiro que se dividam em cinco grupos de mais ou menos seis homens; cada grupo tomará uma posição diferente na encosta leste; James subirá um pouco mais acima e acenderá o seu archote. Este será o sinal para vocês acenderem os seus. Feito isto, subam o morro sem hesitação e se virem em direção ao farol. E mais uma coisa: não fiquem juntos. Cada grupo deve se espalhar um tanto, porque só o que elas sabem é que pode haver outros homens sem archotes avançando com vocês. Conforme disse, elas apenas perceberão a ameaça, mas não os detalhes daquilo com que se deparam.

"Então, este é o plano. Se tiverem alguma coisa para dizer, digam agora. Não tenham medo de perguntar."

Imediatamente se ouviu alguém no fundo do grupo falar: era o velho que fora o primeiro a entrar na igreja.

— Sr. Gregory, correremos perigo se formos atacados por...
— perguntou nervoso. Ele não completou a frase; quando o Caça-feitiço olhou direto para ele, o homem simplesmente fez um gesto indicando o alto e murmurou mais uma palavra: — Vassouras?

O Caça-feitiço não sorriu, embora eu soubesse que, se as circunstâncias fossem outras, ele poderia certamente ter caído na gargalhada.

— Não — respondeu. — Faço o meu ofício há mais anos do que me lembro de contar, mas em todo esse tempo posso afirmar honestamente que nunca vi uma feiticeira voar em uma vassoura. É uma superstição muito comum, mas simplesmente não é verídica.

"Agora é meu dever informá-los dos riscos, se o pior vier a acontecer. Tenham cuidado com os facões. Elas abrem o peito da pessoa e arrancam seu coração assim que a veem, e a maioria possui grande força, muito maior do que a de um homem comum. Portanto, tenham cuidado. Não as deixem chegar muito perto. Se for necessário, usem os seus bastões e bengalas para se defenderem.

"Ah, e mais uma coisa. Não as encarem. Uma feiticeira pode dominá-los com um olhar; tampouco deem ouvidos ao que disserem. E, lembrem-se, pode muito bem haver membros masculinos dos clãs a enfrentar. Se assim for, fiquem igualmente na defensiva. Eles aprendem muito com as mulheres com quem se associam. Não jogam limpo e podem usar todo tipo de truques. Mas, como disse, o mais provável é que nem ao menos cheguemos a travar uma batalha. Mais alguma coisa?"

Ninguém falou, porém Matt Finley balançou a cabeça por todos. Parecia sério e conformado como os demais. Eles não queriam enfrentar as feiticeiras, mas aceitavam que, pelo bem de suas famílias, não tinham outra opção.

— Então — disse o Caça-feitiço —, temos pouco tempo a perder. Elas subiram para a montanha mais cedo do que se esperava. Mas o que foi feito está feito; portanto, agora vamos garantir que não façam nada pior. Deus esteja convosco.

Em resposta, alguns dos aldeões se benzeram; outros inclinaram a cabeça. O Caça-feitiço nunca deixara claro se acreditava em Deus ou não. Se acreditava, não era o Deus prescrito pela doutrina da Igreja. Apesar disso, era exatamente o que esperavam que dissesse, e, dentro de alguns momentos, os grupos estavam deixando a igreja para ir apanhar seus archotes e armas improvisadas.

CAPÍTULO 22

A BATALHA DA SERRA DE PENDLE

Do lado de fora da igreja cheirava outra vez a chuva, e, ao longe, ouvi um fraco ronco de trovoada. Havia um temporal a caminho.

Saímos correndo para o lado da serra protegido do vento. O tempo era curto, e os minutos para a meia-noite se esgotavam. Eu não parava de olhar inquieto para o cume da serra, onde o farol iluminava o céu da noite sobre a montanha, a claridade se refletindo nas nuvens baixas.

Todos que haviam se reunido na igreja estavam conosco, mas não estavam igualmente preparados. Quando, afinal, atravessamos o riacho para chegar ao planalto de Hollow, o lugar que o Caça-feitiço indicara para nossa última reunião antes de atacar a serra, nosso grupo enfileirado se estendia por mais de oitocentos metros e perdemos mais tempo precioso. Mesmo os menos capazes, eram valiosos. Podiam carregar os archotes e ajudar a engrossar o contingente que podia ser avistado pelas feiticeiras.

Embora frustrado pela demora, à medida que o nosso bando se reunia em Hollow, inesperadamente me senti mais otimista. Havia trinta homens ou mais preparados para combater as feiticeiras na serra. Meu irmão James e Matt Finley levavam enormes malhos; outros estavam armados com maças; uns poucos tinham porretes; e todos levavam archotes apagados. Era uma resposta melhor do que o Caça-feitiço tinha esperado.

Enfim, chegou a hora de atacar e, conforme o combinado, os aldeões se espalharam em grupos ao longo da encosta leste de Pendle, prontos para a subida. Quando finalmente conseguiram fazer isso, o Caça-feitiço virou-se para o meu irmão.

— Bom, James, você sabe o que tem de fazer. À medida que for subindo, mantenha-se distante de nós três: elas não poderão sentir o nosso cheiro, porque, como sabe, Tom e eu somos sétimos filhos de sétimos filhos, e o faro a distância não funciona conosco, e Alice tem sangue de feiticeira dos dois lados da família; portanto, isso deve igualmente acontecer com ela. Não pressentirão nada até estarmos realmente próximos, e então será tarde demais. Nós nos deslocaremos para o sudeste da serra e subiremos por ali em direção à fogueira. Com alguma sorte, e fazendo o máximo uso da confusão, amarraremos Wurmalde e a traremos para baixo enquanto as demais fogem.

James assentiu.

— Como quiser, sr. Gregory. De todo jeito, já estou indo. Então, boa sorte para os três. E cuide-se, Tom. Estarei pensando em você.

Dizendo isso, ele acenou para nós e partiu rápido montanha acima, afastando-se de nós diagonalmente, o grande malho nos ombros. Eu estava nervoso, e não somente por mim. Esta situação era muito perigosa. O Caça-feitiço havia dito aos aldeões que as feiticeiras provavelmente fugiriam da serra assim que eles atacassem — tinha de dizer isso. Se lhes descrevesse todo o leque de possibilidades, era provável que se sentissem demasiado amedrontados para nos ajudar. Era seu dever usar todos os meios possíveis para impedir a realização do Lammas, antes que alguma coisa das trevas fosse libertada no Condado.

As coisas, porém, poderiam correr mal. As feiticeiras poderiam muito bem oferecer resistência e lutar. Não estávamos apenas enfrentando covens de treze feiticeiras; os clãs também se encontravam ali, para testemunhar o que estava na iminência de acontecer. Talvez houvesse mais de cem pessoas na serra. Se chegasse a haver uma batalha campal, estaríamos em grande inferioridade numérica. Eu estava preocupado com o Caça-feitiço e Alice. Com James também. Já tinha um irmão seriamente afetado. Não queria que algo de mal acontecesse a James também.

— Então — disse o Caça-feitiço —, vamos chegar o mais perto possível daquela fogueira. Queremos estar preparados quando o ataque começar. E enquanto desejo que os outros atraiam as atenções para si, vamos precisar nos conservar mais quietos que ratinhos de igreja. Teremos de contar com o elemento surpresa.

Assim dizendo, ele saiu à frente para o sul, antes começar a escalada direta rumo ao farol. Eu o segui de muito perto, feliz com o meu bastão e com Alice nos meus calcanhares. A subida era íngreme e a relva áspera, com grandes touceiras, e o chão, irregular e traiçoeiro. Estava escuro agora e seria fácil luxar um tornozelo. O Caça-feitiço me dissera que o platô no alto da serra era igualmente ruim. Chuvas frequentes caíam em Pendle e formavam uma quantidade de atoleiros. Mas havia também uma coisa a nosso favor — urzes.

Cresciam em profusão ao nos aproximarmos do topo e nos davam alguma cobertura. O Caça-feitiço pôs a mão no meu ombro e, com um aperto, sinalizou que eu devia me ajoelhar. Continuei a segui-lo para o alto, agora rastejando pelas urzes, o solo úmido não tardando a encharcar os joelhos da minha calça, enquanto à frente o céu se avermelhava, até eu conseguir, de fato, divisar as fagulhas da enorme fogueira que se erguia pairando sobre nós, avivada pelo vento predominante do oeste.

Por fim, o Caça-feitiço parou e me acenou para avançar. Rastejei até me ver ajoelhado ao lado dele; Alice ocupou a posição à minha direita. Estávamos diante da fogueira, e o que vi frustrou as esperanças que eu tinha tido: eu não alimentava ilusão alguma de que íamos destruir o poder dos covens de Pendle. Apesar da intenção declarada do Caça-feitiço ao vir, eu sabia agora que simplesmente não era possível. Eles eram muito numerosos, e a ameaça que representavam era grande demais. Para a nossa direita devia haver duzentas pessoas ou mais formando um arco de frente para a fogueira, todas feiticeiras ou participantes dos clãs. E estavam armadas até os dentes. As mulheres tinham facões presos nos cintos, algumas os brandiam com selvageria, fazendo as lâminas refletirem as chamas da fogueira; os homens tinham longos porretes com facas ou bárbaros ganchos presos na ponta.

Lá, do outro lado da fogueira, de frente para o ajuntamento com quatro feiticeiras ao seu lado — uma delas, Mab

Mouldheel —, estava o vulto alto e ameaçador de Wurmalde. Ela falava aos clãs, gesticulando os braços teatralmente para enfatizar o que dizia. Eu mal ouvia a voz dela trazida pelo vento, pois estava longe demais para distinguir as palavras.

Parecia haver pouca coisa acontecendo em termos de rituais. A um dos lados do ajuntamento principal, carneiros assavam em espetos, e eu podia ver até tonéis de *ale*. Parecia que estavam planejando algum tipo de comemoração.

— Vejo Mab, mas quem são as outras três com Wurmalde? — perguntei, mantendo a minha voz baixa, embora houvesse pouca probabilidade de ser ouvido; o vento soprava em nossa direção e as feiticeiras estavam gritando em resposta a Wurmalde, algumas com gritos agudos e suficientemente altos para acordar os que já haviam morrido havia séculos.

Foi Alice quem respondeu.

— A da direita é Anne Malkin, líder de clã. Do lado dela está a Velha Florence, que governa as Deane. De idade avançada, quase não representa ameaça para nós hoje à noite. Devem tê-la carregado serra acima. A terceira é Grimalkin, a assassina...

Ao ouvir o nome Grimalkin senti os pelos da minha nuca se eriçarem. Ela era a assassina cruel que Wurmalde ameaçara usar contra Jack e a família; a que marcava a divisa de Pendle com o seu aviso.

De repente, Wurmalde parou de falar, e, após alguns momentos de silêncio, as feiticeiras avançaram juntas para os tonéis de *ale* e espetos de carneiro assado. Se as comemorações estavam começando, significava, então, que o ritual se encerrara?

Era como se o Caça-feitiço tivesse lido a minha mente.

— Não me agrada nem um pouco o jeito disso. Receio que tenhamos chegado tarde demais...

Logo os clãs estavam comemorando com o abandono, virando *ale* e devorando carneiro assado como lobos, enquanto eu simplesmente observava desalentado, meu coração afundando sem parar. O Maligno já atravessara o portal? Em caso positivo, ele estaria reunindo forças. Em breve viria me pegar.

Enquanto eu observava, aconteceu alguma coisa que silenciou as comemorações. Uma feiticeira solitária correu para a fogueira vinda de nordeste. Devia ter ficado de sentinela no cume da serra para vigiar. O que quer que tenha dito aos outros, todas as feiticeiras inesperadamente se tornaram menos exuberantes; algumas deram as costas para a fogueira e se viraram para o norte ou para o leste. Outras até pareciam estar olhando em nossa direção, e, mesmo tendo aprendido que elas não podiam nos farejar àquela distância, fiquei muito apreensivo.

Quando olhei de relance para a minha direita, vi os archotes subindo a serra. O Caça-feitiço havia planejado bem a estratégia. Os aldeões haviam se espalhado em grupos, e estes não muito compactos, o que dava a ilusão de que um exército estava subindo a serra de Pendle. Mas será que as feiticeiras seriam enganadas? A essa altura, os clãs estavam definitivamente assustados. As sentinelas não paravam de correr de suas posições para relatar o que ocorria aos que se encontravam reunidos.

Passado algum tempo, os clãs começaram a recuar para trás da fogueira, e umas poucas pessoas até começaram a fugir discretamente para oeste, como se tentando sumir na escuridão que havia além da fogueira. Mas, então, tudo desandou...

Uma vez que os aldeões alcançaram o topo e avançaram sobre o platô em direção às feiticeiras, tornou-se cada vez mais visível que eram lamentavelmente pouco numerosos. Percebia-se que o avanço desacelerava aos poucos quando os homens depararam com a horda armada a enfrentar. As feiticeiras começaram a zombar e berrar, brandindo as armas enquanto avançavam deliberadamente. Parecia que tudo estava perdido. Perguntei-me o que faria o Caça-feitiço. Não havia esperanças, mas eu não conseguia imaginá-lo escondido nas sombras enquanto os aldeões eram massacrados. Dali a instantes, ele lideraria Alice e a mim para nos juntarmos à refrega.

A essa altura, os aldeões tinham parado em uma linha fina e hesitante. Pareciam prontos a virar as costas e fugir a qualquer momento. Mas, então, ouvi um homem gritar palavras em tom de ordem e, para meu espanto, alguém saiu correndo da linha diretamente para as feiticeiras. Era um homem corpulento, brandindo um enorme martelo. Primeiro, pensei que era Matt Finley, o ferreiro de Downham, mas logo o reconheci, sem a menor dúvida. Era James! Estava correndo desabalado, levantando água cada vez que suas botas pisavam na terra encharcada; o borrifo rebrilhava laranja e vermelho à claridade da fogueira, fazendo parecer que ele atravessava o fogo correndo — ou era isso ou suas botas faiscavam fogo na escuridão.

Agora, em vez de se manterem em uma linha fina, os aldeões se agruparam atrás dele e o seguiram, a maioria avançando a toda a velocidade. Como se por acaso, ou talvez por algum instinto de batalha adormecido, momentos antes de, alcançarem os inimigos eles, de alguma maneira, formaram uma cunha, que colidiu com força contra as feiticeiras reunidas, rachando o grupo quase em duas metades, antes de serem detidos pelo simples peso dos números. James era a ponta dessa cunha, e agora eu via seu malho subir e descer, e ouvia ganidos e berros à medida que as feiticeiras revidavam e se uniam à batalha.

Eu temia por James. Quanto tempo ele poderia sobreviver, pressionado por tantos oponentes? Mas, antes que eu pudesse me deter pensando nesse medo, o Caça-feitiço bateu no meu ombro.

— Muito bem, rapaz, siga-me. Esta é a nossa oportunidade. Mas, você fique aqui, garota — ordenou a Alice. — Se as coisas correrem mal, você, mais do que ninguém, detestaria cair nas mãos delas!

Assim dizendo, o Caça-feitiço ficou de pé e começou a correr para o outro lado da fogueira. Acompanhei-o colado aos seus calcanhares, e Alice, desobedecendo ao seu aviso, vinha emparelhada com o meu ombro direito. Então, tivemos uma chance. Grimalkin, a assassina, se juntou à luta, e agora quatro feiticeiras estavam em pé do outro lado da fogueira — apenas Wurmalde, Mab, a Velha Florence e Anne Malkin.

Estávamos avançando depressa quando, finalmente, elas viram o perigo. Já estava perto, muito perto. Dentro de instantes, o Caça-feitiço lançaria a corrente sobre Wurmalde e carregaria a mulher serra abaixo enquanto eu tentaria conter qualquer perseguição. Mas não era para ser assim. Wurmalde gritou um comando com voz aguda, e algumas feiticeiras mais próximas à fogueira deram as costas à luta e acorreram, colocando-se rapidamente entre nós e nossas presas.

O Caça-feitiço não parou. Ainda correndo a toda a velocidade, derrubou a primeira feiticeira com um golpe enviesado do seu bastão. O oponente seguinte era um homenzarrão brandindo um enorme porrete, mas desta vez o Caça-feitiço usou a ponta do bastão. A lâmina faiscou e o homem caiu. O Caça-feitiço estava sendo obrigado a parar toda vez que as feiticeiras e seus seguidores nos pressionavam de todos os lados. Comecei a girar no ar o meu próprio bastão desesperadamente, mas a esperança estava me abandonando rápido. Simplesmente havia feiticeiras demais.

Duas delas me enfrentaram: uma agarrou a ponta do meu bastão e apertou-o, seu rosto contorceu-se com a dor de tocar a sorveira-brava; a segunda, a expressão espelhando intenção cruel, ergueu o facão e vi a longa lâmina serrilhada descer em arco na direção do meu peito. Levantei o braço direito para tentar aparar o golpe, mesmo sabendo que reagira com atraso.

Mas seu facão não me acertou. Vislumbrei um vulto escuro sobre mim e senti uma aragem repentina, algo passando tão perto que quase tocou minha cabeça. A feiticeira com o facão gritou ao ser erguida do chão e arremessada para longe de mim. Ela caiu na borda da fogueira, levantando uma chuva de faíscas.

Olhei para cima e vi asas abertas — outra lâmia desceu em minha direção com a morte em seus olhos ferozes; naquele instante, relampejou diretamente acima de mim, tornando aquelas asas tão translúcidas que pude ver a rede de pequenas veias internas. Garras afiadas atacaram cortantes e os pés engancharam na segunda feiticeira, puxando sua mão do meu bastão. Então, as asas já não pairavam; batiam sempre com maior rapidez, parecendo um borrão, enquanto as garras afiadas erguiam e despedaçavam a feiticeira antes de lançá-la longe.

As pessoas começaram a correr. Não em nossa direção; fugiam, erguendo os braços no alto para afastar o terror que se abatia sobre suas cabeças, vindo do céu escuro da noite. À frente, vislumbrei o Caça-feitiço. Ele corria embalado para a borda sudoeste do platô. Perseguia Wurmalde. Olhei para os lados, à procura de Alice, mas não vi sinal dela. As feiticeiras se dispersavam em todas as direções, e gritos de dor e terror enchiam o ar.

Segui, então, o Caça-feitiço. Afinal, Wurmalde era a chave de tudo isso, a feiticeira que havia reunido os covens. Ele poderia precisar de minha ajuda. Eu ainda tinha o meu bastão e a minha corrente. Se alguma coisa corresse mal, talvez eu pudesse amarrar a feiticeira.

Enquanto corríamos, as torneiras do céu se abriram e começou um dilúvio, a chuva entrando pesada de oeste. Não tardamos a diminuir o passo: a encosta era íngreme e estava escorregadia. A toda hora eu me desequilibrava e caía. A maior parte do tempo eu descia com esforço no escuro; então, muito longe, avistei dois pontinhos luminosos. Mesmo ao clarão dos relâmpagos, não víamos sinal de Wurmalde: o Caça-feitiço estava se distanciando cada vez mais de mim, apesar de todos os meus esforços para acompanhar seu passo. Finalmente, porém, depois do que me pareceu uma descida difícil, desesperada e sem fim, o declive se tornou menos acentuado, e, em um lampejo que clareou o céu, vi a feiticeira pouco à frente do Caça-feitiço.

Além, esperando em uma trilha estreita, estava seu coche preto. Os pontos luminosos que eu vira eram as duas lanternas, uma de cada lado do cocheiro, que se virava para trás inquieto no assento, olhando para o alto da serra em nossa direção.

Nessa altura, o solo se nivelara um pouco, a velocidade da perseguição aumentara dramaticamente. O Caça-feitiço ainda ia muito à minha frente, sua capa se enfunando às costas enquanto corria. Suas pernas pareciam voar pela relva e eu lutava para acompanhar sua velocidade. Agora, a cada passada, ele estava diminuindo a distância que o separava de Wurmalde enquanto a feiticeira corria desesperada em direção ao coche. Cobden olhou brevemente para ela, mas não fez tentativa alguma de descer para ajudá-la. No momento, ele olhava para as nuvens baixas que borbulhavam no céu e ergueu seu chicote, pronto para dar partida no cavalo.

Quando agarrou a maçaneta e abriu a porta, Wurmalde quase caiu, mas um momento depois já havia entrado. O Caça-feitiço alcançara o coche e estava, de fato, esticando o braço para a maçaneta e erguendo seu bastão, quando Cobden estalou o chicote no ar para fazer os cavalos se precipitarem para frente. Seu chicote tornou a estalar, a ponta fazendo um cruel contato com os lombos dos animais; relinchando de dor e medo, eles partiram céleres, enquanto o Caça-feitiço parava, perplexo.

— Ela escapou! — disse ele, balançando a cabeça, frustrado, quando me coloquei ao seu lado. — Tão perto. Quase a apanhamos. Agora ela está livre para fazer suas maldades novamente!

Mas o Caça-feitiço estava enganado. Houve o clarão de um novo relâmpago acima de nós, e daquela luz desceu uma forma escura. Ela mergulhou sobre o coche e pareceu atacar Cobden pelas costas. O homem esticou um braço para o alto, querendo se defender, mas já havia perdido o equilíbrio. Caiu para a frente sobre os cavalos, em seguida escorregou entre os animais. Os cascos o pisotearam momentaneamente até as rodas o atropelarem. Ouvi o princípio de um grito, mas ele foi sufocado pelo trovão.

Sem cocheiro, os cavalos continuaram a avançar, puxando o coche de Wurmalde cada vez mais rápido e descendo a trilha íngreme. Iluminada por outro clarão intenso, a sombra escura mergulhou outra vez e desceu pesadamente sobre o teto do coche, e, no escuro que se seguiu, ouvi as garras começarem a cortar a capota antes que o som fosse abafado novamente pelo trovão. Vira aquele coche ao luar e sabia que fora construído com madeira pesada e forte. Agora, porém, mais uma vez iluminado pelo relâmpago, pareceu estilhaçar e desmontar como uma casca de ovo. Momentos depois, a lâmia levantou voo, mas desta ele foi mais pesado. Dando voltas, ela descreveu uma espiral, ganhando altura lentamente enquanto, arrastado pelos cavalos aterrorizados, o destroço de coche continuou a descer a serra, balançando violentamente para os lados, como se fosse virar a qualquer momento.

Eu tinha estado próximo das balas disparadas pelo canhão do Condado que atacara a Torre Malkin com aquele tremendo ronco — mas isso não era nada comparado ao modo como se comportavam os elementos agora. Lampejo sobre lampejo iluminava o firmamento enquanto relâmpagos bifurcados riscavam o céu sobre a serra. Eram como se fossem o canhão de Deus, explosões seguidas, lançando sua cólera sobre as feiticeiras de Pendle.

Olhei para cima e vi a lâmia carregando Wurmalde, suas asas de inseto vibrando desesperadamente açoitadas pelo vento, tentando ganhar altura. Agora ela começava a voltar rumando para a serra.

— Pedra de Gore — exclamou o Caça-feitiço, sua voz apenas audível em meio ao tumulto dos elementos.

Por um momento, não entendi o que ele queria dizer, mas, então, a lâmia largou Wurmalde e eu a ouvi berrar ao cair pelo ar turbulento. Não a ouvi bater na pedra porque o som foi abafado pelo trovão, mas eu sabia o que tinha acontecido. Estremecendo à ideia do que encontraríamos, acompanhei o Caça-feitiço em direção à pedra sacrifical.

— Fique aqui, garoto — ordenou ele, adiantando-se para investigar.

Não precisei que repetisse a ordem e esperei ali, tremendo, até ele voltar para o meu lado.

— Chega de imortalidade! — disse ele sinistramente. — Ela não nos incomodará mais. Finalmente terminou.

Não terminara, porém, e receei o pior. Somente quando encontramos alguns dos outros descendo a serra, a verdade se confirmou. Alice estava entre eles e mancava muito.

— Você está bem? — perguntei-lhe.

— Não precisa se preocupar, Tom. Luxei o tornozelo correndo pela encosta, foi só isso...

Então, percebi que não havia sinal de James, e, mesmo antes que Alice tornasse a falar, vi pela expressão do seu rosto que algo terrível ocorrera.

— Foi o James? — perguntei, horrorizado ante a ideia de que alguma coisa acontecera ao meu irmão.

Alice balançou a cabeça.

— Não, Tom. James está bem. Nada além de alguns cortes e hematomas. Ele está ajudando a retirar alguns feridos da serra. É você, Tom. Está correndo um perigo terrível. Tentei pegar Mab, bem que tentei, mas ela escapou. Mas não antes de se gabar de que haviam ganhado; já tinham realizado o ritual na pedra de Gore quando o sol se punha. Acredito nela, Tom. Logo, já estávamos muito atrasados quando subimos a serra. O rosto de Alice se contraiu de angústia. O Velho Belzebu já ultrapassara o portal. Está solto no mundo e é você que ele virá apanhar. Corra, Tom! Corra, por favor. Volte para o sítio! Volte para o quarto de sua mãe! Antes que seja tarde demais.

O Caça-feitiço concordou.

— A garota tem razão. É só o que pode fazer agora. Não há refúgio suficientemente seguro para você aqui. E aquelas duas lâmias não terão chance alguma contra o que está por vir. Não sei quanto tempo você tem; demorará algum tempo para o Maligno se ajustar a este mundo e ganhar forças. Quanto demorará a começar a perseguição, eu não gostaria de imaginar. Tome — disse ele —, leve o meu bastão. Use a faca, se precisar. Use-a contra qualquer pessoa ou coisa que se interponha ao seu caminho. Seguiremos o mais cedo que pudermos. Assim que resolvermos um pouco as coisas aqui. E, uma vez que esteja no quarto de sua mãe, fique lá até o perigo passar.

— Como vou saber quando o perigo passou?

— Confie nos seus instintos, rapaz, e você saberá. De qualquer modo, não se lembra do que nos disse aquela criatura nojenta? As criaturas das trevas muitas vezes mentem, mas suspeito que Tibb estivesse dizendo a verdade a respeito da limitação de poder que as feiticeiras têm sobre o Demônio. Por apenas dois dias, ele permanecerá sob o poder dos covens, obrigado à sua vontade. Sobreviva esse tempo, e ele, sem dúvida, terá maldades próprias para realizar no terceiro dia e deixará você em paz. Agora vá embora, antes que seja tarde demais!

Trocamos, então, os bastões e, sem sequer olhar para trás, parti correndo. Minha mãe provara estar certa. O mal reencarnado em breve caminharia pela face da Terra. Eu estava apavorado e desesperado, mas mantive inalterado o ritmo de minha marcha porque era muito longe até o sítio de Jack.

CAPÍTULO 23
LUA VERMELHA

Rumei para oeste, tentando me afastar o máximo possível da serra. As feiticeiras tinham fugido do seu cume e havia o risco de que talvez encontrasse uma ou mais a qualquer momento.

Eu mal podia esperar sair do distrito de Pendle. A tempestade estava amainando e se afastando para leste; agora, se ouviam os relâmpagos mais distantes, e cresciam os intervalos entre os clarões e os roncos subsequentes dos trovões. A escuridão era, ao mesmo tempo, amiga e inimiga: amiga porque ajudava minha travessia rápida e secreta pela terra das feiticeiras; inimiga porque dela poderia emergir a qualquer segundo o Maligno, o Demônio em pessoa.

Havia uma mata escura no meu caminho; por isso, parei, para escutar com atenção antes de prosseguir entre as árvores. O vento cessara completamente e tudo estava muito parado. Nem uma folha se movia. O silêncio era total. Mas me passava uma sensação estranha. Meus instintos me diziam que o perigo me aguardava ali dentro. Voltei e resolvi fazer um desvio pelo lado externo, evitando deparar com o perigo. Mas não adiantou. O que quer que fosse estava à minha procura.

Um vulto escuro saiu de trás do tronco de um velho carvalho e se pôs no meu caminho. Tremendo, ergui o bastão do Caça-feitiço e apertei a alavanca secreta, fazendo com que a um clique uma lâmina se projetasse.

Estava muito escuro sob a árvore, mas o vulto que me confrontou e o brilho pálido de seu rosto — e mais ainda os pés descalços — eram meus conhecidos. Mesmo antes que ela falasse, eu sabia que era Mab Mouldheel.

— Vim me despedir — disse ela suavemente. — Você poderia ter sido meu, Tom, e então nada disso teria acontecido. Você estaria seguro comigo, e não correndo para salvar sua vida. Juntos poderíamos ter acabado com os Malkin para sempre. Agora é tarde demais. Em breve, você estará morto. No máximo, tem mais algumas horas. É só o que lhe resta agora.

— Você não vê tudo! — falei com raiva. — Portanto, saia do meu caminho, antes que...

Ergui meu bastão para ela, mas Mab apenas deu uma risada.

— Vi aonde está indo agora. Não foi muito difícil ver isso. Acha que o quarto de sua mãe vai salvá-lo, é? Ora, não tenha tanta certeza! Nada detém o Velho Belzebu. Sua vontade será feita na terra como é no Inferno. O mundo pertencia a ele antigamente e agora é outra vez dele, e fará com a terra o que quiser. É o rei do mundo, sim, e nada se interpõe ao seu caminho.

— Como você pode fazer isso? — perguntei enfurecido. — Como pode tomar parte nessa loucura? Você própria me disse que o Maligno não pode ser controlado. Ele controlará vocês e ameaçará o mundo inteiro. O que vocês fizeram foi uma insanidade. Não consigo compreender por que fizeram isso.

— Por quê? Por quê? — gritou Mab. — Você não *sabe* por quê? Eu gostava de você, Tom. Gostava de fato. Eu *amava* você!

Senti-me atordoado pelo seu uso da palavra "amor". Por um momento, ficamos calados. Então, a torrente de palavras de Mab continuou.

— Confiei. Então você me traiu. Mas agora terminamos para sempre e não me importo com o que vai lhe acontecer. Mesmo que escape do Velho Belzebu, a probabilidade é que você nunca alcance o sítio onde nasceu. Estará morto muito antes disso. As Malkin não irão correr risco algum. Querem desesperadamente ver você morto: para se garantir em dobro, acionaram Grimalkin contra você. Ela está à sua procura agora e nao vem muito atrás. Se você tiver sorte, ela o matará rapidamente e você não sentirá muita dor. É melhor dar meia-volta, ir ao encontro dela e terminar logo com isso, porque, se dificultar o trabalho dela, ela irá dificultar o seu. Matará você lenta e dolorosamente!

Inspirei fundo e balancei a cabeça.

— É melhor desejar que esteja certa, Mab. Se eu sobreviver, você vai se arrepender muito. Um dia, voltarei a Pendle para pegá-la. Especialmente por sua causa. E você irá passar o resto da vida em uma cova, comendo vermes!

Corri diretamente para ela, mas Mab se desviou para um lado e passei veloz. Já não estava poupando minha energia. Corria pela noite com todas as forças. Corria para me salvar, imaginando Grimalkin mais próxima a cada passada que eu dava.

* * *

Às vezes, eu era obrigado a parar. Correr deixava minha garganta quente e seca, e eu precisava parar ocasionalmente para matar a sede nos riachos. Mas não podia me dar o luxo de parar por muito tempo, uma vez que Grimalkin estava correndo também. Diziam que ela era forte e incansável. O meu conhecimento do Condado tampouco me ajudaria muito. Não havia vantagem em pegar atalhos. Grimalkin também era do Condado, além de ser uma assassina competente, capaz de me rastrear por mais obscura que fosse a trilha que eu escolhesse.

Não tardei a ter outro problema. As coisas começaram a me parecer muito erradas. Desde que me tornara aprendiz do Caça-feitiço, muitas vezes sentira medo, e a maioria delas por uma boa razão. Eu tinha duas razões muito boas agora: Grimalkin estar me perseguindo, e Wurmalde e os três covens terem conjurado uma ameaça. Mas era mais que isso agora. Só consigo descrever a sensação como um pressentimento e uma ansiedade. O sentimento que, em geral, só ocorre em pesadelos; extremo pavor, um medo mortal. Em um momento, o mundo era como sempre tinha sido; no momento seguinte, ele mudara para sempre.

Era como se alguma coisa tivesse entrado no meu mundo enquanto eu corria para o sítio de Jack — algo ainda invisível — e eu sabia que nada jamais voltaria a ser igual.

Esse foi o meu primeiro aviso de que as coisas estavam terrivelmente erradas. O segundo referia-se ao tempo. Noite ou dia, eu sempre soubera dizer as horas. Um minuto a mais ou a menos, sei dizer as horas facilmente pela posição do sol ou das estrelas. Mesmo que não estejam visíveis, assim mesmo eu sempre sei. Mas, enquanto corria, o que minha cabeça me informava não empatava com o que eu via. Devia ser alvorada, mas o sol não nascera.

Quando olhei para o horizonte a leste, não havia sequer o mais leve fulgor de luz. Não havia nuvens agora — o vento as rompera em frangalhos e as soprara para oeste. Mas, quando eu erguia a cabeça, tampouco havia estrelas. Simplesmente não era possível. Ao menos, não era possível no mundo como fora no passado.

Havia, porém, um objeto muito baixo no céu: a lua — que não devia estar visível. A última fase da lua minguante é um quarto crescente muito fino com as pontas viradas da esquerda para a direita. Assim eu vira na noite anterior, antes de a tempestade se abater sobre Pendle. Agora, a lua deveria estar completamente escura. Invisível. Contudo, havia uma lua cheia muito baixa sobre o horizonte a leste. Uma lua que não brilhava com a sua luz prateada habitual. A lua era vermelho-sangue.

Tampouco havia vento. Sequer uma folha se movia. Tudo estava absolutamente imóvel e silencioso. Era como se o mundo inteiro estivesse prendendo a respiração, e eu, o único vivente, respirando e se movendo em sua superfície. Era verão, mas inesperadamente tornou-se muito frio. Meu hálito fumegava no ar gelado, e a geada embranquecia a relva aos meus pés. Geada em agosto!

Então, continuei a correr para o sítio de Jack; o único som, o das minhas botas, que produziam uma batida rítmica na terra endurecida.

Eu parecia estar correndo para a eternidade, mas, por fim, avistei o morro do Carrasco à frente. Do outro lado ficava o sítio. Pouco depois, eu estava correndo entre as árvores que revestiam o morro em cima. Faltava tão pouco agora; tão pouco para o refúgio que mamãe preparara. Mas a lua estava vermelho-sangue — muito vermelha e banhando tudo com a sua luz lúrida e funesta. E os homens enforcados estavam ali. As sombras. Os restos daqueles que tinham sido enforcados havia muito tempo durante a guerra civil que fragmentara o país, dividindo o Condado, separando abruptamente as famílias, colocando irmão contra irmão.

Eu já vira as sombras antes. O Caça-feitiço me fizera confrontá-las quando partimos do sítio nos primeiros minutos do meu aprendizado. Quando garoto, eu as ouvira do meu quarto. Eram uma realidade; assustavam os cães dos sítios, afastando-os das pastagens imediatamente abaixo. Mas, mesmo quando as enfrentei com o Caça-feitiço, elas jamais tinham parecido tão vívidas, tão reais. Agora, gemiam e engasgavam ao girar lentamente, suspensas dos ramos que rangiam. E seus olhos pareciam estar olhando para mim acusadores — olhos que pareciam dizer que, de algum modo, a culpa era minha; eu era o responsável por estarem pendurados ali.

Mas eram apenas sombras, disse a mim mesmo, lembrando-me de um dos primeiros ensinamentos que o Caça-feitiço me transmitira. Elas não *eram* fantasmas — espíritos sensíveis que penavam, presos à cena de sua morte. Eram apenas fragmentos, lembranças que permaneciam na terra enquanto seus espíritos tinham prosseguido seu caminho — provavelmente para um lugar melhor. Ainda assim, elas me encaravam com dureza e seu olhar me enregelava os ossos. Então, ouvi um som repentino e alarmante: havia alguém correndo morro acima na minha direção, os pés reboando no solo duro e congelado!

Grimalkin, a feiticeira assassina, vinha em meu encalço e estava se aproximando para me liquidar.

CAPÍTULO 24
DESESPERO

A feiticeira me perseguia pela mata escura, ganhando terreno a cada segundo.

Eu corria o mais rápido que podia em ziguezague, desesperado, os ramos batendo no meu rosto. Duas vezes eu me desviei para um lado, quando dedos frios roçaram a minha testa. Dedos de sombras. Os dedos dos enforcados.

As sombras eram, na maioria, fantasmas — imagens sem substância. Mas o medo lhes emprestava força e solidez, e eu estava aterrorizado: aterrorizado com a assassina, aterrorizado com a morte que me perseguia pela mata. E o meu terror estava alimentando as trevas.

Sentia-me cansado, e minhas forças fraquejavam, mas eu avançava sempre mais veloz em direção ao topo do morro do Carrasco. Uma vez ali, uma pálida esperança se agitou no meu íntimo. Morro abaixo era mais fácil correr. Além das árvores havia a cerca que contornava o pasto, ao norte do nosso sítio.

Uma vez transposta aquela cerca, faltaria apenas um quilômetro, se tanto, até o sítio e a porta dos fundos da casa. Em seguida, o primeiro andar. Viro a chave do quarto de mamãe. Entro. Me tranco. Faço isso, e estarei salvo! Mas teria tempo para *tudo*?

Grimalkin poderia me puxar na hora em que pulasse a cerca. Poderia me pegar, atravessando o pasto. Ou o terreiro. Então, eu teria de esperar até destrancar a porta. Imaginava meus dedos tremendo, na tentativa de enfiar a chave na fechadura, enquanto a feiticeira corria escada acima atrás de mim.

Mas será que sequer alcançaria a cerca? Ela estava chegando perto, agora. Muito mais perto. Eu ouvia seus passos socando a encosta, em direção a mim. *É melhor se virar e lutar*, disse uma voz dentro da minha cabeça. *É melhor enfrentá-la agora do que ser atingido pelas costas*. Mas que chance eu tinha contra uma assassina treinada e experiente? Que esperança havia contra a força e a rapidez de uma feiticeira cujo talento era matar?

Na mão direita, eu apertava o bastão do Caça-feitiço; na esquerda, levava a corrente de prata, enrolada no pulso, pronta para o arremesso. Continuei a correr, a lua vermelha piscando sua luz maligna através da cobertura de folhas à minha esquerda. Já quase alcançara a orla do morro do Carrasco, mas a assassina estava muito próxima agora. Eu ouvia a batida ritmada dos seus pés e da sua respiração.

Quando ultrapassei a última árvore, a cerca do sítio logo em frente, a feiticeira saltou sobre mim do lado direito, com uma adaga em cada mão, as longas lâminas refletindo o fulgor sangrento da luz. Joguei o corpo para a esquerda e estalei a corrente para arremessá-la nela com força. Mas todo o meu treinamento se provou inútil. Eu estava cansado, aterrorizado e à beira do desespero. A corrente caiu inofensivamente sobre a relva. Então, exausto, finalmente me virei para enfrentar a feiticeira.

Chegara o fim e eu sabia. Só o que tinha agora era o bastão do Caça-feitiço, mas mal me restavam forças para erguê-lo. Meu coração batia forte, minha respiração era ofegante e o mundo parecia girar ao meu redor.

Agora eu podia ver Grimalkin pela primeira vez. Ela usava uma bata preta e curta amarrada na cintura, mas sua saia era dividida e amarrada apertado em cada coxa para facilitar a corrida. Seu corpo era quadriculado por finas tiras de couro às quais estavam presas bainhas de armas brancas, cada uma contendo uma arma: facas de diferentes tamanhos; ganchos afiados; pequenos instrumentos como podadeiras...

De repente me lembrei de que o Caça-feitiço tinha apontado uma gravação em um carvalho, logo depois de termos entrado em Pendle. Não eram podadeiras. Eram tesouras afiadas, usadas para cortar carne e osso! E, em volta do pescoço da feiticeira, um colar de ossos. Alguns reconheci como humanos — dedos dos pés e das mãos —, e ossos de polegares pendurados em cada orelha: troféus daqueles que ela havia assassinado.

Ela era poderosa e também bela de um modo estranho, e fitá-la fazia meus dentes baterem. Mas seus lábios eram pintados de preto e, quando ela abriu a boca em um simulacro de sorriso, reparei que seus dentes tinham sido limados em ponta. Naquele momento, eu me lembrei das palavras de Tibb...

Eu estava olhando para a boca da morte.

— Você é um desapontamento — disse Grimalkin, recostando-se no tronco da última árvore e apontando suas adagas para baixo, de modo a cruzá-las sobre os joelhos.

— Ouvi falar tanto de você, e, apesar da sua juventude, eu esperava mais. Agora vejo que é apenas uma criança, e pouco digna das minhas habilidades. É uma pena que eu não possa esperar até você se tornar homem.

— Então me deixe ir embora, por favor — pedi, percebendo um leve vislumbre de esperança no que ela dizia. — Disseram-me que preferia que uma morte fosse trabalhosa. Então, por que não espera? Quando eu for mais velho, tornaremos a nos encontrar. Então, serei capaz de lutar. Deixe-me viver!

— Eu faço o que precisa ser feito — disse ela, balançando a cabeça com genuína tristeza nos olhos. — Gostaria que fosse diferente, mas...

Deu de ombros e deixou a adaga cair de sua mão direita e se cravar na terra macia a seus pés. Em seguida, abriu bem o braço direito para o lado, como que oferecendo um abraço.

— Venha aqui, criança. Descanse a cabeça no meu peito e feche os olhos. Farei com que seja rápido. Haverá um breve momento de dor, pouco mais do que um beijo de mãe em seu pescoço, e depois a sua luta para sobreviver estará terminada. Confie em mim. Eu lhe darei a paz final...

Assenti, abaixei a cabeça e me aproximei dela, o meu coração disparado. Ao dar o segundo passo para o abraço que me aguardava, as lágrimas de repente correram pelas minhas faces e eu a ouvi dar um profundo suspiro. Mas, ao completar aquele passo, joguei rapidamente o bastão do Caça-feitiço da mão direita para a esquerda. E, com toda a rapidez e força que pude reunir, empurrei-o com força contra ela, fazendo com que a faca atravessasse o seu ombro esquerdo, prendendo-a no tronco da árvore.

Ela não emitiu som algum. A dor deve ter sido terrível, mas sua única reação foi uma ligeira contração dos lábios. Soltei o bastão, deixando-o ainda a vibrar na mata; então, dei as costas para correr. A faca tinha penetrado profundamente a árvore, e o bastão em si era feito de sorveira-brava. Ela acharia difícil e doloroso se libertar. Agora eu tinha uma chance de alcançar a segurança do quarto de minha mãe.

Dera apenas dois passos quando algo me vez virar e olhar para a feiticeira. A mulher tinha levado a mão direita ao ombro esquerdo e puxado a faca, e agora, com incrível rapidez e força, arremessava a faca direto contra a minha cabeça.

Observei-a vir girando em minha direção, a lâmina refletindo a luz vermelha da lua. Ora o cabo, ora a lâmina à frente, a faca veio se aproximando. Eu poderia ter tentado me abaixar ou mesmo me desviar um passo para o lado, mas nenhum dos dois movimentos teria me salvado da velocidade e força daquela faca.

O que fiz não foi conscientemente. Não tive tempo de pensar. Não tomei decisão alguma. Alguma outra parte de mim agiu. Simplesmente me concentrei, todo o meu eu focalizando aquela faca que girava até o tempo parecer desacelerar.

Estendi o braço para o alto e a agarrei no ar, meus dedos se fechando em torno do cabo de madeira. Então atirei-a longe de mim sobre a relva. Momentos depois, eu estava pulando a cerca e correndo pelo campo em direção ao sítio.

O sítio estava quieto e silencioso. Os animais, sendo cuidados por nosso vizinho, o sr. Wilkinson. Portanto, isso em si não assustava. Era apenas que eu me sentia muito apreensivo. Um pensamento repentino e assustador penetrou minha mente.

E se o Maligno já estivesse ali? Se já estivesse na penumbra do sítio? Escondido em um dos aposentos do andar térreo, pronto para me seguir escada acima e me agarrar quando eu tentasse abrir a porta do quarto de minha mãe?

Afastando o pensamento de minha cabeça, corri pelo local do celeiro incendiado e atravessei o terreiro em direção a casa. Relanceei pela parede que devia estar coberta por uma profusão de rosas vermelhas. As rosas de minha mãe. Mas estavam mortas, enegrecidas e murchas em suas hastes. E não havia mãe esperando para me dar as boas-vindas. Nem pai. Este tinha sido o meu lar, mas agora parecia mais uma casa saída de um pesadelo.

À porta dos fundos, parei um momento para escutar. Silêncio. Então, entrei e subi correndo a escada de dois em dois degraus até chegar diante da porta do quarto de minha mãe. Puxei as chaves do meu pescoço e, com os dedos trêmulos, inseri a maior delas na fechadura. Uma vez no interior do quarto, fechei a porta e me encostei a ela, respirando profundamente. Corri os olhos pelo quarto vazio, com suas tábuas nuas no soalho. O ar ali estava muito mais quente do que lá fora. Senti a amenidade de uma noite de verão. Eu estava seguro. Estava mesmo?

O quarto de minha mãe poderia me proteger do próprio diabo? Mal começara a me perguntar, quando me lembrei novamente de algo que minha mãe dissera:

Se você for corajoso e a sua alma pura e boa, este quarto é um reduto, uma fortaleza contra as trevas...

Bem, eu era tão corajoso quanto conseguia ser, dependendo das circunstâncias. Tinha medo, era verdade, mas quem não teria? Não, era a parte que se referia à minha alma ser pura e boa que me preocupava agora. Eu sentia que mudara para pior. Pouco a pouco, a necessidade de sobreviver me fizera trair a maneira como fora criado. Meu pai me ensinara que eu devia cumprir a minha palavra, mas nem por um momento pretendi manter o meu trato com Mab. Tinha sido por uma boa razão, mas ainda assim eu a enganara. E o estranho era que Mab, uma feiticeira que pertencia às trevas, sempre cumpria sua palavra.

Depois foi a Grimalkin. A feiticeira tinha um código de honra, mas eu a vencera usando astúcia, dissimulação enganosa. Seria por isso que as lágrimas tinham jorrado dos meus olhos quando fingi caminhar para o seu abraço mortal? Aquelas lágrimas tinham brotado como uma absoluta surpresa para mim. Uma emoção havia transbordado no meu íntimo sobre a qual eu não tivera controle. Aquelas lágrimas provavelmente haviam enfraquecido a defesa de Grimalkin: ela supusera que eu estava chorando de medo.

Teriam sido, na realidade, lágrimas de vergonha? Lágrimas porque eu sabia que tinha ficado muito aquém do comportamento que papai esperara de mim? Se a minha alma já não era pura e boa, então, talvez o quarto não me protegesse, e minhas mentiras tinham simplesmente adiado o momento da minha destruição.

Caminhei até a janela e espiei lá fora. Ela se abria para o terreiro do sítio e, à luz vermelho-sangue da lua, eu podia ver as fundações enegrecidas do celeiro, os cercados vazios das reses e dos porcos e o pasto ao norte se estendendo até o sopé do morro do Carrasco. Nada se movia.

Voltei ao meio do quarto, me sentindo cada vez mais nervoso. Veria a aproximação do diabo? Em caso afirmativo, que forma ele assumiria? Ou simplesmente se materializaria do ar? Mal esse pensamento apavorante entrou em minha cabeça, ouvi do lado de fora ruídos que me aterrorizaram — pancadas e estouros altos, socos contra as paredes —, e, de fato, a casa começou a balançar. Seria o Maligno? Estaria tentando arrombar a casa? Derrubar as pedras à força?

Certamente, parecia que alguma coisa estava desferindo golpes contra as paredes. Em seguida, ouvi pancadas fortes e ritmadas vindas de cima. Algo pesado estava socando o telhado e eu podia ouvir as telhas caírem no terreiro. Ouvi berros e bufos assustadores também, como os de um touro furioso. Mas, quando acorri à janela novamente, não havia nada à vista. Nada mesmo.

Tão repentinamente quanto tinham começado, os ruídos cessaram, e, no silêncio profundo que se seguiu, a casa em si parecia estar prendendo a respiração. Então, ouvi mais ruídos, estes vindos de dentro da casa, da cozinha embaixo. O estrépito de xícaras e pires quebrando. O retinir de talheres nas lajes do chão. Alguém estava jogando com força a louça no chão, esvaziando os utensílios de cozinha das gavetas. Momentos depois, isso também cessou, mas, no breve silêncio, intrometeu-se um novo ruído — o de uma cadeira de balanço. Eu o ouvia claramente, a cadeira rangendo quando as peças de madeira arqueada faziam contato rítmico com o solo.

Por um momento, meu coração deu um salto. Tinha ouvido aquele som tantas vezes em criança: o som familiar da cadeira de balanço de minha mãe. Ela voltara! Minha mãe voltara para me salvar, e agora tudo entraria novamente nos eixos!

Eu devia ter tido mais fé, percebido que ela não me deixaria enfrentar esse horror sozinho. Estendi a mão para a chave, pretendendo realmente destrancar a porta e descer. Mas me lembrei em tempo de que a cadeira de minha mãe fora feita em pedaços pelas feiticeiras que haviam saqueado a casa. A louça também já tinha sido quebrada, as facas e garfos, jogados pelas lajes. Eram apenas sons recriados para me atrair a deixar a segurança do quarto.

O balanço sinistro enfraqueceu e cessou. O som seguinte foi muito mais próximo. Alguma coisa estava subindo as escadas. Não era a pisada forte de botas pesadas. Assemelhava-se mais à de um animal grande. Eu o ouvia ofegar, o pateado macio de patas pesadas nas escadas de madeira e, então, um rosnado gutural e raivoso.

Momentos depois, garras começaram a arranhar a parte de baixo da porta. A princípio, foi exploratório e sem entusiasmo como um cão de sítio atraído por um cheiro apetitoso do preparo de alimentos, mas lembrando-se do seu lugar no esquema doméstico e tentando chegar à cozinha, sem fazer demasiado estrago. Então, os arranhões se tornaram mais rápidos e frenéticos, como se a madeira estivesse sendo feita em pedaços.

Em seguida, tive a sensação de algo enorme, algo bem maior do que um cão. Um repentino fedor de morte e podridão assaltou os meus sentidos e, alarmado, me afastei da porta no instante em que alguma coisa colidia contra ela pesadamente. A porta começou a ranger e a envergar, como se um grande peso a pressionasse. Por um momento, achei que ela ia se romper ou se escancarar, mas a pressão diminuiu e só pude ouvir a respiração ofegante.

Passado um tempo, isso também desapareceu e comecei a ter mais fé no quarto e nas providências que minha mãe tomara para me proteger. Lentamente, passei a acreditar que estava seguro e que nem mesmo o diabo em pessoa poderia me alcançar ali. Meu medo começou a ceder e foi substituído pelo cansaço.

Agora, eu estava próximo à exaustão, quase incapaz de manter os olhos abertos; então, me estiquei nas tábuas de madeira dura. Apesar do desconforto, mergulhei quase imediatamente em um sono profundo. Por quanto tempo dormi não seria possível dizer, mas, quando me levantei, nada mudara. Cheguei à janela e contemplei lá fora a mesma cena desolada. Nada se movia. Era uma visão intemporal de pesadelo. Então, percebi que estava enganado. Tinha havido uma mudança. O solo estava ainda mais branco, a geada, mais extensa e mais espessa. A lua vermelha iria se pôr em algum momento? O sol voltaria, um dia, a brilhar?

Dentro do quarto ainda prevalecia a amena tepidez de uma noite de verão no Condado, mas gradualmente, mesmo enquanto eu contemplava, começou a se formar gelo do lado de fora da janela até torná-la branca e opaca.

Fui à janela e coloquei a mão sobre a vidraça. O ar ao meu redor estava morno, mas o frio da janela penetrou minha pele instantaneamente. Bafejei com força no vidro até formar um pequeno círculo de visibilidade que me permitiu uma visão limitada da mesma cena lúgubre lá fora.

Estaria preso em alguma espécie de inferno terreno? A chegada do Maligno produzira mais estragos do que o Caça-feitiço previra, criando um domínio atemporal e gelado sobre o qual ele reinaria para sempre? Algum dia seria seguro deixar o quarto de minha mãe?

Eu me sentia derrotado e apreensivo, e minha boca estava ressecada, pois não trouxera água comigo! Que tolo eu fora! Devia ter pensado nisso, em me preparar melhor. Permanecer no refúgio de minha mãe, por uma duração expressiva, exigiria água e provisões. As coisas, porém, tinham acontecido tão depressa. Da hora em que cheguei a Pendle com o Caça-feitiço sobreviera uma ameaça atrás da outra, perigo sobre perigo. Que oportunidade tinha havido?

Por algum tempo andei pelo quarto. Para frente e para trás de parede a parede. Não havia mais nada a fazer. Para frente e para trás, minhas botas batendo nas tábuas de madeira. Enquanto andava, comecei a sentir uma forte dor de cabeça. Em geral, eu não tinha dores de cabeça, mas essa era realmente severa. Era como se houvesse um grande peso comprimindo minhas têmporas, que latejavam a cada batida alucinada do meu coração.

Como poderia continuar assim? Ainda que o tempo estivesse, na realidade, se escoando, não era parecido com coisa alguma que eu tivesse experimentado anteriormente. Com isso me ocorreu um repentino pensamento sombrio...

Minha mãe protegera o quarto, e o Maligno não podia entrar. Mas isso não impedia o que ele podia *fazer fora do quarto*. Ele havia alterado o mundo — ou, pelo menos, alterado o mundo que eu podia contemplar da janela. Tudo fora do quarto — o sítio, a casa, as árvores, as pessoas e os animais — estava em seu poder. Algum dia eu poderia deixar o quarto outra vez? Talvez o mundo só voltasse ao normal uma vez que eu saísse?

Pensamentos sombrios começaram a se introduzir sorrateiros em minha mente, apesar de todos os meus esforços para mantê-los afastados. De que adiantava alguma coisa? Nascíamos, vivíamos alguns anos, envelhecíamos e então morríamos. Qual era o sentido de tudo? Todas essas pessoas no Condado e no vasto mundo além, vivendo suas vidas curtas antes de ir para o túmulo. De que servia isso? Meu pai estava morto. Trabalhara pesado a vida toda, mas a jornada de sua vida tinha apenas um destino: o túmulo. Era para lá que todos estávamos indo. Para o túmulo. Enterrados no solo para sermos comidos pelos vermes. Coitado do Billy Bradley. Bradley fora o aprendiz do Caça-feitiço antes de mim. Tivera os dedos arrancados a dentadas por um ogro e morrera de choque e perda de sangue. E onde estava agora? No túmulo. Nem mesmo em um cemitério de igreja. Tinha sido enterrado fora do adro porque a Igreja não o considerava melhor do que uma feiticeira malevolente. Esse seria o meu destino também. Um túmulo em solo não consagrado.

E o pobre padre Stocks ainda nem fora enterrado. Ainda estava deitado morto em uma cama de Read Hall, o corpo apodrecendo sobre os lençóis. Toda a vida ele se empenhara em fazer o que era certo, exatamente como meu pai. Era melhor acabar com isso agora, refleti. Era melhor deixar o quarto de minha mãe. Uma vez que estivesse morto, tudo terminaria. Não haveria mais nada com que me preocupar. Nem sofrimento, nem dor de cabeça.

Qualquer coisa era melhor do que estar prisioneiro no quarto, até morrer de sede ou de fome. Era melhor sair e acabar logo com tudo...

Estava mesmo me dirigindo à porta e estendendo a mão para a chave, quando senti uma friagem repentina; um aviso:

algo que não pertencia a este mundo se aproximava. No canto do quarto mais distante da porta e da janela, uma coluna difusa de luz começava a se formar.

Recuei. Seria um fantasma, ou alguma coisa das trevas? Vi primeiro as botas se materializarem, depois uma batina preta. Era um padre! A cabeça se formou depressa, o rosto olhou para mim hesitante. Era o fantasma do padre Stocks!

Ou seria? Estremeci outra vez. Já encontrara coisas que podiam mudar de forma. E se isso fosse o Maligno, assumindo a forma do padre Stocks para me enganar? Lutei para sustentar minha respiração. Minha mãe tinha dito que nada ruim podia penetrar ali. Precisava acreditar nisso. Era só o que me restava. Portanto, fosse o que fosse a aparição, tinha de ser do bem, e não do mal.

— Desculpe-me, padre! — exclamei. — Desculpe-me não ter regressado em tempo de salvá-lo. Fiz todo o possível e voltei antes de escurecer, mas já era tarde demais...

O padre Stocks assentiu tristemente.

— *Você fez tudo que pôde, Tom. Tudo que era possível. Mas agora estou perdido e amedrontado. Estive vagando por um nevoeiro cinzento; pelo que me parece, uma eternidade. Uma vez pensei ter visto um brilho fraco à frente, mas ele esmaeceu e sumiu. E não paro de ouvir vozes, Tom. Vozes de crianças me chamando pelo nome. Ah, Tom! Acho que são as vozes dos filhos que nunca tive, meus filhos que não chegaram a nascer me chamando. Eu devia ter sido um pai de verdade, Tom. E não um padre. E agora é tarde demais.*

— Mas por que está aqui, padre? Por que veio aqui me visitar? Está aqui para me ajudar?

O fantasma balançou negativamente a cabeça e pareceu intrigado.

— Eu simplesmente dei por mim aqui, Tom, foi só. Não foi uma opção. Talvez alguém tenha me enviado. O porquê eu não sei.

— O senhor teve uma vida decente, padre — disse-lhe, chegando mais perto e começando a sentir pena dele. — O senhor fez diferença para um grande número de pessoas e combateu as trevas. Que mais poderia realizar? Portanto, simplesmente retorne. Vá cuidar de si e se esqueça de mim! Deixe-me, retorne e busque a luz.

— Não posso, Tom. Não sei como retornar. Tentei rezar, mas agora minha mente está cheia de trevas e desespero. Tentei combater o mal, mas não fiz isso muito bem. Devia ter percebido quem era Wurmalde há muito tempo. Deixei que me cegasse com encantamento e fascinação. Nowell sofreu o mesmo processo. Mas eu devia saber melhor. Fracassei como padre, e todo o meu treinamento como Caça-feitiço foi inútil. Minha vida foi um desperdício total. Não serviu para nada!

A aflição do pobre padre Stocks finalmente me fez esquecer meus próprios temores. Ele estava atormentado e eu tinha de ajudar. Lembrei-me como o Caça-feitiço habitualmente lidava com fantasmas aflitos que não conseguiam prosseguir. Se fazer uma boa preleção não produzia efeito, ele lhes pedia que considerassem as próprias vidas. Se concentrassem em uma lembrança feliz. Uma lembrança que usualmente os libertava das correntes que os prendiam a este mundo.

— Escute, padre Stocks. O senhor foi Caça-feitiço, bem como padre. Então, lembre-se agora do que John Gregory lhe ensinou. O senhor só precisa pensar em uma lembrança feliz e se concentrar nela. Portanto, pense cuidadosamente. Concentre-se! Qual foi o seu momento mais feliz nesta terra?

O rosto angustiado do padre falecido tremeluziu e quase se dissolveu, mas voltou a ficar nítido, a entrar em foco, e pareceu muito pensativo.

— Certa manhã, acordei e corri os olhos ao meu redor. Estava deitado em uma cama e o sol brilhava pela janela, e pontinhos de poeira dançavam naquele largo feixe de luz solar, cintilando como um milhar de anjos. Mas, por um momento, eu não conseguia me lembrar de nada. Eu não sabia quem era. Eu não sabia onde estava. Não conseguia nem me lembrar do meu próprio nome. Não tinha preocupações, nem responsabilidades. Era apenas um ponto de consciência. Era como se estivesse livre do peso da vida. Livre de tudo que tinha sido e feito. Eu não era ninguém, mas era todo mundo ao mesmo tempo. E estava feliz e satisfeito.

— E é exatamente o que o senhor é agora — disse-lhe, apossando-me da ideia que ele acabara de formular. — O senhor não é ninguém e o senhor é todo mundo. E já encontrou a luz...

O queixo do padre Stocks caiu de espanto; então, um sorriso se espalhou gradualmente em seu rosto, um sorriso de felicidade e compreensão. Seu fantasma, aos poucos, se dissolveu, e eu sorri também; meu primeiro sorriso em muito tempo. Acabara de enviar meu primeiro fantasma para a luz.

E, falando de luz, o quarto de minha mãe subitamente se inundou de luz. Quando o padre Stocks desapareceu, um feixe radioso de sol entrou pela janela, e ele também estava cheio de poeira brilhante, exatamente como o padre descrevera.

Inspirei profundamente. Ao que parecia que eu estivera muito deprimido. O Maligno não conseguira penetrar o quarto, mas, de alguma maneira, alcançara minha mente para me fazer desesperar, abrir a porta e ir ao seu encontro. Bem na hora, o fantasma do padre Stocks aparecera e me fizera esquecer da minha própria dor. A minha provação terminara. Eu sabia instintivamente que era seguro, enfim, sair do quarto.

Cheguei à janela. A lua vermelha se fora. O pesadelo chegara ao fim. De repente, minha percepção da passagem do tempo retornara. Deviam ter transcorrido dois dias desde a chegada do Maligno pelo portal; portanto, era 3 de agosto. Hoje era meu aniversário. Eu completava catorze anos.

O céu estava azul, a grama verde e não havia sequer um vestígio de geada em parte alguma. Tudo fora um truque, uma ilusão para me atrair para fora do quarto e me destruir.

Então, vi duas pessoas descendo lado a lado o morro do Carrasco em direção à fazenda. Uma delas estava mancando, e, mesmo ao longe, eu as reconheci: era o Caça-feitiço e Alice. Meu mestre estava carregando duas bolsas e dois bastões. Foi então que vi que alguma coisa no morro acima deles mudara.

Uma sombra vertical, como uma cicatriz, agora dividia a mata.

CAPÍTULO 25
Uma nova ordem

Destranquei a porta, saí de casa e contemplei ao meu redor uma cena de devastação. A chaminé tinha desabado sobre o telhado, e a maioria das janelas havia sido quebrada. As telhas estavam espalhadas pelo terreno, mourões de cerca tinham sido desenterrados, e as roseiras de minha mãe, arrancadas da parede. O Maligno, provavelmente, fizera isso frustrado por não ter conseguido entrar no quarto dela.

Mas a destruição não parava por aí. Ergui os olhos para o morro do Carrasco e percebi o que era aquela cicatriz negra. Uma larga trilha fora aberta na mata, e as árvores, derrubadas. Parecia que o Maligno as havia abatido quando descera para atacar a casa. Abatera-as com a facilidade com que uma foice apara a relva. Que força e poder aquilo indicava! Ainda assim, o quarto de minha mãe tinha resistido ao ataque.

Mas terminara agora. O ar estava parado e os passarinhos cantavam. Atravessei o terreiro e rumei para o morro do

Carrasco, encontrando o Caça-feitiço e Alice no portão aberto do pasto do norte. Alice adiantou-se mancando, pôs os braços em volta de mim e me deu um abraço apertado.

— Ah, Tom! Estou tão contente de ver você. Nem me atrevi a esperar que você sobrevivesse...

— Lamento que não tenhamos podido fazer mais, rapaz — disse o Caça-feitiço. — Você esteve sozinho desde o momento em que correu para o sítio, e não havia nada que alguém pudesse fazer para ajudar. Uma vez aqui, assistimos do morro, mas era arriscado demais chegar mais perto. Quando, afinal, viemos, o Maligno tinha conjurado uma nuvem negra que cobriu a casa e o terreiro, ocultando-os de vista, e podíamos ouvi-lo aí dentro, batendo, berrando e fazendo o pior que pôde. Foi constrangedor ter que nos manter a distância e nada fazer para ajudar, mas confiei em sua mãe, na esperança de que tivesse feito ao quarto o suficiente para mantê-lo a salvo. E parece que a confiança foi bem fundamentada.

— Mas ele está solto no mundo agora, não está? — perguntei, esperando que o Caça-feitiço me contradissesse.

Despedaçando minha última esperança, ele apenas assentiu sombriamente, em muda confirmação.

— É, ele está aqui, sim. Pode-se até senti-lo. Algo mudou. É como a primeira friagem no ar do outono. Um prenúncio do inverno. Uma nova ordem iniciou-se. Tal como disse o padre Stocks certa vez, o Maligno é a treva reencarnada, mas Wurmalde e as feiticeiras só puderam controlá-lo por dois dias. Elas o mandaram liquidá-lo, mas agora isso acabou e ele estará traçando os próprios planos. Não está mais preso à vontade delas, e esperemos que esqueça você por algum tempo. Mas agora ninguém, no Condado, está seguro. O poder das trevas aumentará ainda mais rápido e todos terão como tarefa mantê-lo afastado. Nosso ofício era perigoso antes, mas o que enfrentamos agora não se pode nem imaginar, rapaz!

Apontei no alto a cicatriz que dividia o morro do Carrasco.

— Há estragos assim em outros lugares? — perguntei.

— Há, rapaz, há sim, mas somente ao longo do caminho direto de Pendle até aqui. As colheitas foram arrasadas, simultaneamente com um bom número de árvores e uma ou duas construções. Sem dúvida, vidas foram perdidas, mas, uma vez aqui, o Maligno se concentrou em você; o Condado foi poupado do que poderia ter sido muito pior.

— Então fracassamos — concluí tristemente. — Uma força que pode fazer isso é forte demais para qualquer pessoa enfrentar. Que tamanho ele tem? É alguma espécie de gigante?

— Segundo os velhos livros, ele pode assumir qualquer forma que escolher e se fazer grande ou pequeno — respondeu o Caça-feitiço. — Mas, a maior parte do tempo, ele parece simplesmente um homem. Alguém para quem não se olharia duas vezes. E ele nem sempre usa a força bruta; muitas vezes, consegue o que quer usando de astúcia. Quanto disso é verdade só o tempo dirá. Mas, anime-se, rapaz. Onde existe a vontade existe o jeito. Um dia, vamos encontrar os meios de lidar com ele. Wurmalde está morta; sem ela, os clãs de feiticeiras logo estarão agindo como inimigos. E acertamos um golpe poderoso nas Malkin. Aquela torre não é mais delas. As duas lâmias parecem ter feito ali sua residência. Isso significa que os seus baús estão seguros e temos um lugar ainda melhor de onde agir quando visitarmos Pendle novamente...

— Quê? Vamos voltar agora? — perguntei preocupado

— Vamos agora para Chipenden e gozar um merecido descanso. Voltaremos, porém, um dia. Ou no próximo ano ou no seguinte. O serviço ainda não está concluído. E há uma prática rigorosa à sua espera. Se tivesse acertado a corrente em Grimalkin, não haveria necessidade de usar o meu bastão, não é?

Eu estava cansado demais para contra-argumentar; por isso, apenas assenti.

— Ainda assim, você escapou com vida, rapaz, o que não foi muito ruim nas circunstâncias. Na altura em que chegamos à árvore que ficava logo além do caminho aberto pelo Maligno, ela se libertara e há muito se fora, mas seu sangue ainda estava na faca. Ela atirara no chão o meu bastão e não poderia ter tocado na corrente mesmo que quisesse. Por ora está outra vez sã e salva na sua mochila. É, porém, outra inimiga pessoal que você fez... mais uma razão para ficar em guarda.

Eu não estava me incomodando com Grimalkin. Um dia, teria que enfrentá-la novamente, mas isso aconteceria quando estivesse mais velho, quando ela pudesse obter maior satisfação me matando. No entanto, a ideia de algo poderoso como o Maligno me aterrorizava. Trazia uma real preocupação a respeito do futuro — o meu e o de todo o Condado.

— Enquanto eu estava no quarto de minha mãe, o fantasma do padre Stocks me fez uma visita — contei ao Caça-feitiço. — Conversamos e consegui encaminhá-lo para a luz.

— Muito bem, garoto. O Condado sentirá falta do padre Stocks e eu perdi um amigo. Encaminhá-lo para a luz é algo de que pode se orgulhar. Há coisas neste ofício que podem nos render grande satisfação, e dar paz aos mortos errantes é uma delas.

— James e Jack estão bem? — perguntei.

— Pelo que sabemos estão — respondeu o Caça-feitiço. — Primeiro, voltamos a Downham com os aldeões, ajudando a carregar os feridos. Depois, apanhamos nossas bolsas e viemos diretamente para cá, enquanto James rumava para a Torre Malkin. Ele ia trazer Jack e a família, isto é, se o seu irmão estiver em condições de viajar.

— Então, nós três não poderíamos permanecer aqui alguns dias até eles chegarem? — perguntei. — Poderíamos limpar um pouco o lugar. Facilitar as coisas para eles.

— Acho que você tem razão, rapaz. Ficaremos aqui e arrumaremos as coisas.

Assim fizemos. Os três pusemos as mãos na massa e limpamos a desordem nos quartos, e trouxemos um vidraceiro da aldeia para consertar as janelas. Subi no telhado e fiz o que pude com a chaminé, conseguindo consertá-la o suficiente para permitir a fumaça subir sem obstáculos. Resolveria até chamarmos um pedreiro para fazer um conserto decente. Após algumas horas de trabalho árduo, deixamos o lugar limpo e arrumado, e, quando anoiteceu, já tínhamos comido uma boa refeição e havia uma convidativa lareira acesa na cozinha.

Naturalmente, as coisas jamais voltariam ao normal, mas tínhamos de tirar o máximo proveito da situação. E me perguntei se Ellie seria corajosa o suficiente para viver novamente ali no sítio. Ela poderia resolver levar a criança para onde fosse mais seguro. Afinal de contas, as feiticeiras sabiam onde ficava o sítio; um dia, poderiam aparecer querendo se vingar. Eu sabia que muito iria depender do quanto Jack se recuperasse.

Se James realmente ficasse e trabalhasse aqui, isso poderia reforçar a coragem de Ellie.

O Caça-feitiço cochilou diante da lareira, enquanto Alice e eu saímos e nos sentamos no batente, contemplando as estrelas. Por algum tempo, não falamos. Fui eu que quebrei o silêncio.

— É meu aniversário, hoje — disse a Alice. — Completo catorze anos...

— Em breve será um homem — comentou ela, dando-me um sorriso zombeteiro. — Mas meio magricela, não? Até lá vai precisar comer mais. Precisa pôr um pouco mais nas tripas do que um queijo velho farinhento.

Retribuí o sorriso; então, me lembrei do que Tibb me dissera depois que o sangue do padre Stocks escorrera de sua boca na minha camisa:

— *Vejo uma garota, logo será mulher. A garota compartilhará sua vida. Ela o amará, ela o trairá e finalmente morrerá por você.*

Referia-se a Mab? Ela me aturdira dizendo que me amava. Eu a traíra, mas ela fizera o mesmo convocando o Maligno para me liquidar. Ou será que ele se referia a Alice? Se assim fosse, a profecia era terrível. Seria possível se realizar? Não me agradava pensar e certamente não era coisa que contasse a Alice, que acreditava que o futuro *podia* ser profetizado. Era melhor não dizer nada. A profecia a deixaria infeliz.

Mas ainda havia uma coisa que me deixava inquieto. A princípio eu ia deixar passar, mas uma pergunta não parava de me ocorrer à mente, a ponto de simplesmente me obrigar a fazê-la em voz alta.

— Quando eu estava com Mab e as irmãs, aconteceu uma coisa que me fez lembrar outra que você fez no passado. Mab parecia acreditar que, de algum modo, podia ser minha dona, me forçar a lhe pertencer. Mas, quando tentou, senti uma dor no meu braço esquerdo, no lugar que você uma vez cravou as unhas. Você disse que poria em mim a sua marca. Isso me preocupa, Alice. Pomos marcas em gado e carneiros para mostrar que nos pertencem. Foi isso que você fez comigo? Você usou magia negra para me controlar de algum modo?

Alice não respondeu por um longo tempo. Quando o fez foi para me fazer uma pergunta.

— Antes de você sentir dor, que era que Mab estava fazendo?

— Estava me beijando...

— E para que você a deixou fazer isso? — perguntou Alice com rispidez.

— Não tive muita escolha — respondi. — O meu bastão caiu da minha mão e eu não pude me mexer.

— Então, fiz bem em pôr em você minha marca. Do contrário, passaria a pertencer completamente a ela. Entregaria a ela as chaves sem pestanejar, faria isso.

— Então, Mab não podia ser minha dona porque você já era?

Alice fez que sim com a cabeça.

— Não é tão ruim quanto você faz parecer. Devia me agradecer. O que fiz significa que nenhuma feiticeira jamais pode controlar você assim. É a minha marca, entende? O meu ferro. É o aviso que as mantém afastadas. Afora isso, porém, não tem muita significação. Não, se você não quiser. Não precisa se sentar do meu lado. Chegue para lá, se quiser. Você quer?

Balancei negativamente a cabeça.

— Estou feliz sentado aqui do seu lado. Então, estamos os dois felizes. O que pode haver de errado nisso?

— Nada. Mas jamais conte ao Caça-feitiço, ou ele vai mandar você embora.

Ficamos em silêncio por algum tempo; então, Alice estendeu o braço para o lado e pegou a minha mão. Sua mão esquerda segurou a minha. Eu não conseguia acreditar como era bom me sentar ali de mãos dadas com ela assim. Era até melhor do que da outra vez a caminho da casa da tia dela em Staumin.

— Que é que você está usando? — perguntei. — Fascinação ou encantamento?

— Ambos — respondeu ela, dando-me um sorriso malicioso.

Mais uma vez, escrevi a maior parte dessa narrativa de memória, usando apenas o meu caderno quando necessário.

Regressei a Chipenden com Alice e o Caça-feitiço, e é novamente outono. As folhas estão começando a cair e as noites a se alongar.

No sítio, as coisas vão bem. Jack recuperou a fala e, embora ainda não tenha voltado a ser o que era, está melhorando a cada dia e se espera que fique bom. James cumpriu sua promessa e está também morando no sítio. Construiu uma forja no novo celeiro e os serviços estão começando a surgir. E não somente isso — ele realmente pretende levar adiante o seu projeto e começar a produzir e vender *ale*, para que novamente o sítio faça jus ao seu nome original.

Sei que Ellie, porém, não está completamente feliz. Ela teme que as feiticeiras façam outra visita, mas se sente melhor agora que tanto Jack quanto o irmão estão por perto.

A chegada do Maligno significa que tudo mudou e se tornou mais perigoso. Uma ou duas vezes conversamos a respeito.

Acho que vi uma sombra de medo no rosto do Caça-feitiço. As coisas, sem dúvida, estão ficando mais sombrias.

As notícias do sul não são boas. Parece que a guerra vai mal e têm sido necessários novos recrutas para substituir os que tombaram em batalha. Um pelotão de recrutamento está percorrendo o Condado, forçando a rapaziada a entrar no exército contra a vontade. O Caça-feitiço está preocupado que isso possa acontecer comigo. Ele diz que normalmente manda cada aprendiz trabalhar com outro Caça-feitiço por mais ou menos seis meses — desse modo, eles veem um mestre diferente em ação e adquirem valiosa experiência. Portanto, ao primeiro sinal de problemas, ele está pensando em me colocar com Arkwright, que trabalha além de Caster. Acha que o pelotão não chegará tão ao norte.

O problema é que Alice não poderia me acompanhar. Mas simplesmente tenho que fazer o que me manda. Ele é o Caça-feitiço e eu sou apenas o aprendiz. E tudo que faz é visando ao melhor.

Thomas J. Ward

Impresso no Brasil pelo
Sistema Cameron da Divisão Gráfica da
DISTRIBUIDORA RECORD DE SERVIÇOS DE IMPRENSA S.A.
Rua Argentina 171 – Rio de Janeiro, RJ – 20921-380 – Tel.: 2585-2000